子供は怖い夢を見る

宇佐美まこと

角川ホラー文庫
24355

目次

第一章　何もかもが秋に起こったこと

川底の石に足を取られて、航《わたる》は前のめりに転びそうになった。

水しぶきが上がり、全身ずぶ濡《ぬ》れになった。水を吸った洋服が重い。さらに動きが鈍くなる。

川面《かわも》を渡ってくる風に震えた。冷たさは感じない。どうしようもなく震えているのは、ずっと前を流れていくプラスチックケースがどんどん遠ざかるせいだ。

「満里奈《まりな》！」

大声を出したつもりなのに、それはあまりに細く、弱々しい。吹きすさぶ風に消され、夜の闇に吸い込まれてしまう。

「待って！」

川幅が広くなり、両岸に等間隔で立っている街路灯が遠くなる。真っ黒な川の流れは大きなうねりになり、恐ろしいほど強い力になる。航自身も押し流されそうになってしまう。まるで邪悪な生き物に絡みつかれているみたいだ。

「満里奈！　マリちゃん！」

プラスチックの収納ケースの中に寝かされているはずの赤ん坊は、一言も発しない。お気に入りの風船柄のタオルにくるまれているのに、もうあの子は目を開けることはないのだ。そう思うと、我慢できなくなって涙が溢《あふ》れてきた。

さっきまではっきり見えていた四角いケースが傾き、うねりに吞《の》まれそうになっている。見失ったらおしまいだ。あの子を取り戻さなければ。大事な妹なんだから。

満里奈は八歳の兄に抱かれて天使のように笑っていた。笑うと両方の頰にえくぼがくっきりと浮かぶ。ぷっくりとした指を伸ばしてきて、差し出した航の人差し指をつかむ。まだ歯の生えないピンク色の歯茎。柔らかな髪の毛。ミルクの匂い。

あのすべてが愛《いと》おしかった。今、失われようとしているあの肉体が――。

航はわんわん泣きながら、川の流れに身を投じた。泳げないのはわかっていた。それでも妹に追いつくためにはそうするしかない。体がふわりと浮いた。途端に顔が水に没し、がぶりと生臭い水を飲んでしまった。無様に顔を上げて必死で水を搔《か》いた。まだ大声で泣いているのか、それとも歯を食いしばっているのか、それすらもよくわからなかった。

何度も沈みそうになる。息ができず、苦しい。それでも川の中を歩いているよりも、流される方が速く進むことができた。月の光に照らされた収納ケースが、少しずつ近づいてくる。それだけを見詰めて流されていく。もう足は川底に届かない。

息も絶え絶えだ。妹の名を呼ぶこともかなわない。

半透明の収納ケースは、航が到達するのを待つように、波間でたゆたっている。何かに引っ掛かっているのかもしれない。

もう少しだ。もう少し──。

満里奈、今、助けてやるからな。

ちっぽけなケースに向かって手を伸ばす。指が硬いプラスチックに当たる。耳のそばで水がぴちゃんと跳ねた。水音の中に満里奈の笑い声がしたような気がした。

その刹那《せつな》、収納ケースは傾き、ごぼりと川に沈んでしまった。

小さな黒い渦が、一瞬見えた。それきりだった。川は、あんな小さなケースとその中の赤ん坊を呑み込むのに、そうたいした労力も払わなかった。

体が凍り付いた。忘れていた冷たさが押し寄せてきた。今度は絶望が航を押し流した。

この世で一番大事なものを守れなかったという絶望が。

満里奈ただ一人が、自分にとっての真の家族だったのに。

──満里奈！

そう叫んだだろうか？

航は目を開いた。夜明け前の青い闇が自分を包み込んでいるのを知り、そっと息を吐いた。

またあの夢を見た。最愛の妹と分かたれた時の夢を。あの日以来、満里奈には会っていない。もしどこかで生きているなら（いや、生きているのはわかっているのだ）——満里奈は二十二歳になっているはずだ。

いつもするように妹の年を確認すると、いくらか気分がよくなった。

ベッドの上に起き上がって冷たい床に足を下ろす。しばらくそのままの姿勢でぼんやりした後、立ちあがって流しで水を飲んだ。さっき夢の中で飲んだ荒川《あらかわ》の水を思い出して、顔をしかめる。

荒川には、なるべく近づかないようにしている。満里奈が流された川には。

実際は、航は満里奈の入った収納ケースを拾い上げた。そして何とか岸にまで引っ張り上げたのだ。ぴったりと閉じられたプラスチックケースは小さかった。死んだ赤ん坊を入れるのには恰好《かっこう》の大きさだった。彼らはそうやって自らの犯罪を隠そうとした。

必死の思いで引き揚げたケースの蓋《ふた》を取った時のことは、忘れられない。密閉されていたにもかかわらず、風船柄のタオルはぐっしょりと濡れていた。震える手でそれを剝《は》ぎとった。目を閉じた満里奈が現れた。もう息をしていない。

あれほどふくふくと肥えて愛らしかった顔は青ざめ、長い睫毛《まつげ》は濡れて下瞼《まぶた》に張り付いていた。

「マリちゃん！」

航はケースに手を差し入れて、妹を抱きかかえた。満里奈はぐなぐなと抱き取られる。冷たい。その肉体に、ひとかけらの生命の名残りも宿っていないことは、直感でわかった。それでも航はぎゅっと抱きしめずにいられなかった。

大丈夫。満里奈は死にはしない。

もう泣いていなかった。小さな赤ん坊を抱えた八歳の兄は、夜を駆けた。

あれからもう――二十二年だ。

コップを流しに置き、航は窓辺に寄っていった。カーテンを開いて下を見る。街は静かに動き始めていた。

新聞配達員のバイクの音。どこかの店のシャッターが上がる音。遠くで犬が吠《ほ》える声。ビルの向こうの空が少しだけ明るくなる。

窓枠に腰を掛けて、航はそんな風景をぼんやりと見ていた。

こんな朝を、あと何度迎えなければならないのだろう。ここでこうして目覚め、惰性でものを食い、時間が来れば働きにいく。そんな無為な生活をどれだけ重ねなければならないのだろう。

満里奈に会いたい。

あの夢を見た夜明け、いつも思うことをまた思った。


十月になったばかりの外気は冷たかった。

もう秋なんだ、と航は考えた。

そしてアパートから一歩出た途端に、ぶるっと身を震わせた。薄手のジャンパーの前をぐっと掻き合わせる。もう何年も着続けてくたびれた代物だ。ボタンが一個取れているが、そのままにしている。

鉄階段の下から自転車を引っ張り出した。ひょいと飛び乗って漕《こ》ぎ始める。チェーンが嫌な音をたてた。これもだいぶガタがきている。放置自転車を、品川《しながわ》区が格安で払い下げたものだから仕方がない。

小学校への通学路を通ると、黄色い通学帽を被《かぶ》った子供たちが大勢並んで歩いていた。その子らにぶつからないよう、慎重に追い越す。子供らの明るいおしゃべりの声が耳に入ってきた。小学校の門の前で、先生が登校してくる生徒に声をかけていた。

「おはようございまーす!」

子供たちも大きな声で挨拶《あいさつ》を返している。

校門の中に吸い込まれていく生徒らを横目でとらえて、航はペダルを踏む足に力を入れた。途端に自転車のスピードが上がる。駅に向かう通勤者の間をすっすっとすり抜けて、航は緩い坂を下っていった。中延《なかのぶ》商店街のアーケードの前を通り過ぎ、商店街と並行する道に入る。そこから細い路地へ曲がり、目的の店の壁に自転車を立てかけた。

キイを掛けると、「なかのぶスキップロード」と呼ばれる商店街のカラー舗装が見えた。まだほとんどの店がシャッターを下ろしているせいで、行き交う人はまばらだ。

航は小さなドアを開けて、店の中に入った。店の中は、調理するガスの火と湯気とで温かい。冷えた体がふっと緩んだ。

「おはよう！　航君」

明るい声が飛んできた。

「おはようございます」

挨拶を返して航は笑顔になった。女将《おかみ》さんが仕事に出ている日は、気持ちも軽くなる。

「早いね、今日も。もっとゆっくりでいいのに」

女将さんの声を背中に受けて調理場を通り抜け、狭い更衣室でジャンパーを脱ぐ。白い上っ張りと、髪の毛を包む不織布のキャップで身支度を整えた。調理場の隅の洗面台で丁寧に手を洗う。その間、女将さんはちゃきちゃきと動き回っている。

段取りを呑み込んでいる航は、すぐにその動きに入り込み、女将さんの手伝いを始めた。

「おはようございます」

背を向けて揚げ物をする小太りの男に声をかけるが、返事はない。むっつりと黙り込んで、ただ天ぷら鍋《なべ》だけを見詰めている。いつものことなので、航も気にしなかった。

大ぶりの俎板《まないた》の前に陣取り、野菜を刻んだ。今日の煮物は大根と豚バラの煮込みと、筑《ちく》前《ぜん》煮のようだ。しばらく黙ってそれぞれの作業に没頭した。

この店に航が雇われて四年と半年になる。店の名前は「平沼《ひらぬま》精肉店」だが、今は惣菜《そうざい》だけを調理販売している。肉屋のついでで始めた惣菜の味が評判で、こっちが主力になってしまったのだと聞いた。

航が壁に貼られた手書きの求人ポスターに応じて、店に足を踏み入れた時、ここは老夫婦が切り盛りしていた。ご主人が体調を崩したので、手伝いを一人雇いたいということだった。航は、初めは店頭での販売と配達を引き受けていた。昼前に会社や集会、イベントなどへ弁当を、夕方には飲み屋やカラオケ店などへおつまみを配達した。バンに積み込んだそれらを近隣へ届けるという仕事だった。

気のいい夫婦で、居心地のいい職場だった。最初は別の職に就くまでのつなぎ程度の気持ちで働き始めた航だったが、いつの間にか長く働くことになってしまった。夫婦も航を頼りにしてくれて、少しずつ調理も手伝うことになった。

児童養護施設で育った航は、料理などしたことがなかった。親の手料理の味などとも無縁だった。平沼夫婦は、そういうことを知った上で、航に丁寧に手ほどきしてくれた。不便だから近くに住むようにと、今のアパートを探してきてくれ、保証人にもなってくれた。店は繁盛していて、商店街の中でも人だかりができるほどだった。忙しい時期には、近所の主婦をパートで雇ったりもしていた。

しかし去年、ご主人は亡くなってしまった。患っていた肝硬変《かんこうへん》が悪化したのだった。店を続けるために、夫婦の息子が戻ってきた。四十代の利幸《としゆき》という息子は、勤めていた会社でリストラに遭い、それが原因かどうかはわからないが、妻子とも別れてしまっていた。

利幸は、両親とは違って陰気で気難しい男だった。夫婦に可愛がられていた航を疎ましがった。惣菜屋である実家に寄り付かなかったから、彼は調理に関してはど素人だった。肉を始めとする食材の扱いに慣れていたご主人が亡くなった時点で、店は痛手をこうむっていた。女将さんは、息子に平沼精肉店の味を教え込もうと躍起になったが、肝心の利幸は、まるでやる気がなかった。

黙々とから揚げを揚げる利幸の方を、航はちらりと見やった。

不愛想な利幸がいると、調理場も沈んだ雰囲気だ。どれほど女将さんが頑張っても、どうにも美味《おい》しいものが作り出される場ではないという気がする。実際、ご主人が死んでから惣菜の味は微妙に変わった。調理場の活気のなさと相まって、徐々に客足が遠のいているようだ。

女将さんも最近は体調がすぐれず、休む時がある。手慣れたパートさんに応援を頼むのだが、調理の段取りも味付けもうまくいかない。利幸がこの状況をどう思っているのか、航には知る由もない。ただの雇われ人の彼には口出しすることもかなわない。

だから朝出勤してきた時、女将さんがいるとほっとする。今日一日は気持ちよく過ごせそうだと安堵《あんど》するのだ。

高校卒業と同時に養護施設を出て働き始めた航は、職を転々としてきた。

物流センターでの仕分け作業を皮切りに、コンビニやレンタルショップの店員、配送トラックの運転手、クリーニング工場でも働いた。キャリアが積み上がるような仕事には就けなかった。クリーニング工場では、アイロンがけがうまいと言われたが、それだけだ。流されるように職を変えた。根無し草のようにふらふらと生きるのが性に合っているのだと思っていた。どこにもつながらない、落ち着かない生活だった。安定した家庭の味を知らない自分にはふさわしい生き方だと納得していた。

けれどこの惣菜屋に来て、初めて安寧を得た。惣菜の調理なんて、自分でも想像しなかった仕事だ。朝早くから夕方まで休む間もなかったし、給料もよくないのに、腰を落ち着けてしまった。昭和の雰囲気が漂う中延商店街では、誰もが親密に付き合っていた。平沼精肉店の若い衆《し》として、航も受け入れられた。配達に行っても、店にいても、商店主や常連客から気安く声をかけてもらえた。平沼夫婦を始めとして、彼らは航にとって疑似家族のようなものだった。

疑似家族——そんなものはまやかしだ。それを自分が一番知っていたはずではなかったか。それなのに、この場所に居心地のよさを感じてしまった自分を笑いたい気分だった。

利幸の出現は、航にとって自分の立ち位置を再確認させてくれるものだった。所詮《しょせん》、自分は他人なのだ。利幸に手を焼きながらも、女将さんはなんとか息子を一人前の経営者にしようと心を砕いている。利幸に嫉妬《しっと》するなどということはないが、それが血のつながりというものなのかと寂しい思いにとらわれることがある。

そんな時、航はまた妹、満里奈のことを思うのだった。

「航君、そっちが終わったら、ジャガイモの皮を剝《む》いてくれる？」

「わかりました」

利幸は相変わらず背を向けたままだ。ご主人は、揚げ物でも何でもリズムよくこなしていたものだ。彼の手の中から生まれるものは、なんだって美味しいものだった。何より彼は楽しそうに料理をしていた。

機械的に手を動かす利幸には、そんな気概はない。バットに並べられたから揚げは、べちょっと油にまみれていた。


夕方の配達から帰ると、店番をしていたのは、稲田《いなだ》さんというパートさんだった。近所に住む七十歳過ぎの主婦だ。調理場はがらんとしている。今日の調理は終わったのだ。後は夕食のおかずを買い求めに来る客の相手をしたらいいだけになっている。

「女将さんは？」

「うん、もう上がったよ」

稲田さんは目で上を指した。店の二階が住居になっている。利幸も今は階上で暮らしている。体調のいい時は、女将さんが最後まで店番をするのだが、稲田さんに頼んだということは、やはり疲れているのだろう。

白い上っ張りを着て稲田さんの隣に立った。

「いいって。今日はもう上がりなよ。女将さんもそう言ってたよ」

稲田さんが言うそばから、夕飯のおかずを求めに次々と客がやって来た。メンチカツにハムカツ、コロッケが飛ぶように売れる。煮つけや和え物のパックもどんどん少なくなる。店の様子が変わっても、やはり平沼精肉店は、この辺りの住民の台所を支えているのだなと感じられた。必要とされていることがわかっているからこそ、女将さんは、息子を仕込もうと一生懸命なのだろう。

夕闇が濃くなり、アーケードの照明が際立つ頃、来店客も落ち着いてきて、二人は一息ついた。

「利ちゃん、ものになるかねえ。あの人に平沼精肉店の将来がかかってるっていうのに、まるでやる気ないもんね」

中延商店街で長く暮らしている稲田さんは、利幸を子供の頃から知っているようだ。余計なことに口を挟むまいと、航は曖昧《あいまい》な笑いを返しておいた。

「あの人、離婚しちゃったでしょ？　それで腐ってるんだよ。子供のことやなんかで長いこと奥さんともめて、気持ちが荒《すさ》んじゃったんだ」

人間関係が密な商店街では、人の口から口へと情報が伝わっていき、噂はそのうち真実味をまとい始める。稲田さんは、非常に断定的な口調で続けた。

「子供は二人とも中学生になってるらしいよ。男の子と女の子。利ちゃん、どっちかを引き取りたいって粘ったんだけど、奥さんがうんと言わなかったらしい。やっぱり子供は女親が育てた方がいいからさ。子供たちも、母親を選んだんだって」

航がちょっとだけ顔をしかめたのを見て、稲田さんは勢いづいた。

「それにやっぱ兄妹《きょうだい》を引き離すってのもよくないよね。親の都合で、へたしたら一生会えなくなるってことになるかも」

喉《のど》の奥から苦いものが込み上げてきた。

七時を回ると、客足がまばらになった。商店街をいくのは買い物客ではなく、家路を急ぐ通勤者の様相だ。

稲田さんが「もうおしまいにしようか」とぽつりと呟《つぶや》いた。店の前に出していた台を引き入れて、シャッターを閉めた。残った惣菜をいくつか、稲田さんがポリ袋に入れて持たせてくれた。自分もわしづかみにするように、残り物を手提げ袋に収める。そんなふうに処分するようにと女将さんから言われていた。

以前は商品が売れ残るということはほとんどなかった。これもこの店の先行きを表しているのだろうか。

二人で二階に続く階段の下までいき、帰りの挨拶をするが、返事はない。かすかにテレビの音が聞こえてくるきりだ。きっと利幸の耳には届いているのだろうが、応《こた》えることはない。稲田さんは、「ほらね」というふうにちょっと首をすくめてみせた。

そのまま、勝手口をくぐって外に出た。乗ってきたままの航の自転車がそこにあった。

「じゃあね。お疲れ様」

急にくたびれた声を出して、稲田さんは去っていった。

返事をする航の声も雑踏の中に紛れてしまう。気を取り直して自転車にまたがった。

商店街の中は自転車通行禁止なので、裏道から大通りに出た。東急池上線《とうきゅういけがみ》の荏原中延《えばらなかのぶ》駅の正面まで、「なかのぶスキップロード」は延びている。駅前をゆっくりと通り過ぎた。

駅舎に吸い込まれていく人々に、せっせとチラシを配っている金髪の男がいた。おおかた新規開店した飲食店のチラシだろう。航は信号を待つ間、その男をじっと見ていた。

たいていの通行人は、差し出されたチラシなんかに見向きもしない。男も惰性で配るだけで、特に熱意は感じられなかった。捨てられたチラシが歩道の上で風に舞っていた。

そうだろうな。あんなものを受け取って、じっくり読み込む人なんかいやしない。それが普通だ。信号が青に変わり、航は自転車を押して横断歩道を渡った。金髪男はだるそうな仕草で、機械的にチラシを人の前に差し出していた。

あんな薄っぺらいものにすがりつき、人生を狂わされるなんてバカだ。

航は心の中で吐き捨てた。


母、江里子《えりこ》がチラシを受け取った瞬間を、航は鮮明に憶《おぼ》えている。

江里子は八歳の航の手を引き、別の手でボストンバッグを提げていた。だからそのチラシを受け取るためには、一度ボストンバッグを足下に置かねばならなかった。そうまでして、江里子はあれを受け取ったのだ。ランドセルを背負った航は、黙って母の一連の動作を見ていた。母は大きなお腹をしていた。やがて生まれる満里奈がそこにいたのだった。

　チラシの文字に視線を走らせた母は、顔を上げてそれを差し出した男を見やった。心底途方に暮れたという様子だった。男はそれに応えてにっこりと笑ったと思う。あの瞬間に、母だけでなく、航と満里奈の運命も決まったのだ。

　江里子は真に途方に暮れていた。そして男も男が属する組織も、そういう人間を待ち望んでいたのだ。

　あの時、江里子が提げていたボストンバッグと、航が背負っていたランドセルが、二人の持ち物すべてだった。そんな風体で、母子は街をさまよっていた。行く当てがどこにもなかった。そしてチラシには、こう書いてあった。

　――神の懐へ飛び込んできなさい。迷うことはありません。私たちは誰でも受け入れます。

　まさにぴったりと合致した出会いだったと、少し後になって航は考えた。だが、もっと後になってからは違った見解を持った。すなわち、あの男は、母のような背景を持った人間を見抜く力を持っていたのだ。寄る辺もなく、心の弱い愚かな人間を。

　それがわかっていたとしても、たった八歳の子供に何ができただろう。航はそのまま、母の手に引かれていくしかなかった。見知らぬ男にふらりとついていく母の手に。

　身重の母は、その直前に父と別れていた。父は別の女と暮らすために家を出ていった。

ひどい男だとは思う。もうすぐ自分の子が生まれるというのに、妻を捨てるなんて。だが、それまでの夫婦のいがみ合いを見ていた航は、納得したのも事実だった。父には大きな借金があり、それがもめ事の主な原因だった。しかし、妊娠している妻とは別に女がいるということは、金銭面だけでなく、女にもだらしない人間だったのだろう。

今となっては、実の父の顔も生活態度もおぼろだ。ただ母と激しく言い争う声だけは憶えている。両親は、航が小学校へ上がる前からそんなふうだった。母の愚痴から始まり、怒鳴り合いになると、航は布団の中に潜り込み、耳をふさいだ。しまいには何かが壊れる音がしたり、ものを投げつける音がしたりした。

そんな月日を過ごした後、江里子は妊娠した。自分に兄弟ができる。そのことには、ずっと思い至らなかった。母のお腹はどんどん大きくなるのに、両親の不仲は相変わらずだった。母は、二人目が生まれるのに、生活態度を改めない夫に苛立《いらだ》っていたし、経済的な不安もあったのだろう。それまで以上に夫を責め立てた。まさか彼が別の女のところに行ってしまうなんて思いもしなかったのだろう。

でもそれは現実に起きた。

後で知ったことだが、父は母に借金の債務《さいむ》が降りかからないよう、形式上の離婚を持ちかけた。夫に莫大《ばくだい》な借金があることを知っていた母は、それを了承した。卑劣な父は、離婚届を役所に提出した足で失踪《しっそう》した。すべてを知った母は、あまりのことに思考停止に陥ったようだった。家賃を滞納した借家でじっとしていた。何をどうしたらいいのかわからなかったらしい。頼るべき人もいなかった。航はなんとか学校には通っていたが、家事全般を放り投げた母の許《もと》で、薄汚く、常に飢えた子供になった。

一か月半後、とうとう借家からも追い出されることになった。大家は、江里子のお腹を見て気の毒そうな顔をしてはいたが、それでも半年もの家賃滞納者に対して容赦はなかった。母も覚悟はしていたらしく、もう荷物はボストンバッグに詰めてあった。ランドセルを背負った航を連れて、とぼとぼと歩いていった。

一応訪ねていく当てはあったようだ。それは江里子が以前働いていた喫茶店の女経営者のところだった。下高井戸《しもたかいど》にあるその女性の店を訪ねていきはしたが、母の訴えを聞いた彼女は、険しい顔をして首を横に振った。

「あんたはどうも男運が悪いんじゃないかと思ってたんだよ」

突き出した江里子の腹は目立っていたが、そのことにはあえて触れなかった。

航は喫茶店のカウンターに座らされ、背中で不毛なやり取りを聞いていた。カウンターの向こうには、若い男が立っていた。

「コウちゃん、その子に何か飲み物をこしらえてやりなよ」

コウちゃんと呼ばれた男は、航にクリームソーダを作ってくれた。彼はくたびれたバーテンダーのような恰好をしていた。そこは昼間は喫茶店、夜はカラオケスナックになるような、古びて煤《すす》けた感じの店だった。

「悪いけど、あたしには何にもしてやれないね」

うなだれた江里子に、でっぷり太った中年女は言った。

「不景気だからね。あんたを雇うような余裕はないよ」

航はクリームソーダの中の炭酸の泡に目を凝らしていた。緑のソーダの向こうに、バーテンダーの顔が見えた。この人を雇っているんだから、もうお母さんを働かせてはくれないだろうなと、子供ごころに思った。男はちらちらと航の方を見ながら、グラスをダスターで拭いていた。一言二言、何か話しかけてきたのに、航はぼそぼそっと答えた。背後の会話に耳をそばだて、気もそぞろだった。

それでも普段飲んだことのないクリームソーダは嬉《うれ》しかった。長い柄のついたスプーンで、丸いアイスクリームをすくって食べた。

結局女経営者との話し合いは不首尾に終わり、江里子は、航の手を引いて店を後にした。

そして、京王《けいおう》線の下高井戸駅の前で、あのチラシを受け取ることになるのだ。

『至恩《しおん》の光《ひかり》教』。

それが、航たちが連れていかれた施設の名前だった。つまり、新興宗教だ。

江里子はそこで満里奈を産んだ。あの時、航たちを救ってくれたのが『至恩の光教』だったのは確かだ。そうでなければ、江里子は大きなお腹を抱えて、路頭に迷っていたに違いないのだ。最悪の場合、思い詰めて発作的に電車にでも飛び込んでいたかもしれない。生きている子もこれから生まれてくる子も、もろとも道連れにして。

『至恩の光教』は北千住《きたせんじゅ》にあった。正確な住所は足立区《あだち》千住柳町《せんじゅやなぎちょう》だった。しばらくして、そこら一帯は、かつては柳新地《やなぎしんち》と呼ばれた色町だったのだと知った。しかし、当時の面影はほとんど残っていなかった。どこにでもある住宅街に見えた。ただ戦災に遭っていないので、戦前の建物も多く残っていた。その中に色町時代の建物もあったのかもしれないが、子供には判別がつかなかった。

古い住宅街の中に、元は学習塾だったという二階建てのプレハブが建っていた。そこを教団がまるごと買い取って、宗教施設に改装したのだった。

敷地内には、教祖《きょうそ》の家も建っていた。そっちはただの中古住宅だった。きっと学習塾が潰《つぶ》れるまでは、経営者が住んでいたのだろう。

教祖様は、痩《や》せた貧相な中年男だった。特にオーラを感じられるということもなかった。プレハブに住んでいる信者たちは（女性が圧倒的に多かったが）、彼のことを「おやかたさま」と呼んで敬っていた。

江里子と航は、プレハブの二階に落ち着いた。一階には祭壇のある「礼拝室」と事務所があり、二階が住居になっていた。細々と区切られた部屋がいくつもあり、その中の一室をあてがわれた。江里子はボストンバッグを置くと、魂が抜けたみたいにしばらく座り込んでいた。自分の置かれている状況が理解できていなかったようだ。

それでも信者の女性たちが、あれこれと世話を焼いてくれるに従い、安堵の表情を浮かべるようになった。

「もう大丈夫ですよ」

「ここにいくらでもいていいんですからね」

「何も遠慮することないのよ」

「赤ちゃんもここで産んで育てたらいいのよ。私たちもお手伝いするから」

「おやかたさまが守ってくださいますよ」

口々にそんなことを言われて、訳がわからないなりに安心したようだった。母親がそうであれば、航に他の選択肢はない。そこに居つくしかなかった。

居心地が悪かったわけではない。プレハブの二階に住む十数人の信者たちは皆優しかった。チラシを配っていた男は、小山《こやま》と言って、信者たちから「事務長さん」と呼ばれていた。宗教団体の実務を取り仕切っているのが小山だった。

彼がさっさと手続きをしてくれたので、航は前の小学校から北千住の小学校に転校できた。彼は教団の施設から、その学校に通うことになった。小学二年生の夏休み明けからだったと思う。航は心構えもできないうちに、母の結婚前の姓である「長谷部《はせべ》」を名乗らなければならなくなった。環境の激変に加え、名前にも学校にも戸惑った。

しかし夫に去られ、家を追い出された江里子は、安住の地を見つけたわけだ。宗教など二の次だ。『至恩の光教』の中にいるかぎり、衣食住は保証されている。それが一番重要なことだった。その上に精神的な安定ももたらされた。孤独を味わわずにすみ、不安や惨めさに慄《おのの》くこともない。生活能力のない江里子には、うってつけの場所だった。

　胡散臭《うさんくさ》い新興宗教『至恩の光教』がどんな運営をしていたのかは知らない。外から熱心に通ってきていた信者もたくさんいたようだから、彼らからのお布施や寄付で運営資金を賄っていたのか。それとも何か副業でもしていたのか。航があそこにいたのは一年足らずだから、未《いま》だにわからないことはたくさんあった。

　航が親しく交わったのは、共同生活をしていたプレハブの住人たちだった。たいていは独り者の女性で、夫婦で暮らしている人も二組ほどあった。けれども子供は一人もいなかった。だから余計に航は可愛がられたのだと思う。学校へ行く時は、皆が見送ってくれた。住み込んでいる人たちは、そこから働きに出たりもしていた。特に制約は受けず、自由に暮らしているように見えた。

　とにかく彼らは一様に「いい人」だった。働けないで部屋でごろごろしている江里子を、疎ましがるということもなかった。昼間、航が学校に行っている間に、おやかたさまが祭壇のある礼拝室で、信者を集めて訓話をしたり、祈ったりしているようだった。

「どんなことをしてるの？」

　母に聞いても要領を得なかった。

「子供はいいのよ。そんなこと知らなくて。おやかたさまの話は難しいからね」

　そう言ってはぐらかした。どうやら母にもよくわかっていないらしかった。しかし、そういう宗教行事に出ることが、施設に置いてもらえる条件だということはわきまえていた。だから母は言われるままに『至恩の光教』に馴染《なじ》んでいった。

小学校に通うということは、航にとっては外の世界と接することだった。学校側は、校区の中に宗教団体が入り込んできたことと、そこから通って来る児童がいることを、どう位置付けたらいいのか苦心しているようだった。そんな子は今までいなかったから、担任の教師も大いに戸惑っているふうだった。それで、やっぱり自分が置かれている環境は異常なのだなと航は認識した。

宗教団体は「家庭」ではない。あそこにいる人々は「家族」ではない。

地域社会にとっても、突然入り込んできた新興宗教は異端なのだ。近隣住民からそういう目で見られているということが、学校という外の世界を通すとよくわかった。そこから学校へ通って来ている航は、クラスには受け入れられなかった。

受け入れられないどころか、ひどい虐《いじ》めに遭った。五年生に菊池《きくち》という体格のいい児童がいて、常に四、五人の取り巻きを連れていた。菊池は小遣いをふんだんにもらっていて、取り巻き連中を引き連れてゲーセンで遊んだりしていた。学校からの帰り道にその集団に出くわすのは、最悪だった。

「お前、カミサマの家に住んでるんだって？」

硬直してしまった航は何とも答えられない。

「カミサマの家にいたら、なんかいいことあんの？」

菊池の言葉に、周囲の子供がクスクスと笑う。

「どんなもん、お祀《まつ》りしてんの？　あの中で。いっぺん見せてくんない？」

「こわーいもんだったりして」

誰かが茶化した。

「バカ、そんなこと言ったら祟《たた》られるぞ、お前」

「うちの母ちゃんが言ってた。おかしなお経をあげて、大声で歌ってるって」

「うへ、気味が悪いな」

「出ていけよ。お前ら来て迷惑してんだよ」

やはり五年生の桜田《さくらだ》という男児が、航のランドセルに手をかけて揺すった。航はされるがままだ。誰かが背後からランドセルを蹴《け》り上げる。前に勢いよく押し出されるが、やはり抵抗することはできなかった。そのうちの一人が、背後からランドセルの蓋を開けた。

「何が入ってんのかなあ」

「お札《ふだ》とか、お経の本とか？」

手を突っ込まれそうになって、思わずその手を払った。

航が反発するのを待っていたように、上級生たちはいきり立った。

取り囲まれて、ランドセルを無理やり剝ぎ取られた。ランドセルの中身を地面にぶちまけられる。教科書やノートやプリントが散乱するのを、航は黙って見下ろした。

相手は、足で乱暴に本や文具を搔き混ぜた。

「何もないな」

「つまんねえ」

桜田がいきなりランドセルを道路の脇の水路に投げ込んだ。黒いランドセルはパシャンと小さな音を立てて水の中に落ちた。そんなに深い水路ではない。悪ガキたちは、航が慌てて水路に下りて、びしょ濡れになったランドセルを拾い上げるのを、ゲラゲラ笑いながら見ていた。

そのランドセルは、前の小学校へ上がるぎりぎりになって、江里子が値下がりした売れ残り品を何とか買ってくれたものだった。前の家を出る時、持って出た航のたった一つの持ち物だった。

航が無残な姿になったランドセルを水路から拾ってきて、逆さにして水を切っているのを見て、菊池たちはまたひとしきり笑った。それでようやく気が済んだのか、ぞろぞろと去っていった。航は濡れたランドセルを背負った。背中が冷たかった。地面に散乱した教科書類を拾い集め、胸に抱いて帰路についた。

水がポタポタ滴《したた》るランドセルを背負って帰ってきた息子を見ても、江里子は気だるげにちょっと頭を上げただけで、また横になってしまった。『至恩の光教』に来て、江里子はすっかり自堕落になってしまっていた。

食事は女性たちが一階の調理場で作ってくれ、皆が揃って食堂で食べた。風呂《ふろ》はないので、銭湯に行った。北千住には銭湯がたくさん残っていて、常連客も多かった。その辺りは、かつて職人や工場で働く人の借家が多かったのだ。そういう人たちの暮らしを支えたのが銭湯で、まだ当時のままの銭湯が営業していた。そういう環境は、集団生活をする教団が入り込むのにもちょうどよかったのだろう。

銭湯代も教団が払ってくれていた。住み込んでいる人たちは、私財というものをほとんど持っていなかった。着るものも古着だが支給された。何も困らない。江里子は自発的に何かをするということがなくなった。

「あなたは赤ちゃんを産むことだけを考えなさい」

そう言われて多幸感に溢れる笑みを浮かべる母は、不気味だった。

彼女はしだいに息子のことにも関心を持たなくなっていった。

だから航は、自分のことは自分で対処しなければならなかった。菊池たちに触発されて、クラス内でも虐めが始まった。誰も口をきいてくれないのはまだいい方で、航が通ると「臭い」だの「怖い」だのと陰口を叩《たた》かれた。女子は本気で航を怖がっていた。

何かの活動で航と組まされることを極端に嫌がった。校外学習で男女が手をつなぐという場面で、航と当たった女子児童は泣いてそれを拒否した。

男子児童によって、体操着や上靴を隠されたり、教室内で足を出して転ばされたりもした。給食を配膳《はいぜん》する時、熱い汁ものをわざと体にかけられたりもした。そんな時、航はポケットの中に片手を入れて耐えた。ポケットの中にはクルミが一つ入っていた。それをぐっと握りしめて自分の気持ちを抑えていた。

クルミは、保育園に通っている時に担任の保育士が、組の子に配ったものだった。先生が読み聞かせてくれた絵本にクルミが出てきたのだ。硬い殻を割ろうと、森の動物たちが頭をひねる物語だったと思う。誰かが「クルミって見たことない」と言い、他の子もそれに同調した。すると先生は、クルミを買ってきて、皆に配ってくれたのだった。

「殻の中には実が入ってるのよ。栄養のある美味しい実なの」

そう言って配ってくれた。それを航は大事に取っておいた。硬い殻を割るのはもったいない気がした。誰かにものをもらうというまれな経験が嬉しかったのかもしれない。

小学校でも毎日ポケットに入れて持ち歩いた。虐めに耐えている時、航はクラスメイトに対する反感や恨みや憎しみ、時に芽生えようとする攻撃性をクルミに込めた。硬い殻の中身は、もはや美味しい実ではなく、航の暗い思いの凝縮したものになった。

執拗《しつよう》な虐めや暴力は続き、そのたびに握るクルミの表面はてらてらと滑らかになった。担任は三十代の独身女性だったが、彼女は見事なほどそれらを無視した。見えているのに、見るまいと思えば、それはなかったことになるのだ。新興宗教よりも怖い実態だった。

その上に、下校時には菊池らのグループが待ち伏せしているのだ。彼らと遭遇せずに帰る方法を、航はいろいろと考えたが、奴らはその裏をかいて航の前に出現した。悪ガキたちによって、無理やり文房具屋で万引きをさせられたり、荒川の河川敷で暴力を振るわれたりした。航は黙ってそれらに耐えていた。抵抗すれば、彼らを余計に昂《たかぶ》らせるだけだと学習していた。

それ以上に明確なことがあった。

航が『至恩の光教』に属しているから、学校という集団から弾《はじ》き出されるのだ。おかしな宗教は学校からも保護者からも忌避《きひ》されていた。

母と二人で、どこか別のところで暮らしたかった。こんなところにいなくても、生きていける術《すべ》はあるはずだ。幼いなりに航は考えた。そのことを母に訴えもした。

「いいえ。そんなことをしたら私もあんたも生きていけないんだよ。この子も――」と母はお腹をさすった。「生まれてくることができない。ここにいればおやかたさまが守ってくれるんだからね。ここから出たらいけない」

背筋が凍った。『至恩の光教』に連れて来られた時、信者たちが言った言葉を、母が口にしている。何の疑いもなく。母は生活を成り立たせるためにここに身を寄せているのではない。心の底から宗教に染まってしまったのだ。

航は絶望的な気持ちで、突き出したお腹をさする母の手元を見た。

航自身も、新しい兄弟が生まれてくることを心待ちにしていた。今まで大人の中で独りぼっちだった。赤ん坊が生まれたら、そういう状況が打破できる。小さくてか弱い命だけど、自分と同じ子供が加わってくれる。自分は「兄」になるのだ。その未知の立ち位置のことを考えると、どうしようもなく浮き立った。

だが――それでいいのだろうか。

この子は幸せになれるのだろうか。自分と同じように異端と見られて辛《つら》い思いをするのではないか。

横になったまま、顔を背けてしまった母の背中を見ながら、航は暗澹《あんたん》たる思いを抱いた。そしてすぐさま、そんなことはさせないと決意する。あの子は絶対に僕が守ってやろう。母も『至恩の光教』の信者も当てにはできない。

あれは二十三年前の秋のことだった。

満里奈が生まれたのは、それから一か月後のことだったが、その前に航にとって大きな変化がもう一つやってきた。何もかもが秋に起こったことだ。

航が通う小学校に転校生がやって来た。それも航と同じクラスに。

あの日のことも鮮明に憶えている。転校生が入ってきた途端に、クラス中が小さくどよめいた。先生がその男の子を紹介する間、囁《ささや》き声があちこちで聞こえた。

「段田《だんだ》蒼人《あおと》君」

彼の名前を、先生は黒板に書いた。

その間、瞬きもせずに、蒼人は教室の前に立っていた。一瞬にして自分の品定めをするクラスメイトを見渡して。

「あの子はきっとハーフだね」

航の前の席の女子が隣の子に囁いている。

「だってほら、あの目を見て」

蒼人の瞳《ひとみ》は、名前と同じに澄んだ青い色をしていた。色白で髪の毛も茶色がかっていたが、取り立てて彫りの深い欧米人といった顔貌《がんぼう》ではなかった。

「お父さんがイギリス人で、お母さんが日本人なのよ。たぶん」

話しかけられた女子が、知ったかぶりでそんなことを言った。

「じゃあ、段田君、ご挨拶をどうぞ」

先生に促されて、蒼人は一歩前に出たけれど、それだけだった。彼は一言も言わず、さっきと同じように皆を見渡した。

「どう？　自分のこととか、知りたいこととか――」

先生は、そっと蒼人の背中に手を添えたが、彼はまったく動じなかった。口を開こうともしない。笑みもなく、かといって不機嫌でもない。ただ蒼人はそこに立っていた。

先生は小さく咳払《せきばら》いをした。

「それじゃあ、段田君の席は――」先生は、ぐるっと教室を見渡し、航を指差した。

「長谷部君の隣にしましょう」

その時も、クラス内がざわついた。さっきとは違った意味で。

最後列の航の隣の席は、いつも空いていた。誰も座りたがらなかったせいだ。蒼人は静かに椅子を引いて座った。机の上に置いたのは、ランドセルではなく、皮革《かわ》の被《かぶ》せのついた布製のリュックだった。そういうところにも、かすかに外国の匂いが感じられた。

航は緊張した。もしかしたら、こいつは日本語を一言もしゃべれないのかもしれない。あるいは、何らかの障がいがあって、口がきけないのかもしれない。自分に友人が一人もいないというのに、そんなクラスメイトの扱いは皆目わからない。

しかし授業が始まると、蒼人は航に身を寄せて「教科書、見せて」と言った。

ほっと肩の力が抜けた。ハーフか何か知らないけど、ちゃんと日本語はしゃべれるわけだ。それなのに、授業中先生に指されても、彼はやはり一言も発しなかった。担任は、早々にこの子にも「かかわりたくない児童」の評価を下したようだった。

休み時間にクラスメイトが寄ってきて話しかけたが、蒼人の反応は薄かった。たいていの質問は無視した。よくて軽く頷《うなず》くか、「うん」と言うだけだった。十分間の休み時間が何度かやってきて、同じことが繰り返された。

そんな転校生を航は横で見ていた。淡々とした態度には、何の感情も込められていなかった。この違和感は何だろうと考えた。その日一日が終わる頃、答えがわかった。蒼人は子供らしくなかった。成熟しているというのではない。頭がよすぎて、同年代の子を見下したり軽蔑《けいべつ》したりしているのとも違う（たまにそういう鼻につく児童はいた）。

同年代の子では知り得ないことをたくさん知っているのに、知ったかぶりをするほど子供じゃないとでも言おうか。言葉にするのは難しかった。今なら「老成した」という言葉が当てはまるとわかっているが、その当時は思いつかなかった。

航だけでなく、クラスメイトたちも蒼人が自分たちの仲間ではないと感じ取った。それも多数派である自分たちが下した裁定ではなく、蒼人の方から拒絶しているということも。先生の評価から少し遅れて、一週間もすると、蒼人にも「異端」のハンコがばんと押された。

教室の隅っこで並ぶ航と蒼人は、おおざっぱに同じ部類に入れられ、教室内で孤立した。もう誰も転校生に話しかけなかったし、先生も二度と蒼人を指さなかった。蒼人は、そんなことになっても、変わらず淡々としていた。やはり何を考えているのかわからなかった。

航と蒼人は席が隣どうしだし、クラスで仲間はずれにされているから、自然と一緒に行動することになった。教室移動の時は、皆から置いていかれたし、航にする虐め行為が、ついでのように蒼人にも為された。無抵抗な二人は、恰好の虐めの対象だった。

蒼人の場合は、無抵抗なのではなく、無反応というべきだった。航が抵抗を諦《あきら》めているのとは、根本的に違っていた。それでも虐めを仕掛ける愚かな連中には、その微妙な違いは伝わらない。蒼人は、おとなしく弱々しい、ある意味「虐められる条件の揃ったクラスメイト」だった。

蒼人があまりにも受け身で、驚きも嘆きもしない様子を見て、航は却《かえ》って気持ちが落ち着いた。よくよく考えれば、クラスメイトのくだらない虐めなど、どうだっていいと思い始めた。蒼人は体操着や上靴がなくなっても平然としていたし、引っかけようと出した相手の足を逆に踏んづけて「あ、ごめん」と言ったりした。

航が虐めに遭うたび、ポケットに手を入れて耐えているのに、蒼人は気づいているようだった。髪の毛を引っ張られたり、ノートを破られたりすると、航はすっとポケットに手を入れる。あまりに力を入れて握るものだから、クルミが軋《きし》んだ音を出すこともあった。そのかすかな音にも、蒼人は耳をそばだてているように見えた。だが、それでも蒼人は航にポケットの中身を問うことはなかった。航が見返すと、蒼人はそっと目を逸《そ》らした。

興味を持ってお互いを見始めたのは、あるきっかけがあったからだ。音楽の授業でも、音楽室で航と蒼人は自然に並んで座っていた。音楽教師は、頭の毛の薄い五十がらみの中年男だった。赤木《あかぎ》という名の教師はその日の気分で機嫌よく授業をしたり、つんけんした態度で児童に当たったりするので、クラスの誰もが嫌っていた。

蒼人が転校してきて初めての音楽の授業の日は、すこぶる機嫌が悪かった。おそらくは家で何かあったか、教頭に注意されたかしたのだろう。転校生である蒼人を指して、教科書に載っている歌を歌うように命じた。蒼人は立ち上がりはしたが、当然のように歌うことを拒否した。何度促しても、ただ立ちつくす転校生に、赤木は苛立ち始めた。

「段田君は耳が聞こえないのか。それとも口がきけないのか。どっちだ」

クラスメイトたちは、皆うつむいた。航だけが顔を上げて、だんだん自制できなくなってくる音楽教師を観察していた。その視線にも赤木は怒りを覚えたようだ。蒼人を教室の後ろにある楽器収納庫に押し込めた。

「自分の態度をそこで反省しなさい。先生や皆に謝りたいと思ったら出てきてもいい」

乱暴に扉を閉めた後、航を扉の前に立たせた。

「段田君が中から声をかけたら、先生に言うように」

窓もなく、暗くて狭い収納庫の中に、二年生の子が長くいられるわけはないと踏んだのだろう。赤木はクラス全員をピアノの周囲に集めて、合唱の練習を始めた。この音楽教師はあまりピアノがうまくない。時々音をはずした。それでも彼の機嫌をそれ以上損ねたくなくて、皆は気がつかないふりをして歌った。航は扉の前に立って、そんな授業の様子を眺めていた。収納庫の中からは、何の音もしなかった。

航は、癖になっているクルミを片手で握りしめる仕草をしていた。歌を歌うクラスメイトに入れてもらえず、罰のように立たされた悔しさをクルミにぶつけていた。理不尽な音楽教師への反感も加わっていた。クルミは、ポケットの中で歯ぎしりのような音を立てた。

授業が半分くらい過ぎた頃に、赤木がピアノの前から立って来た。いつまで経っても反省をしたと意思表示をしない蒼人に、腹を立てているようだった。彼は航の肩をつかんで乱暴に扉の前からどかすと、扉を押し開いた。航にも収納庫の中はよく見えた。

蒼人はそこにいなかった。大太鼓や木琴やケースに入った金管楽器がごちゃごちゃと置いてあった。だが、子供の姿はなかった。赤木は、振り返って航を睨《にら》んだ。

「段田君は出ていったんだな？　何でここを開けたんだ」

航はぶるんぶるんと首を振った。背中をくっつけるようにして扉の前に立っていたのだ。蒼人が出ていけるはずもない。

「嘘をつくんじゃない！」赤木は怒鳴った。

その時、クラスメイトの一人が窓から校庭を見下ろして「あっ」と言った。全員が窓に寄っていった。校庭のウサギ小屋の前に蒼人がいた。しゃがみ込んで、キャベツの葉を食べるウサギをじっと見ていた。

「ほら見ろ！　なんであんなところに段田君がいるんだ」

赤木は航の腕をつかむと、大股《おおまた》に音楽室を出ていった。航は引きずられるようにして階段を下り、ウサギ小屋の前に連れていかれた。蒼人が立ち上がった。凄《すご》い剣幕の教師と、情けない顔をしたクラスメイトを交互に見る。

「段田君、何で私の言うことを聞かなかったんだ。あそこで反省しろといっただろ？」

蒼人はやっぱり答えなかった。禿《は》げた頭から湯気が出るんじゃないかと思えるほど、赤木は真っ赤な顔をしていた。今度は航の方を振り返った。

「どうして段田君を外に出したんだ。何のために扉の前に立っていたんだ」

「出してません」

航は本当のことを言った。赤木はいきなり平手で航を殴った。

「口ごたえするな！」

航は勢いよく後ろに倒れ込んだ。なぜそんなことをしたのかわからない。ポケットの中のクルミをつかみ出して、赤木に投げつけた。クルミは彼の鼻っ柱に当たった。小さなクルミだから、痛いということもなかったろう。だが、虫の居所の悪い音楽教師を逆上させるのには充分だった。

「こいつ！　何をするんだ！」

赤木はクルミを踏みつけ、そのまま航に覆いかぶさってきた。襟首をつかまれて激しく揺さぶられた。後頭部が何度も地面に打ちつけられた。赤木は何かを喚《わめ》き散らしていたが、聞き取れなかった。職員室からその様子を見ていた別の教師が飛んできて、赤木を制した。そして自分を見失った態《てい》の音楽教師を連れて校舎に入っていった。

あとには蒼人と航が残された。蒼人は、倒れ込んだままの航を見下ろしていた。そして落ちたクルミに視線を移した。クルミの殻は割れていた。

「クルミだ」蒼人はそれに手を伸ばした。「うまいんだよな、これ」拾い上げた殻の中には、縮れた形の実が入っていた。

航はそろそろと身を起こした。立ってズボンについた土を叩《はた》く。

「それ、食べたことがある？」

航の問いに、蒼人は嬉しそうに頷いた。

「食べる物がない時、森の中でこれを探して食べたんだ」

食べる物がない時？　どんな身の上の子なんだろう。初めて蒼人に興味を持った。

「食べる物がなかったの？」

「うん」

「僕もある。そん時は、水道の水ばっかり飲んでた。そしたら、水道も止められて……」

割れたクルミを手のひらの上に置いたまま、蒼人は顔を上げた。二つの青い目に真っすぐに見据えられて、航はうつむいてしまった。水道を止められたなんて恥ずかしいことなのに、何で口走ってしまったのだろう。顔が赤らむのがわかった。急いで付け足した。

「森の中に食べる物が落ちてたらよかったのにな」

それもまた恥の上塗りをしていると気がつき、さらに消沈した。

「そうだね」蒼人は明るく言った。「クルミを拾って実を食べた後、僕は水を飲んだんだよ。小川の水を。そしたらお腹の中で実が膨れる。満腹になるんだ。食べる物がなくたって、どうってことないよ」

「いいな」

「いいだろ？」

森の中でクルミを探し、実を取り出して食べた後、小川に口をつけて水を飲む蒼人の姿を想像した。それはよその国のことなのだろうか。苛酷《かこく》な環境を、この子も工夫と知恵で生き抜いてきたのか。自分と同じように。急に青い目のクラスメイトが身近に感じられた。

二人はウサギ小屋の前に座って、クルミの実を分け合って食べた。航の憎しみがこもった実は、美味しかった。赤い目のウサギがじっと二人を見ていた。

叩かれた頬は赤く腫《は》れた。担任教師は事情を聞いただろうが、何も言わなかった。内心では航の保護者が怒鳴り込んで来るんじゃないかと冷や冷やしていただろうが、そういう面倒なことは起こらなかった。航は母には何も言わなかったし、江里子も子供の頬が腫れている理由を訊《き》かなかった。

それから航と蒼人は、何となく寄り添うようになった。帰る方向が一緒だったということもあるし、同じようにクラスで弾かれていたということもある。だけど、一番の理由はお互いが似ているということに気づいたせいだ。身の上がというだけではなく、どこか淡々としていて、冷めているようなところが。二人は不思議な連帯感でつながれた。二人になると、クラスでの虐めはあまり気にならなくなった。

問題は上級生たちだった。同じタイミングで学校を出て、並んで歩いている航と蒼人に、菊池たちは絡んできた。

「おっ、お前もカミサマの家に住んでんの？」

そう問われて蒼人はきょとんとした。転校生の彼には、『至恩の光教』のことなどわかるはずがない。その頃には、菊池は航にとって脅威以外の何ものでもなくなっていた。菊池には、さらに凶悪な兄がいた。そいつが時々、暇つぶしのように現れて、航をいたぶったのだ。中学三年生の兄は、航の年代からすれば、とんでもない年長者に見えた。年齢だけではなく、菊池兄は、弟と同じく体格がよかった。背も高いが、ラグビー選手か相撲取りのようなごつい体をしていた。高校生の不良グループとやり合って、叩きのめしたのだと菊池が自慢げに言っていたが、信憑性《しんぴょう》があった。

そんな輩《やから》が小学二年生を追いかけ回して暴力を振るって、何が面白いのかと思ったが、実際のところ、菊池兄は心底楽しそうだった。彼はどういう事情か知らないが、ここのところ中学校には行っていないようだった。それで頻繁に弟と一緒に現れた。

初めて蒼人に絡んできた時、菊池は取り巻きを連れてはいるが、兄を伴ってはいなかった。それでも愉快な展開とは言い難い。航はぐっと唾《つば》を呑み込んだ。横目で蒼人を見るが、相変わらず恬淡《てんたん》と構えていた。

「違うよ。この子は転校してきたんだよ」

「へえ」

菊池はガムをくちゃくちゃ嚙《か》みながら、蒼人に向き合った。

「お前、こんな奴と仲良くしてたら、おかしなカミサマに取りつかれるぜ」

「カミサマ?」

蒼人は無邪気に問い返した。彼がそんなふうに返事をするのは珍しいことだった。航は嫌な汗が噴き出してくるのを感じた。その日はかなり気温が下がり、冷たい風が吹いていたというのに。

『至恩の光教』のことを知られるのが恥ずかしいと思った。そう思って初めて、蒼人に親近感を抱いている自分に気がついた。

「そうか。お前、外国人だからやっぱ、あれか。外国のカミサマを信じてるんだろ?」

驚いたことに、蒼人は「ハハハ」と笑った。初めて彼の笑う顔を見た。

菊池はぎょっとした顔をした。彼もチビの二年生に笑われるとは思っていなかったのだろう。「なんだよ」と返した声はわずかに震えているようだった。得体の知れないものを前にして怯《おび》える子豚のようだった。

「おい」すぐさま気を取り直して、菊池は胸を張った。「何で笑ったんだ?」

仲間の手前、弱いところは見せられないといったところか。

まずいな、と航は思った。こういう頭の悪い輩は、失点を取り戻そうと躍起になるものだ。今までの菊池との関わり合いで、相手の性情はよくわかっていた。自分を守るために身につけた悲しい習性だ。

「カミサマなんていないよ」

そうはっきりと蒼人は言った。それにも驚かされた。

菊池はバカにされたと思ったらしい。さらにいきり立った。

「そんなことはわかってるよ」

虚勢を張ったつもりだろうが、菊池のもの言いは、おたおたしているように聞こえた。

「それならいいんだ」

また蒼人は、菊池の神経を逆撫《さかな》でするようなことを言った。航の背中を冷や汗が流れていった。

った。

蒼人は、航に向かってそう言い、すたすたと歩きだした。反射的に航は蒼人の後を追
「行こう、長谷部君」

「おい、待てよ」

菊池が素直に通してくれるとは思わなかった。だから、後ろから声をかけられた時、蒼人の手をつかんで走りだした。なぜだか、この子を痛い目に遭わすわけにはいかないと思った。蒼人は手を引かれたまま黙って走った。か細い手首だった。

航は、神社の境内に逃げ込んだ。小さな神社だったが、鎮守の森は鬱蒼《うっそう》と繁っていた。そこへ逃げ込めば、向こうは諦めてくれるのではないかと思った。だが、菊池はしつこかった。五年生の足は速い。社殿の横に小さな物置が建っていた。氏子たちが境内の掃除をする時使う道具などをしまっておくものだ。菊池たちは、森の中を捜すだろう。物置と石柱の間に体をねじ込ませて隠れた。松の木がそばに生えていて暗がりになっているから、見つからないだろうと考えた。

案の定、菊池たちは森の中を捜し回っているようだ。早くどこかへ行ってくれと念じた。だが、戻ってきた五年生たちの声を聞いて震え上がった。

「物置の中を見てみろ」

玉砂利を踏んで足音が近づいてくる。航は身をすくませた。

「鍵《かぎ》が掛かってる」

桜田の声がして、物置の引き戸がガタガタ鳴った。

「なら、後ろじゃないか？」

引きずり出されてさんざん殴られたり蹴られたりするところを、もう航は想像した。

その時、蒼人の方から手首をつかまれた。

「じっとして。目をつぶって。長谷部君」

何が起きたのかわからなかった。菊池たちの声が遠くに聞こえた。

「誰もいないよ」

「ちぇっ」

「くそ！　今度つかまえたらひどい目に遭わせてやる」

何とか威厳を取り戻した菊池の声がした。

航は目を開いた。並んだ石柱とその向こうの物置の後ろ側が見えた。

「え？」

神社に隣接する畑の中に自分がしゃがんでいると認識するのに、しばらくかかった。里芋の大きな葉が目の前に突っ立っていた。

神社の周囲に巡らされている石柱を越えた記憶はなかった。ましてや畑の中に入って、ここにしゃがんだこともまったく意識外だった。すぐそばに蒼人の顔があった。

五年生のグループが行ってしまうのを見計らって、蒼人は立ち上がった。

「行こう、長谷部君」

さっきと同じことを言って、蒼人は畑の畝の間を歩いていった。航もその後を追った。背中を流れた汗は乾いていた。

その背中に当たる冷たい風が心地よかった。

それが、蒼人が自分たちとは違うのだと感じた最初の出来事だった。この方法で、蒼人は楽器収納庫から抜け出せたんだなとわかった。そう納得しただけで、特に不思議だとか怖いとかは感じなかった。子供の世界には、理詰めで解決できない事柄がいくつもあったし、そうしようとも航は思わなかった。ただ受け入れれば、すべてはうまくいくのだ。

ふと振り返ると、鎮守の森が、秋の風に吹かれて大きくうねっていた。

蒼人とその家族は、風に乗ってやって来た秋の種族だった。

――地にふして、また空をあおぎ、お祈り申す。われらここに、おんみたまよりいのちをいただき、えにしにかんしゃ。つみびとのけがれをはらいたまえ、神の国へみちびきたまえ。

オンカリマーカリ、オンカリスメラ、トゾノリマスカリ、オンカリオンカリ。

おやかたさまに唱えさせられた祝詞《のりと》かお経か知らないが、型どおりの文言は、今も憶えている。航もそのうち、集会に参加させられるようになった。嫌だったが、母に引っ張られるようにして礼拝室に連れていかれた。

おやかたさまの奥さんが、太鼓をドンドンドンと叩くと、皆がこの文言を唱えるのだ。畳敷きの礼拝室には、ぎっしりと信者が座っていた。礼拝室は学習塾の時、大講義室だったところで、小学校の教室二つ分ほどもあった。どこからこんなに人が集まってくるのか、航には不思議だった。何の疑いも持たずに、おかしなお題目を唱え、体を折り曲げて祈る姿は異様だった。

一番怖かったのは、お腹の大きな母が畳に額をすり付け、大きな声を出して祈る姿だった。彼女は航にもそれを強いた。嫌々ながら、従うしかなかった。この声が外に漏れ、近隣の住民を怯えさせ、嫌悪感を抱かせているのだと思った。そして悪意に満ちた風評が立ち、菊池たちの恰好の虐めの材料となるのだ。そんなことは、ここにいる人は考えもしないだろう。

何度も頭を畳にすり付けながら、航は湧き上がってくる厭《いと》わしさに震えた。いつもは風采《ふうさい》の上がらない恰好をしているのに、儀式の時の、白装束を着けたおやかたさまは迫力があった。口角泡を飛ばして人間の罪深さを言い募り、やがて人類は滅びるのだと説いた。信者たちは恐れ戦《おのの》いた。おやかたさまよりも派手な金銀の縫い取りのある衣裳《いしょう》を着た奥さんが大きく頷いていた。

航が『至恩の光教』の施設にいたのは、一九九八年から翌年にかけてのことだ。バブルが夢のように弾け、大人たちは呆《ほう》けたようになっていた。ノストラダムスの大予言を始めとした終末思想が広がっていた時だった。きっと同じように胡散臭い宗教や思想は、あちこちにはびこっていたのだろう。

「人は欲望と自己愛に溺《おぼ》れている。自分で自分の首を絞めている」

おやかたさまは厳かに説くのだ。

「豊かさとはなんだ？　真の幸福とは？　裕福な生活が送れれば満足か？」

どうしてこんなに貧相な体から、恫喝《どうかつ》するような太い声が出るのか不思議だった。おやかたさまの声を受け、礼拝室はしんと静まり返る。居並ぶ信者たちは、神がかり的なものを感じてかしこまっているのか。航にはさっぱりわからなかった。

「そうではない」

今度は穏やかに声が降ってくる。一つだけはっきりしているのは、おやかたさまは説教がうまいということだった。

「いいですか？　皆さん。このまま資本主義至上の活動が続けば、本当に人類はおしまいになります。人間は森林を伐《き》り開き、空気を汚し、海を汚染している。地球の温暖化は日に日に加速している。こんなことでいいのか」

そこでぐっと目を見開いて、彼は信者の顔を見渡す。

「否《いな》！　否！　否！」

おやかたさまの大声に、前方に座っている老婆が、びくっと体を震わせたのがわかった。

「今の暮らしが永遠に続くと考えてはいけない。やがて恐ろしいことが起こります」

どんな「恐ろしいこと」が起こるんだろう、と航は思った。肝心なところを、おやかたさまはぼかした。資本主義に則《のっと》って、私財を溜《た》め込むことは罪なのだと言われ、信者たちは喜んで己の財産を宗教に差し出した。

「我々は明るい未来を子供たちに残してやらなければならない」

そこでおやかたさまは、江里子を手招きする。

「さあ、おいでなさい。ここに新しい命を宿した女性がいます。さあ！」

江里子は航の手を引いて、壇上に上がろうとする。航は足を突っ張って一応抵抗するが、無駄だとわかっている。にっこり微笑んだおやかたさまのそばに立たされて、居心地の悪い思いをする。

「今、我々がこの親子を受け入れたということに、大きな意味があります。これは神からの賜りものです」

小山が拍手をし、信者たちがそれに倣う。

「これから生まれてくる子は、我々にとっては希望の子です。神の子です」

嫌な気持ちになった。母が産む子は、航の弟か妹であって、教団には何の関係もないのだ。だが盗み見た母の顔には、恍惚《こうこつ》の表情が浮かんでいる。

航は吐き気をこらえた。

学校にも教団にも、航は馴染めなかった。どちらにも居場所はなかった。

唯一見つけた仲間が、蒼人だった。菊池との一件以来、二人は急速に親密になった。蒼人は、校区のはずれに建つ古い家に住んでいた。長い間空き家だったというその家を借りて越してきたのだ。

学校から教団施設に真っすぐに帰るのが嫌で、航はよく蒼人とぶらぶらした。母はいよいよ出産が近づいたようだ。近くの産婦人科にかかる費用も、教団から出してもらえた。何度かの検診にも、信者の女性が付き添ってくれた。

「航ちゃん、お母さんがお産して入院している間は、おばちゃんと一緒にいようね」

丸い顔の中野《なかの》さんというおばさんにそう言われて、頷くしかなかった。どれほど嫌っても、結局はここでお世話になるしかないのだ。今は赤ん坊が無事に生まれてくることが一番だ。そんなふうに航は自分に言い聞かせた。

もうじき赤ん坊が生まれること、蒼人という友だちができたことが、航にとっては明るい材料だった。

蒼人の家にも遊びにいった。

住宅街の中の道路がしだいに狭まってくる。日光《にっこう》街道最初の宿場町だった千住界隈《かいわい》には、古い商家や土蔵が多く残っていた。そこら辺りはわりと大きな家が多く、屋敷を囲む垣根が高く整えられているせいで、閑静なたたずまいだ。寺と公民館が並んであって、その奥の突き当りが蒼人の家だった。だから、住宅街からも切り離された感があった。

門構えは純日本風なのに、建物は洋館という家だったが、妙に調和していた。

北千住には、宮大工が建てた立派な銭湯や、大正時代からの洋館の医院が、商店街や細い路地の先に建っていたりするから、特別に目立つということもなかった。

最初に訪問した時は、まだ日が高いうちだったのに、蒼人の父親も含めて全員が家にいたので、ちょっと驚いた。蒼人は一人っ子で、両親と祖父の四人暮らしなのだということは聞いていていた。

「いらっしゃい」

玄関ドアを開けたのは、父親だった。

「こんにちは」

父親は蒼人には似ていなかった。浅黒い肌に、鼻の下から顎《あご》にかけて黒々とした顎髭《ひげ》に覆われていた。頭髪と同じにごわごわした、いかにも硬そうな毛だった。額はぐっとせり出し、顔の真ん中に、特徴的なわし鼻がでんと居座っていた。濃い顔立ちだと思った。ちょっと失礼なくらい、航は彼の顔をじっと見てしまった。

通された居間のソファで、祖父という人がお茶を飲んでいた。おずおずと入っていった航に向かって、にっこりと笑ってみせ、またお茶のカップを持ち上げた。どっしりとした体軀《たいく》の持ち主で、手や指も太かった。髪の毛は銀色で、顔は皺《しわ》だらけだ。蒼人の祖父にしては、年を取り過ぎているといった印象だった。

「蒼人はうまくやっているかね？」

かすれた声でそう尋ねられ、言葉に詰まった。孫がうまくやるとは、どういうことを指しているのかわからなかった。

「うまくやってるよ、もちろん」

そう答えたのは、蒼人だった。

「そうかい。それならいいが」

蒼人は、二階の自分の部屋に航を誘った。前時代的な湾曲した階段を上がる。アイアンの手すりも凝ったデザインだった。自宅である教団施設と学校との間を行き来するだけだった航は、よその家が珍しかった。ここにこんな雰囲気のある家が建っているのも知らなかった。

子供部屋などというものには無縁だったので、蒼人の部屋にも興味津々だった。古い板張りの部屋で、真ん中に丸いカーペットが敷いてあった。窓に向かって勉強机。反対の壁にくっつけてベッドがあった。平凡な子供の部屋だったろうが、航には目新しいものだった。

父と一緒にいた時のアパートも、今の教団にも、自分専用の部屋などはなかった。本棚にマンガの本が並んでいた。航が読みたいと思っていたものだった。

「これ、読んだ？　面白かったろ？」

蒼人は航の問いに首をすくめた。

「読んでない」素っ気なく答える。

「なんで？」

「パパが買ってきただけ。面白いの？」

逆に訊かれて驚いた。今、流行《はや》りのマンガなのに。

「読みたいんだったら持って帰っていいよ」

「ほんと？」

その時ドアが開いて、蒼人の母親らしき人がオレンジジュースを持ってきてくれた。

「こんなのしかないのよ。いいかしら」

勉強机の上に二つのグラスを並べて置いた。

「どうも」航は、ちょっと首を前に突き出すようにして言った。

「蒼人と仲良くしてくれてありがとう」

小さな声でそれだけ言うと、母親は出ていった。おとなしそうな人だった。それにきれいだった。切れ長の目やストレートの黒髪を後ろで一つにくくっている様が、女優の誰かに似ている気がしたが、思い出せなかった。

でも――と航は考えた。お父さんはアラビアンナイトに出てくるようなエキゾチックな顔立ちで、お母さんは東洋系の美人だ。蒼人が転校してきた時に、前の席の女の子が口にした言葉が蘇《よみがえ》ってきた。

――お父さんがイギリス人で、お母さんが日本人なのよ。たぶん。

その予想ははずれたことになる。

蒼人の青い目は、どこから来たんだろう。年寄りすぎる祖父といい、彼の家族はどこかちぐはぐだった。

　その疑問はすぐに航の頭の中から追い払われた。今一緒に住んでいるからといって、両親ともが実の親とは限らないだろう。蒼人はどちらかの連れ子かもしれない。そんな複雑な事情を持つ家庭はいくらでもある。

　蒼人が語らないから、そこを問い質《ただ》すこともなかった。自分だって、教団で暮らしているなんてまだ蒼人には打ち明けていないのだから。どちらかと言えば、そっちの方が理解に苦しむ環境だ。

　だが、そんな心配は無用だった。

　航の暮らしぶりを知った蒼人は、たいして驚きもしなかった。彼は新興宗教とかいかがわしい儀式とか、そんなものに偏見を持つことがなかった。そもそもそれらが何を表すのか、知らないといったふうだった。よって先入観も何もない。

ただ「ふうん」と言って、終わりだった。航はそっと安堵の息を吐いた。

　蒼人からマンガ本を借りて読み、それを返しにまた彼の家に行ったりして、さらに二人は仲良くなった。行くとたいてい父親は家にいた。彼は、宝石商なのだと蒼人は言った。

「ふうん」今度は航がそう言った。

　宝石商は、宝石を売る職業なのだろうとは思ったが、具体的な仕事内容はわからなかった。宝石商は、あまり働かなくていいんだな、と思った程度だった。店を構えているわけではなさそうだ。

学校がひけるのが楽しみになった。蒼人を教団に連れていくわけにはいかなかったから、学校帰りのどこかで時間を潰した。いくらでも遊ぶ場所はあった。商店街から縦横に走る細い路地は、幅が一メートルほどしかないものもあった。まだ学校に行かない幼い子らが、路地に白墨で落書きをしていた。両側にはモルタルアパートや間口の狭いカウンターだけの飲み屋、トタン屋根の民家が軒を連ねていた。そういうところに足を踏み入れると、まるで迷路に入り込んだような気になった。三味線の音がどこからともなく聞こえてきたりもした。

北千住地区は、西に隅田川《すみだ》、北から東に荒川という二本の川で囲まれている。その中でも墨堤《ぼくてい》通りと日光街道の間の扇形の地域が、だいたい航たちの活動範囲だった。二人とも自転車を持っていなかったから、行動範囲はきわめて狭かった。JR北千住駅の駅ビルや近くの繁華街には行きたくなかった。ゲーセンで遊んでいる菊池たちに出くわす危険性が大だった。

荒川の河川敷や土手下の公園ではよく遊んだ。商店街と交わる路地の先には、うねうねと曲がった道があった。かつては農道だった道だ。まだ自然も多く残っていた。

クラスでも校外でも、航と蒼人はひとくくりにして見られていた。集団から外れた異端児。いてもいなくても同じだけど、気晴らしに虐めるにはちょうどいい存在だ。たいていは無視されて、クラスメイトからは見えていないという扱いを受ける。誰かがちょっかいを出してからかったり虐めたりする時だけ、二人の姿は浮かび上がるのだ。担任からも見放されていた。

「あれはどうやったの？」

いつか菊池たちから逃げおおせた時のことを、航は蒼人に尋ねた。

「別に。逃げただけ」

その逃げ方が変なんだと思ったが、蒼人に何度訊いても、同じ答えしか返ってこなかった。あの後、菊池はしつこく二人を追い回した。つかまってひどく殴られたりもした。航はどんなに我慢していても、時にヒイヒイと泣いてしまう。痛くて惨めで悔しくて。蒼人は平気な顔をして殴られたり蹴られたり、持ち物を汚されたりしていた。

そして悪ガキたちに追いかけられた時、たまにあの術を使った。

菊池たちの目から逃れられた一瞬をついて、ほんの百メートルかそこら移動する術。蒼人に手首をつかまれると、一瞬気が遠くなる。蒼人の言いつけを守らずに目を開けていようとしても、何も見えない。気がついたら、迫って来る菊池たちからは距離のある場所にいるのだ。

蒼人から特に口止めされたわけではなかったが、航は彼が駆使する術のことを、誰にもしゃべらなかった。それが正しいことのように思えた。

やがてそうした術は、蒼人だけのものではなく、彼の家族一人一人が何かしらのちょっとした能力を持っているのだと気づくのだ。

秋にやって来た風変わりな一家は、異能の種族でもあった。

そして秋が深まった頃、満里奈が生まれたのだ。

母の陣痛が始まったのは明け方で、病院に電話をしてくれたのは中野さんだった。すっかり夜が明けるまで待って、江里子は中野さんに付き添われ、小山の車で産婦人科へ向かった。とうてい学校へ行く気にはなれなかったが、信者たちに促されて登校した。

「きっと航君が帰って来るころには、赤ちゃんが生まれてるよ」

信者の一人がそう言って送り出してくれた。

学校でもそわそわして、自分のポジションを忘れ、つい女子に話しかけて気味悪がられたりした。その日だけは、一目散に駆けて教団へ帰った。蒼人には、「妹が生まれるんだ」と一言告げておいた。母が「たぶん女の子だと思う」と言った言葉を信じていた。

そしてその通りになった。中野さんが待ち構えていて、「航君、お兄ちゃんになったわよ。とっても愛らしい女の子が生まれたのよ」と知らせてくれた。

嬉しくて誇らしく、幸せな気持ちだった。もう自分は一人ではないのだと思った。教団でおかしな儀式に参加させられようとも、クラスで仲間はずれにされようとも、菊池にどんなにいたぶられようとも、そんなことはたいしたことではないと思えた。

翌日、母と赤ん坊に会いにいった。母のベッドにくっつけられた小さなワゴンの中で眠る赤ん坊を見た時、喜びは最高潮に達した。赤ん坊は薄い掛け布団の下で、つぶらな瞳を開けて兄を見上げた。見えてないかもしれないが、確かに航を認識していた。それから、白いふやけた指のついた腕をピンと伸ばし、あくびをした。

あくび！

驚嘆の眼差《まなざ》しで、航は妹を見やった。これからこの子は笑って、泣いて、おっぱいを飲んで、ゲップをして、眠って、起きて、不機嫌になって、手足をばたつかせるんだ。その一つ一つが奇跡のように思えた。

舞い上がった航の気持ちが、赤ちゃんの枕元にあるものを見て急速に萎《しぼ》んだ。

それはおやかたさまが授けたお札だった。よくわからない文字が、黒々とした墨で書いてあり、朱印《しゅいん》が押されていた。その朱が毒々しかった。

――これから生まれてくる子は、我々にとっては希望の子です。神の子です。

おやかたさまの言葉が蘇ってきた。

自分の妹は、祝福されて生まれてきたはずなのに、はやくも誰かの「もの」になってしまった気がして落ち着かなかった。

「これ、何？」

わかってはいたが、一応母に尋ねた。

「この子を守ってくれる有難いお札なのよ。おやかたさまが下さったの」

うっとりしたように言う母は、もう以前の母ではなかった。

この人は変わってしまったのだ。ひんやりと冷たい心持ちでそう思った。この人が犯した間違い。街をさまよっていた時、小山が差し出したパンフレットを受け取ったこと。

　他にもたくさんやり方はあったはずなのだ。子供を連れた女が生きていく方策が。安心して赤ん坊を産める施設もあったはずだ。そこへ頼らず、この人はおかしな宗教にすがってしまった。

　十一月十日、そうやって満里奈は生まれた。

　一週間後に、母と満里奈は教団に帰ってきた。教団が何もかもを取り計らってくれた。ベビー布団も買ってくれた。病院への支払いも、紙おむつもミルクも、ガラガラも、すべてが教団から出たものだ。江里子は部屋に入る前に、おやかたさま夫婦に満里奈を見せにいった。

「おお、おお」

　おやかたさまは顔をほころばせた。

「この子は『至恩の光教』の宝じゃ。長谷部さん、でかしたな。この子は皆で大事に育てよう」

　江里子はこれ以上ないという至福の表情を浮かべた。

　満里奈の額に置かれたおやかたさまの手のひらが厭わしかった。それでも黙っているしかない。現実問題として、産後の母と生まれたての赤ん坊の世話は、ここの人に頼るしかない。そしてここを取り仕切っているのは、教祖であるおやかたさまなのだ。彼が怪しい宗教を運営してくれるおかげで、愚かな信者から潤沢な資金が得られるのだ。その経済力が、今の自分たちの生活を支えてくれる。それくらいの分別は、航にもついた。

自分たちの居室に戻り、ベビー布団に満里奈を寝かせた。そのそばに航も寝そべった。満里奈はぐっすりと眠っていたが、いくら見ていても飽きなかった。

母は、病院から持ち帰った荷物を解いた。そして一番上から出てきた例のお札を、柱の高いところに貼り付けた。複雑な思いで、航はそれを見上げた。

満里奈の存在は、航を力強く支えてくれた。妹が生まれる前とは、生活がまったく変わってしまった。学校へ行くこと、先生から無視された授業を受けること、周りからの嘲笑《ちょうしょう》にさらされること、菊池たちに出くわさないよう、細心の注意を払って道を選んで帰ることが、それほど苦にならなくなった。

蒼人に満里奈を見せたくて、教団の中の部屋に招き入れた。蒼人は不思議なものを見るように、満里奈をいつまでも眺めていた。深い青い色の目に見詰められて、満里奈も兄の友人に向かって微笑んだ。両頬にえくぼが浮かんだ。それも満里奈が特別な子に思える徴《しるし》だった。

「可愛いだろ？」

とうとう我慢できずにそう言った。

「可愛いな」

それで充分だった。満里奈はこれから、自分の欠けていたものを、少しずつ足していってくれる。そのうち、親子三人で暮らせるようになる。何の根拠もないのに、航はそう思った。

　中野さんが部屋に来て、デジカメで満里奈の写真を何枚も撮った。『至恩の光教』の冊子に、教団内で生まれた赤ん坊として載せるのだと言った。嫌な気がしたが、子供の航に拒否する権利はなかった。おそらく江里子がもう了承しているのだ。中野さんに三人で撮ってあげると言われたが、写真に撮られることを蒼人は嫌がった。そのまま二人で施設を出た。

「いいだろ？　妹がいると、なんか嬉しいよな」

　蒼人には、素直にそんなことが言えた。

「航にちょっと似てるな」

　そう言われてさらに浮き立った。その頃には、お互いを「航」「蒼人」と呼び合うようになっていた。

「蒼人は一人っ子なんだな」

　ちらりと見た友人の横顔には、何の表情も現れていなかった。転校してきた時のように、蒼人は時々、すっと表情を消し去った。あまりに見事にそれをやるので、やっぱり子供じゃないな、と思うのだった。

「でもまだわからないよ。これから弟か妹が生まれるかも」

　蒼人の父親は年齢不詳だが、母親はまだ若いに違いないと航は踏んでいた。

「いや、生まれないよ」

いやにきっぱりと蒼人は言った。どんなに親しくなっても、踏み込もうとすると、彼はすっと身を退《ひ》き、周囲に防御壁を回《めぐ》らせる。そう感じることがたびたびあった。その一線は、蒼人の中で明確に引かれている。そういう時、航自身も、蒼人に「異端」を感じ取るのだった。決定的に自分たちと隔《へだ》たった何かを。

知らず知らずのうちに、荒川の河川敷に向かっていた。堤防を越えた途端、何かがぬっと目の前に現れた。

「おい」

菊池だった。満里奈のことをしゃべっていたから、気が緩んでいた。彼らがこんなところに出没するとは思っていなかった。桜田たち取り巻きが、堤防の向こう側からぞろぞろと上がってきた。一番後ろにいるバカでかい奴を見て、血の気がすっと引いた。

菊池の兄だった。ポケットに手を突っ込んで、肩を揺するようにして斜面を上がってきた。

「たぶん、ここだと思った」

菊池が口の端を歪《ゆが》めて言った。待ち伏せされていたのか？

「最近、会わないよな」

固まってしまった航の肩に菊池は手を回した。体の中から湧き上がってくる腐臭を吹きかけられた気がした。

「逃げ足、早いんだ。こいつら」

桜田が、後ろに控えた菊池兄に聞かせるように大きな声を出した。にやにや笑いながら、菊池兄が近づいてきた。弟にがっちりつかまえられた航の正面に立つ。

「お前んとこ、女の赤ん坊が生まれたんだって？」

そんな情報を、この暴悪な兄弟が握っているとは知らなかった。航はさらに体を固くした。蒼人は例によって一言も発しなかった。不気味なほどの静けさをまとって、航のそばに立っていた。

「教団の近くに住んでる奴が言ってた。お経に混じって赤ん坊の泣き声が聞こえてくるって」

正確に言うと、あれはお経でも何でもないのだが、訂正する気にはなれなかった。

「呪われた儀式に赤ん坊が使われてるってほんとか？」

「違う」

むっとした。確かに胡散臭い宗教ではあるが、満里奈は関係ない。あの子はあの集団の中にあって、輝かしく清い存在なのだ。それを汚されるのは我慢できなかった。航の微妙な憤りを、菊池の兄は感じ取ったようだった。押さえ込んだ獲物を弄《もてあそ》ぶ術を、彼はよくわきまえているのだった。

「あそこの教祖様は、女をはべらせて、いいことやってんだろ？」

航はぐっと腹に力を入れた。バカ男の挑発に乗るまいとした。弟の方が口を開いた。

「な？　女がいっぱい住み込んでんだもんな。教祖様、やりたい放題だな」

桜田たちが下卑《げび》た笑いを漏らす。

「お前の母ちゃんもそうなんだろ？　教祖様に可愛がってもらって、赤ん坊を産んだんだな？」

「うへぇ！」桜田が大仰に白目を剝いて空を見上げた。「じゃあ、お前んとこの赤ん坊は、教祖様の子？」

「え？　じゃあ、大きくなったら教祖様にお仕えするのか？」

「いや、教祖様の跡継になるんだろ」

周囲の奴らが口々に言う。体に震えがきた。それでも耐えようと拳《こぶし》を握った。

「最初にしゃべる言葉が、お経かよ。可愛くねえ赤ん坊だな」

「お経を唱えて、そんでお気に入りの信者とまたやりたい放題をやるんだ」

菊池兄が卑猥《ひわい》な笑いを浮かべて言った。

航は頭を下げて菊池兄の腹に突っ込んでいった。堤防の端っこに立っていた兄は、不意をくらって、堤防を転げ落ちた。航はその後を追うように、斜面を駆け下りた。小五の悪ガキどもも、面食らって立ちつくすのみだった。まさか弱々しいチビが、中三に向かっていくとは思わなかったのだろう。

菊池兄は、でかい体にしては俊敏に起き上がって、航を待ち構えていた。暴虐な行為に身をゆだねられる喜びに、目がギラギラと輝いていた。航は両肩をつかまれ、思い切り投げ飛ばされた。小さな体はいとも簡単に飛んで、繁った雑草の中に落ちた。

堤防の上から菊池たちの笑い声が落ちてきた。起き上がろうと手をついたら、細い木の枝が手のひらに当たった。咄嗟《とっさ》にそれを拾い上げた。さっと起き上がる。雑草を掻き分けて向かって来る菊池兄は、頭を低く下げている。その頭の真ん中を目がけて枝を打ち下ろした。

「ぎゃっ!!」

ちょっと滑稽《こっけい》なほど甲高い悲鳴を、兄は上げた。航は間髪を容れず、もう一撃を食らわした。うずくまった相手の肩をしたたかに打った。猪首《いくび》がさらに縮こまる。最初の一撃で頭部に怪我を負ったのか、眉間《みけん》に一筋の血が流れている。ぶんぶん振り回す枝は硬く、思ったよりいい武器になった。横ざまに払った枝が、兄の側頭部にまともに当たり、相手は熊のような唸《うな》り声を上げた。

航の反撃はそこまでだった。のっそりと立ち上がった菊池兄は、航が手にした枝をがっちりととらえ、もぎ取った。逆にそれで叩きのめされた。腹といい、胸といい、丸まって防御の体勢を取ると、背中まで打たれた。口からごぼっと血を吐いた。そのまま倒れ込む。

「航!」

蒼人の声がした。薄く目を開けると、堤防の上で菊池たちに押さえ込まれている友人が見えた。遠くてその表情はよく見えなかったが、青い目が憤怒のせいで翳《かげ》って見えた。あんな顔、初めて見たな、と航は思った。その腹に、菊池兄の足が載せられた。ぐりぐりと内臓に食い込んでくる感触。足がどけられたと思ったら、今度はその足で思い切り頭を蹴られた。

もんどりうって、また地面に叩きつけられる。胃の中のものをそっくり、草の上に吐き出した。

かがみ込む菊池兄の顔が猛《たけ》り切っている。猛獣としか思えない唸り声とともに、航に襲いかかり、そのたびに彼の体は宙に浮いたり、地面に落ちたりした。仰向《あおむ》いたり、伏せたり、天地の感覚がなくなった。一方的な暴力によって、ひどいダメージを受けているんだなとは思ったが、もう痛みは感じなかった。最後には河川敷に大の字になっていた。

暮れていく空が航の上に広がっていた。うろこ雲が茜《あかね》色に染まり、どこまでも続いていた。きれいだな、と思った。

それきり意識が途切れた。

うろこ雲が際限なく流れていく夢を見ていた。

航は、じわりと目を開いた。

暗い。あのまま河川敷に放置され、夜になってしまったのか。だが、背中に当たる部分は柔らかで温かだった。

「どう？　気分は」

ぐるりと視線を回して、声の主を探した。体を動かそうとしたら、あちこちが痛んだ。視界の中に、蒼人の母親の顔が現れた。完璧《かんぺき》な卵形の顔が、真上から覗《のぞ》き込んでいる。それまでに、友子《ともこ》という名前だと聞いていた。お父さんが康夫《やすお》で、お祖父《じい》さんは——、そうだ、喜連《きれん》だった。両親は平凡な名前なのに、お祖父さんは変わっている。前に学校で習った雅号《がごう》とか、そういうのだろうか。

友子が「蒼人」と静かに息子の名前を呼んだ。

パタパタとスリッパの音がして、蒼人がやってきた。彼の顔を見た途端、自分の身に起こったことを思い出した。菊池兄弟の狂暴な顔も。

「よかった、航。もう大丈夫だ」

晴れた空のような澄んだ瞳に見とれた。

「ここ、蒼人の家？」

「うん」

「あいつら、どうした？」

「航が動かなくなったから、さっさとどっかへ行った」

蒼人の答えは短く、的確だった。それで二人の間では通じ合った。あまり大人には聞かせたくない会話だ。

航が河川敷で気を失って、そしたらきっと菊池たちは気が済んで帰っていったのだろう。所詮、小二のチビでは、相手にならない。これ以上ないというほど痛めつけられたが、なんとかやり過ごしたということか。蒼人が自分の家まで運んでくれたのか。あの、ちょっとずつ移動する術を小刻みに使って？

とにかく大げさにはしたくなかった。そんなことをしたら、奴らの神経を逆に刺激するのはよくわかっていた。抵抗せずにやり過ごすこと。それに徹していたのに、つい突っかかっていってしまった。満里奈のことをあんなふうに言われて自分を見失ってしまった。

友子が教団にいる母に連絡してくれたらしく、怪我がまずまずよくなるまで、三日ほどは蒼人の家でお世話になった。息子の体の具合を特に問い返すこともなく、「お世話になります」と答えた母に少なからず失望した。

第二章　夜から生まれた男は、月の光に象られる

冬に向かう街は、どこかよそよそしい。早くもクリスマスの飾りつけが施され、華やいでいるのに、そこには自分は含まれていないのだという気がする。自分を取り巻く世界とのかすかな乖離《かいり》感。子供の頃と同じだ。違いは、今は自転車を持っているくらいか。

時に航は、自転車を気ままに走らせた。仕事が終わっても、真っすぐ家に帰らず、当てもなく街中を飛ばす。中延からあちこち走り回っては、たいていは新幹線が通る橋《きょう》梁《りょう》の下をくぐり抜けて、大井町《おおいまち》駅へ行く。そこが航にはちょうどいい繁華街だ。品川《しながわ》駅まで行くと、人も店も多すぎて気後れする。

本屋を覗《のぞ》いたり、たまにユニクロで服を買ったりもするが、たいしてすることはない。大井町駅に隣接するJR東日本東京総合車両センターに出入りする電車を見て、時間を潰《つぶ》すことが多い。

休みの日は、しながわ水族館でぼんやりと魚を見たり、大井《おおい》競馬場で馬券を買うこともなく疾走する馬を見たりもする。動物はいい。本能に従ってただ「生きる」というこ

とに徹している。物を食らい、眠り、テリトリーを守り、子孫を残す。彼らが持つ欲は、清々《すがすが》しいほど生命の維持に即している。昨日も明日もない。今日があるのみだ。雨が降れば雨に濡《ぬ》れ、陽が照りつければ喘《あえ》ぐ。傷ついたり具合が悪くなったりすれば、死をすんなりと受け入れる。孤独を苦にすることもなく、虚《むな》しさや悲しみにとらわれることもない。そんな動物たちを見ていると、航は安らぎを感じるのだった。

相変わらず航の行動範囲は狭い。一緒に行動する同年代の友人もいない。友人と呼べるものを持ったのは、後にも先にも段田蒼人だけだった。

その日も仕事が終わってから大井町駅まで行き、西友《せいゆう》や家電量販店の中でぶらぶらした。翌日は、月に一度もらえる平日の休みだったから、少し長めの時間歩き回り、駅ビルであるアトレの中でオムライスを食べた。それが航の日常の中のちょっとした変化であり、贅沢《ぜいたく》でもあった。

それから駅前の駐輪場に停めてあった自転車を引っ張り出した。線路下の歩道を、しばらく自転車を押して歩く。歩道上のベンチに、一人の男が寝そべっているのが見えた。まだ宵の口なのに、酔っ払っているようで、すっかり寝入っている。

三十代半ばに見えた。ふとどこかで見たことのある顔だなと思った。横を通り過ぎる時、まじまじと男を見詰めたが、どんなに考えても心当たりはなかった。そもそも航がそれまでに関わった人物はそう多くない。きっと気のせいだろう。

それでも気になって、しばらく行ってから振り返った。男のそばに、別の男が近寄っていくのが見えた。黒い影にしか見えない男は、ベンチの上で寝ている男の上にかがみ込んだ。遠くてはっきりはわからないが、酔っ払いの男のジャケットの内ポケットに手を入れているようだ。はっとした。男の手には、財布が握られている。

「おい！」

思わず声が出た。向こうはぎょっとして一瞬固まった。寝そべっていた方の男も航の声に反応した。のろのろと身を起こそうとしている。気を取り直した窃盗犯は、くるりと航に背を向けて走りだした。航は自転車を放り出して、窃盗犯の後を追いかけた。ほとんど反射的に体が動いた。

まだ行き交う人の多い歩道で、誰かにぶつかりそうになりながら、犯人は逃げていく。追いかけられていることがわかると、そいつは横道に逃げ込んだ。もう何も考えずに、航も同じ道に入った。先を行く男の逃げ足は速い。航も足には自信があったが、それは高校時代までのことだ。もう誰かと競って走るということがなくなってしまった。しだいに息が上がってきた。向こうは必死さもあって足を緩めず、あちこちの角で曲がった。

一つの角を曲がるたび、男の背中は遠ざかった。もうどこを走っているのかもわからなくなった。

そしてとうとう犯人を見失った。

両膝《ひざ》に手を当てて体を折り曲げ、肩で息をした。いつの間にか体力も落ちてしまっていたのだ。そろそろと体を起こして、周りを見渡した。すぐそばに、見憶《みおぼ》えのあるクリスマスツリーが立っていた。てっぺんに飾られた金色の星が、今にもずり落ちそうにお辞儀をしている。雪を模した綿も灰色に変色してしまったくたびれたクリスマスツリー。航のアパートの近くにある文房具屋のショーウィンドウに毎年飾られるものだ。

窃盗犯を追いかけているうちに、自分の家の近くまで戻って来てしまったらしい。

航は、ショーウィンドウの横のドアに体をもたせかけて天を仰いだ。高い夜空に、金属的な冷たい光を投げかける満月が浮かんでいた。何をしているんだ、と自分に問いかけ、自分を笑った。酔っ払いの財布なんかどうでもいいじゃないか。

「逃げられたか」

暗闇の中からそう声をかけられて驚いた。いきなりぬっと男が現れた。ゆらゆらと体が揺れている。それでさっきの酔っ払いだとわかった。財布を盗まれた男がついて来るとは思っていなかった。あんなところで寝ているくらいだから、かなり酔っているはずだ。男はそのまま歩道の上にぺたんと座り込んでしまった。

財布を取り戻そうと必死になって走ったせいで、余計に酔いが回ったのか、犯人を取り逃がしたと知って気落ちしたのか、そのまま前のめりにくずおれてしまった。冷たい歩道の上でうずくまってしまう。航は一瞬躊躇《ちゅうちょ》した後、恐る恐る男に近づいた。営業を終えた店が連なる歩道には、ぼんやりと月明かりが届いているきりだ。男が上下とも真っ黒な服を着ているせいで、そこに人形《ひとがた》の闇がわだかまっているように見えた。

唐突に夜の中から現れたことと併せて、男に軽い気味悪さを感じた。

航は、はずみで取った己の愚かな行動を悔いた。

「あの、大丈夫ですか？」

「うー」

夜から生まれた男は、くっきりと月の光に象《かたど》られていた。そして航に向かって笑いかけた。ことのほか無邪気な笑顔だった。


どうしてそんなことをしたのかよくわからない。

航は歩道で動けなくなった男を自分のアパートの部屋に連れていったのだ。

どんなに声をかけても、男は動こうとしなかった。そのまま歩道でまた寝てしまいそうだった。時折行き過ぎる通行人は、大回りをして避けていった。航とその男は、飲み過ぎてへたばった友人を介抱する今どきの若者にしか見えなかっただろう。そのまま放置していたら、別の誰かが手を貸してくれるかもしれない。でも、そうならないかもしれない。歩道の上か、あるいは自分で移動して、公園の中や側溝の中で凍えてしまうかもしれない。

仕方なく航は男に肩を貸して立ち上がらせた。男はされるがまま、よろよろと歩を進めた。「どこへ行くんだ」とも訊《き》かなかった。部屋がアパートの一階でよかった。鉄階段を運び上げるのは大変だったろう。

航は、１ＤＫの部屋のドアに鍵《かぎ》を挿し込んだ。廊下の蛍光灯が切れかけて、チカチカしている。ドアが開くのを、男は黙って待っていた。それから玄関とも呼べない狭いコンクリート張りで靴を脱いだ。航が明かりを点《つ》けると、男は断ることもなく、流しで水を一杯飲んだ。そしてそのまま奥の畳の部屋に倒れ込んだ。すぐに寝息をたて始めた。

航は薄い掛け布団を押入れから出して掛けてやった。そして、すぐ横にある自分のベッドに腰かけて思案した。本当は放り出してきた自転車を取りに行きたかったが、それも面倒くさくなった。こんな成り行きになるとは思ってもみなかった。

安らかな表情で寝入っている男を見下ろした。最初見かけた時に、どこかで見たと思ったのは、やはり勘違いだろう。まったく知らない男だった。年齢は航よりも少し上に見える。脱がす暇がなかったから、黒いジャケットを着たままだ。下のシャツもGパンも黒だ。シンプルなデザインで、特にいいものには見えなかった。

自分とそう変わらない生活を営んでいるのではないか。財布を盗《と》られて困っているのだろう。まさか帰る場所がないというようなことはないよな。さまざまなことを航は考えた。ベッドがあるのに、畳の上で寝てしまったということは、多少は遠慮する気持ちがあるということだろうか。

そのうち考えるのが面倒になり、航も上着を脱ぐとベッドに横になった。

自分の部屋に誰かを泊めるというのは初めての経験で、よく眠れなかった。うつらうつらしては目を覚ました。起きるたびに、畳の上で寝ている男を意識した。

真夜中に、男がうなされていた。豆球の明かりに目を凝らすと、眉根《まゆね》を寄せて、怯《おび》えたような顔をしている。悪い夢を見ているのだろうか。夢を見て戦慄《せんりつ》するのは、自分だけだと思っていた。航は朝方まで輾転反側《てんてんはんそく》した。

　翌朝、男は案外早く起きた。自分が目を覚ました場所を訝《いぶか》しがることもなく、さっと起き上がると、また流しで水を飲んだ。コップを持ったまま振り返って、ベッドの上で起き上がった航を見た。そして言った。

「腹減ったな」

　二人でアパートを出た。男はさっさと歩いていき、航は釣られるようにして後ろをついていった。男のジャケットは、着たまま寝たせいで皺《しわ》が寄っていた。アパートの近くに、ホットドッグ・スタンドが出ていた。男はホットドッグを二つ注文した。それからジャケットの内ポケットに手を入れて、「あ」と言った。

「財布を盗られたんだった」

　それでも、出来上がったホットドッグを平然と受け取った。仕方なく航が代金を支払った。支払いを終えるのを黙って見た挙句、男はホットドッグを一個、航に渡した。二人でそれをむしゃむしゃ食べながら歩いた。

「これからどうする？」

　当然のようにそんなことを訊いてくる。まるで旧知の仲の相手と歩いているような態度だ。泊めてもらった礼も、ホットドッグをおごってもらった礼も口にしない。

「自転車を取りにいく」

ぼそっと航が呟《つぶや》くと、「ああ、そうか」と頷《うなず》いた。

昨日、男が寝そべっていた場所まで歩くとなるとかなりの距離があった。しかし男は一文無しだ。電車に乗ることはできない。航もその気はなかった。どうせ今日は仕事もない。別に並んで歩く必要もないだろうと思ったが、男は航のそばを離れなかった。自転車を見つけるまで付き合うのが、一応礼儀だと思っているのかもしれなかった。

男はホットドッグを食べ終わると、包んでいたハトロン紙を丸めてポイと捨てた。昨夜は泥酔していたようなのに、足取りは軽い。記憶もちゃんとあるようだ。独り言めいた言葉を聞いていると、それがよくわかった。

「何であんなとこで寝ちゃったんだろうなあ」

「逃げ足の速い泥棒だったよな」

「追いかけるお前を追いかけるのも骨が折れた」

「お前」と言われてむっとしたが、航は黙っていた。自転車を回収して、早々にこんな男とは別れてしまおう。そう思った。

だが、自転車はなかった。

放り出した場所は憶えている。男が寝そべっていたベンチも確かにあった。今は通勤する人で歩道は混雑していた。そんな人々の流れの中で、航は茫然《ぼうぜん》と立ちつくした。鍵をかけていなかったけれど、誰かが持っていくとは思わなかった。あんなオンボロの自転車を欲しがる奴がいるとは。それから気を取り直して、自転車置き場まで戻った。

男もついてくる。一台一台見ていったが、自分の自転車はなかった。

「自転車、ないのか？」

問いかけてくる男が鬱陶《うっとう》しかった。返事をせずに背を向けた。その前に、男は回り込んできた。

「俺が弁償するよ」

「いいよ」

「いや、よくない。俺の財布を盗んだ奴を追いかけたせいで、お前は自転車をなくしたわけだから」

泊めてもらったことには言及しなかった。こんな男にかかわった自分がバカだった。初めて会った男に既視感《きしかん》を覚えるという間違いを犯したせいで、大事な足をなくしてしまった。

「自転車、買って持っていくよ」

男はGパンの尻《しり》ポケットからスマホを取り出した。

「お前、名前は？　連絡先を交換しとこう」

「いいって」

航は男を押しのけて歩きだした。背後から男の声が追いかけてきた。

「俺、ガオっていうんだ。ジェイソン・ガオ」

ふと足が止まった。日本人じゃないのか。

て来なかった。

だが今の世の中、特に珍しいことではない。来た道を戻り始めた。もう男は追いかけ

ドアを誰かが叩《たた》いている。チャイムなどはついていないから仕方がない。そもそも一人暮らしの航を訪ねて来る人などほとんどいない。

一日自室で過ごして、夕方になった。航はのっそりと立ち上がった。

ドアを開けて立ちすくんだ。外に男が立っていた。確か、ガオという名前だった。ジェイソン・ガオ。酔っぱらって道端で寝てしまい、財布を盗られた間抜けな男。その男が、満面の笑みで立っていた。

「やあ」

返す言葉が見つからない。

「自転車を持ってきた」

そう言われて男の後ろを見た。なくした自転車とは比べものにならないくらい立派な自転車が、スタンドを立てて置いてあった。

「気に入るといいけど」

靴を履いて出ていって、目を見張った。おそらくイタリア製のスポーツブランドだろう。タイヤが細く、スタイリッシュだった。車体の色はシックなグレイで、何段かの変《へん》速機《そくき》もついていた。

「こんな――」やっと声が出た。「こんな高価なものはもらえない。僕のは中古のオンボロだったんだから」

「そんなに高価でもないさ」

さもないように、ガオは言った。

「今度、飯をおごるよ。今朝のホットドッグのお返しだ」

「でも、あの――財布、盗られたんだろ？」

「ああ」ガオはガリガリと頭を掻《か》いた。「あれは不覚だったな」

でも、全財産を盗られたってわけじゃない、と彼はあっけらかんと続けた。

航は男の顔をまじまじと見た。背は高いが、日本人と変わらない顔をしている。話し言葉も自然だ。細く整えられた眉の下の目は黒い。頬骨が突き出しているせいで、頬自体は少しへこんで見える。それがシャープな印象を与えている。ハンサムな部類の顔立ちだろうが、特に目立つということもない。今朝着ていた服から別のものに着替えている。それもブランドものというわけではなさそうだが、よくわからない。

「お前、名前は？」今度はつい答えてしまった。

「長谷部航」

漢字を教える。

「俺はジェイソン・ガオって今朝言ったよな。『高』と書いてガオと読むんだ。中国系のアメリカ人だ」

「うん」

スマホを取り出すから、仕方なく連絡先を交換した。交換しながら、いい自転車に釣られてこんなことをしているようで、嫌な気持ちになった。ガオの方は、何も考えていないようだ。さっさと航の連絡先を打ち込むと、「じゃあな」と素っ気なく言った。

出ていく時、軒先に置いた自転車のサドルを、指でなぞった。

「俺も一台、買おうかな。サイクルショップでこれを選んでいたら、いいのがいっぱいあったから」

そしてすたすたと歩いていってしまった。

航は、ガオが残していった自転車を眺めたまま立っていた。こんなうらぶれたアパートにはまったく似つかわしくない自転車だった。サイクルショップであれこれ品定めしている男を想像してみた。誰かが自分のためにものを選んでくれることなど、久しくなかった。

母の江里子が、少ない品の中から選んでくれたランドセルのことを、唐突に思い出した。あの黒のランドセルは、児童養護施設まで持っていって、小学校を卒業するまで使った。

オルガネット――。

蒼人の母の友子が演奏していた楽器の名前だ。不思議な形だった。航は初めて見た。

ポータブルのパイプオルガンだ。鍵盤《けんばん》と何本かのパイプが背中合わせでくっついていて、パイプの後ろにはさらにふいごが付いていた。演奏する時は体の前にそれを抱え、右手で鍵盤を、左手でふいごを操作するのだ。

イタリアで生まれたとても古い楽器だと蒼人が言っていた。

友子は巧みにそれを演奏した。広い庭に椅子を持ち出して、そこに座って弾いていた。蒼人の家に行った時に演奏が始まると、航はそばに座ってじっと聴いていたものだ。蒼人もたいていはそばにいたと思う。家の中にいる康夫と喜連も耳をそばだてているようだった。喜連は、ふんふんと歌のようなものを口ずさむこともあった。日本語ではないようだった。オルガネットの音色といい曲調といい、異国情緒たっぷりだった。

友子の演奏に釣られて、庭に小鳥がやってきた。

雀やムクドリやヒワ、ヒヨドリなどが、庭木の枝に次々に止まり、小首を傾げるようにして音楽に聴き入っていた。街中で見かけることのないレンジャクやマシコなどという渡り鳥までやって来た。蒼人が鳥の名前をいちいち教えてくれた。

友子が奏でるオルガネットの音色は神秘的で清澄《せいちょう》で、小鳥たちの囀《さえず》りはそれに合わせて歌っているように聴こえた。そんな時、友子はこの上なく幸福な表情を浮かべていた。

「蒼人のお母さんの演奏を聴きにきたのかな」

そう問うと、こともなげに蒼人は答えた。

「そうじゃないよ。ママはいつでも好きな時に鳥を呼び寄せるんだ。音楽がなくてもね」

それは本当だった。庭で洗濯物を干している時や、庭の手入れをしている時など、彼女がふと手を止めて空を見上げ、鳥を呼ぶところを何度も航は見た。

特別なことをするわけではない。ただ空を見上げるだけだ。時には空に向かって手を差し伸べることもあったが、それはやってきた鳥たちへ親愛の情を表す仕草のようだった。ワカケホンセイインコという緑色の中型のインコが群れをなして飛んできたこともあった。インコは、ペットとして飼われていたものが逃げ出して、都内で繁殖したものらしかった。

友子は鳥たちを呼び寄せ、気ままに会話しているように見えた。歩く友子の後ろを、小鳥たちがちょんちょんと飛び跳ねてついていく。戯れるように体の周りを飛び回る。彼女が差し出した指に、可愛らしい小鳥が止まることさえあった。友子は小鳥に向かって何かを囁《ささや》きかけた。鳥の方も囀りで応《こた》える。すると、友子はいかにもおかしそうに笑った。人間と鳥の間で意思疎通が成立しているのだ。そんな情景を、航は息をするのも忘れて眺めた。

それがささやかな彼女の能力だった。蒼人が持つ空間移動の能力と同じく。八歳の航にとっては、さほど不思議なことには思われなかった。何もかもすんなりと受け入れてしまう、伸びやかな子供の感性がそれを可能にした。大人のような凝り固まった常識などは、まだ持ち合わせていなかった。周囲の大人に話して驚かれるということもなかった。彼の母親は宗教に取り込まれていたし、学校では相変わらず教師には心を開かなかった。

航はそんなふうに蒼人の家にしょっちゅう出入りしていた。家族は歓待もしない代わりに、拒みもしなかった。息子の友人を自然に受け入れた。

蒼人の家に入り浸るのは、『至恩の光教』の行事に参加させられるのを避けるためだったが、やっぱり帰るところはそこしかなかった。教団の部屋に帰ると満里奈がいた。蒼人の家族とひと時を過ごし、満里奈の顔を見てほっとする。波乱の日々の果てにたどり着いた束の間の平穏だった。航にとっては、あれがささやかな幸せに恵まれた期間だった。短くして終わるとはまだ知らずにいた頃だ。

江里子はあまりお乳が出なかったから、満里奈はミルクで育った。航は、ミルクをこしらえる要領をすぐに憶えた。哺乳《ほにゅう》瓶の扱いも慣れたものだった。煮沸消毒した哺乳瓶に粉ミルクを計って入れ、湯を注いで流水で適温に冷ます。満里奈を抱き上げて、ふっくらとした唇に吸い口を当てる。満里奈はすぐにシリコン製の吸い口をくわえて、勢いよく吸うのだった。

ギューッ、ギューッと吸うかすかな音と振動が伝わってくる。小さな妹は、兄が与えるものを無条件に受け入れるのだ。血のつながった兄がくれるものは、「いいもの」だと信じている。そう思うと、航も幸福な気持ちでいっぱいになった。

「マリちゃん、いい子だねえ。いっぱい飲んで早く大きくなりな」

じっと見詰めてくる黒い瞳《ひとみ》に向かって話しかけた。すると満里奈は、一度吸い口を放し、にっこりと笑いかけてから、またミルクを吸った。妹がこうして安心して育つのなら、『至恩の光教』にいるのもいいかなと思った。どうせ母は、ここを出たら生きていく術《すべ》がないのだ。

そんなふうに考えたことを、航は数か月後には心底後悔することになるのだった。大きな環境の変化があったその年も暮れた。教団では独自の行事で年越しをした。プレハブに住み込んでいる人たちは、そのまま施設で行事に参加していた。皆もう、帰る場所がないのだ。何もかもを打ち捨てて、こんな訳のわからない宗教に入信し、怪しい行事をこなしている。

おやかたさまは、また終末思想を声高に語り、信者は大仰に震え上がる。大いなる茶番だった。

――オンカリマーカリ、オンカリスメラ、トゾノリマスカリ、オンカリオンカリ。

一心にお題目を唱える人々は、おやかたさま夫婦の操り人形にしか見えなかった。その特別な礼拝の時、おやかたさまは満里奈を高々と掲げた。そして「この子は教団の光です」とか「神の子だ」と言い募った。何も知らない満里奈は、まるまるとした手足をばたつかせて「うー、うー」と声を上げた。きっと両頰には、えくぼが浮かんでいるはずの無邪気な幼子を、宗教の道具のように使われるのは、腹立たしかった。母は、そのそばで誇らしげな顔をしていた。不機嫌にうつむくことが、航にできるささやかな抵抗だった。

冬休み中に、航は風邪をひいて寝込んだ。母が持ってきた薬は、市販の風邪薬ではなく、おやかたさまが調合したという得体の知れない液体だった。

「これを飲んだらすぐによくなるのよ」

そんな液体が病気に効くとは思えなかった。怖気《おぞけ》を震った。薬効を疑うこともなく、そんなものを我が子に飲ませることを、少しも躊躇していない母が恐ろしかった。

「嫌だ」航は拒否した。

「飲みなさい」江里子はたちまち鬼のような形相になった。「西本《にしもと》さんも高見《たかみ》さんも、これですぐによくなったんだから」

おやかたさまが、外から通ってくる信者に、怪しい薬を売りつけていることを、航は薄々勘付いていた。彼らは有難がって、高い代金を支払っているようだった。

航は口を一文字に結んで抵抗した。すると住み込みの信者が数人入ってきて航を押さえつけた。無理やり口を開けさせられて、臭くてどろりとした液体を口に流し込まれた。すぐに吐き出してしまった。

「飲みなさい」

「飲みなさい」

無表情に繰り返す人々は、もはや人間には見えなかった。体の力が急速に失われていった。もう何をしても無駄なのだ。母はここにどっぷりと浸《つ》かってしまって、外に出ていこうなどと考えない。無力な自分は、ここでなんとかやり過ごすしかないのだ。自分が子供であることが、悔しく情けなかった。

　やがて信者と母によって、訳のわからない薬を飲まされた。その後三回ほど、同じ薬を飲むように命じられた。航は自分から進んで飲む振りをして、そっと捨てた。ここにいる限り何とか工夫して、自分の身は自分で守らなければならない。そのことを学んだ。風邪は治ったが、おそらく薬が効いたのではないだろう。

　三学期が始まった時にはほっとした。学校で忌避され、からかわれたとしても、教団にいるよりはましだ。『至恩の光教』を胡散臭《うさんくさ》いとして糾弾する彼らの方が正しいという気持ちが強まった航は、陰険な虐《いじ》めにも妙に冷めた態度で耐えた。

　この前、暴力を振るい過ぎたと反省したのか、菊池兄弟もしばらくは航に寄り付かなかった。失神するまで痛めつけた小二が、大人に訴えることもなく平気な顔で日常をこなしているのが気味悪いといった風情だった。教室でも校外でも、航にしつこく絡んでくる者がいなくなった。

　蒼人の家にはよく行った。彼らは友好的な人々というわけではなかった。近所づきあいなどもしていなかったし、航以外の誰かが訪ねてくるということもなかった。だが、航が行くことは拒まなかった。

「蒼人が友だちを連れて来るなんてほとんどないからな」そう康夫は言った。「こいつは友だちなんか作らないんだ。だから珍しいことだ」

　康夫が「こいつ」という言葉には、微妙なニュアンスが含まれていた。自分の子供のことを話しているというふうではなかった。初めて喜連に会った時に彼が口にした「蒼人はうまくやっているかね？」という言葉も、何だか成人した人のことを尋ねているように思えた。

そういうことも含めて、不思議な家族だった。しかし、その一般的でないという部分が、航には心地よかった。世間一般から最も外れたところにいるのが、自分たち親子だと思っていたから。

蒼人の家族は、べたべたするようなところがまったくなかった。夫婦の間さえ、ちょっと距離があるような気がした。家族仲は決して悪いということはないのだが、お互いどこか淡白で控えめだった。蒼人は蒼人で、子供ではなく一個人として認められていて、それにふさわしい扱いを受けていた。濃い顔立ちの康夫も、虚心で飄々《ひょうひょう》としていて、つかみどころがなかった。

そんなだから、欲もなかった。必要最低限のものしか買わなかった。ものに執着するということもない。おやかたさま夫婦が、「財産などは持っていても仕方がない」と説きながら、信者の財を取り上げて自分の懐に収めるのに精を出しているのとは大違いだった。あの仕組みに、どうして大の大人が気がつかないのか理解できなかった。

友子がいつも使っているバッグから財布を取り出し（彼女の財布は、緻密《ちみつ》な刺繍《ししゅう》が施された巾着袋《きんちゃくぶくろ》だった）「あら」と言う。

「お金がもうないわ」

すると康夫がおもむろに立ち上がって言うのだ。

「そうか。それなら石を売ってこよう」

石とは、宝石のことを指す。二階の部屋から宝石の入っているらしい皮革《かわ》の手提げカバンを持ってきて、そのままずたすたと外に出ていった。小一時間もすると、それを換金してきて、友子に渡していた。彼が持ち出す宝石というものを、航は一度も見たことがなかった。それらを仕入れる様子も見たことがない。あまりに易々《やすやす》と生活費を稼いでくるから、もしかしたらそれが康夫の持つ能力なのかもしれないと思ったりもした。贅沢をしない程度になら、家族を養っていける能力だ。

そんなものが本当にあるのなら、自分にも欲しいと航は切実に思った。そうなら、自分は母と満里奈を連れて教団から出ていくのに。

そんなちょっとした力を発揮しながら、世の中の片隅で蒼人たち家族は、ひっそりと暮らしていた。たぶん彼らは航にそういうことを知られるのは、本意ではなかったろう。あの家に出入りし始めた頃、そういう気配を航は感じた。よそから来るただの人間である航に、密《ひそ》かに警戒心を抱いている気配を。

しかし、蒼人が航に心を開いていること、航の身の上が通常ではないこと、何より航が、彼らのあり様をそのまま受け入れていることなどが知れると、次第に肩の力を抜き、受け入れてくれるようになった。航は彼らの同類というわけではなかったが、仲間だとは認識されたようだ。

だが年取った喜連が持つ能力は、「ちょっとしたもの」ではなかった。

そのことを知るのは、航と蒼人が子犬を拾ったことがきっかけだった。平和な学校生活が流れていた二月のことだった。冷たい風が吹きすさぶ河原にその犬は捨てられていた。茶色の雑種犬で、生まれて二か月経ったかどうかというくらいの子犬だった。一匹だけが小さな段ボール箱に入れられて、クンクン鳴いていた。

「犬だ」

初めに気がついたのは航だった。鳴き声を頼りに枯れ草を掻き分けて、子犬を見つけた。すぐに抱き上げた。温かな体温が伝わってきた。隣に立った蒼人にも抱かせてやった。

「お腹がすいているんだろう。可哀そうに」

航が言うと、蒼人はポケットを探って小銭を取り出した。学校にお金を持ってくることは禁じられていたが、蒼人のポケットには、いつも小銭が入っていた。悪ガキたちに取り上げられても、すぐに補給される。康夫が宝石を売ってこしらえたものから、少し分けてもらえるのかもしれなかった。そういうところも、蒼人が一人前として扱われているという気がした。

それで子犬に牛乳を買ってやった。拾った園芸用の受皿に入れてやると、子犬は舌をさかんに動かして飲んだ。皿が空くとまた足してやり、犬は小さなパックの牛乳を全部飲みつくしてしまった。飲んだ後に、満里奈と同じように、子犬はゲップをした。そして小さな尻尾《しっぽ》をちぎれるほど振った。航と蒼人は顔を見合わせた。

「どうする？」

「川のそばを歩き回っていたら、凍えて死んでしまうかもしれない」

「まだ小さいからな」

「僕のとこでは飼えない」

航は小さな声で言った。教団に犬を連れて帰ることはできなかった。何もかもがおやかたさまのご意向で決まる場所に。でも、蒼人の家なら飼ってもらえるのではないか。庭も広いし、家族も優しい人ばかりだ。子犬の一匹くらい、どうってことないだろう。

「うちもだめだ」航の心の内を読んだみたいに蒼人は言った。

「ママが嫌がる。小鳥が呼べなくなるから」

「そうかな」

すがるような目で見る航から目を逸《そ》らした。

「ここで飼うっていうのは？」

蒼人が提案した。こっそり河川敷で飼って、世話をしに通えばいいと続けた。荒川の広い河原のことは、もうよくわかっていた。雑草に没するように、崩れかけた小屋があった。ずっと前にここで畑を作っていた人があったのかもしれない。あるいはグラウンドゴルフの練習場にでもしていたか。不法占拠で撤去され、小屋の残骸《ざんがい》だけが残ったというわけだ。

ここで遊んでいるうちに、二人はそれを見つけていた。生い茂った雑草を踏み分けて、小屋の中も覗いてみた。錆《さ》びたシャベルや草刈り鎌、束ねられた園芸用支柱などが置いてあった。人が入れないほど潰れてしまっていたが、子犬を一匹飼うくらいのスペースはあった。

すぐさま、二人はそこを整えた。蒼人の家からぼろ布を持ってきて敷いた。風が吹いても倒れないように木切れで補強もした。小屋の中に放置されていた支柱を使って、子犬が出ていかないよう柵《さく》もこしらえた。蒼人がぼろ布と一緒に持ってきた食器に、パンをちぎって入れてやると、子犬はそれもきれいにたいらげた。深皿にも、たっぷり水を注いでやった。

犬の名前は蒼人が「ヘルト」と付けた。ドイツ語で「勇者」という意味だと蒼人が教えてくれた。何で八歳の子がドイツ語を知っているのか不思議だった。だが、ヘルトはかっこいい名前だと思った。シロやジョンなんかよりずっといい。きっとヘルトは、大きな強い犬になるだろう。

それからは、ヘルトの世話に夢中になった。

学校が終わると、二人は河川敷の小屋へ直行した。餌になるようなものを、教団の台所や蒼人の家から黙って持って出た。ソーセージや冷ご飯やシリアルを。給食のパンも必ず残してランドセルに入れて持って帰った。ヘルトの方も、彼らが来るのを待ちかねていて、小屋の中で飛び跳ね、全身で喜びを表した。ヘルトは何でもよく食べた。一日一回しか与えられないのだから、相当腹は減っているはずだ。餌は何でもよく食べた。与えたものを、貪《むさぼ》るように食べるヘルトを、二人はしゃがんで見詰めた。

その後、柵の中から出してやって、自由に駆け回らせた。ヘルトは二人によくなついた。走る航や蒼人の後を追いかけてきた。春めいてきた河原で可愛い犬と遊ぶことに、航の心は浮き立った。一か月も経つと体もしっかりしてきて、速く走れるようになった。もこもこした毛も豊かになった。抱き上げて頬ずりをすると、ざらざらした冷たい舌で、航の顔を舐《な》めるのだった。

夕方になると、小屋の中にヘルトを残して帰るのが辛《つら》かった。ヘルトは賢い犬だった。おとなしく小屋に入り、二人が遠ざかるのを、柵の内側で首を傾げて見送っていた。

自分の部屋に帰ると満里奈の世話をした。満里奈は体をひねって、手足をバタバタさせる。航が兄だと認識しているみたいに、彼の顔を見ると笑った。抱くと、じっと目を見て「ウクン、ウクン」と喃語《なんご》をしゃべった。満里奈もヘルトも、航の生活に欠かせないものだった。生きているものは愛《いと》しい。小さなものが、どんどん大きくなるのを見るのは楽しい。そんなふうに思った。

航の小学校二年は、そんなふうにして終わった。すべてがいいとは思わなかったが、でもそれほど悪くないと感じられる終わり方だった。

春休みが始まり、学校に行かないで済むようになると、ますます外で過ごす時間が長くなった。時には一日中教団に帰らなかった。

「いったいどこに行っているの？　ふらふら歩き回るのはよくないわ」

　そう言って叱ったのは、母ではなくて中野さんだった。

「友だちのとこ」

「友だちって？」

「おばさんの知らないとこだよ」

　そんなふうに大人を煙に巻いた。蒼人と出会って、力が湧いてきた気がした。どこにも行くところがなく、母と一緒に『至恩の光教』に頼るしかなかったけれど、でも外の世界は広い。こんなところに閉じこもって、おやかたさまの説教に耳を傾けているのはうんざりだ。そんなふうに思えるようになってきた。自分にもっと力がついたら、きっとここを出て行こう。そう決心していた。

　蒼人の家にもたまには行った。家族は相変わらずだ。喜連は居間の同じソファに座って、お茶を飲んでいるか、居眠りをしていた。彼が飲むお茶は、マサラチャイというインドのお茶だという。一度飲ませてもらったが、スパイスのきいた甘い紅茶だった。航が一口、二口飲むのを見て、老人は笑みを浮かべた。分厚い唇の両端をゆっくり持ち上げるのが、彼の穏やかな微笑《ほほえみ》だった。

　康夫は宝石を売り、友子は家事に勤《いそ》しんでいた。静かなたたずまいの家族だった。昼食時に航が居合わせると、友子は当然のように彼の食事も用意してくれた。彼女が作る食事は、航が今まで食べたことのないものばかりだった。チーズと硬いパン、豆とひき肉の煮込み。ジャガイモをふかしたのに、バターを載せたもの。香辛料のきいた黄色いご飯。トマト味の野菜スープ。水餃子《すいギョーザ》もたくさん作った。変わった平麺《めん》を自分で打ったりもしていた。チーズケーキやごまをまぶした揚げ饅頭《まんじゅう》も得意だった。たくさんの国の料理が混じり合ったような食事だった。そのすべてが美味《おい》しかった。

おっとりしている友子なのに、料理をする時はきびきび動いて手早く作り上げた。

こんなに料理のうまいお母さんがいるのに、どうして食べる物がなくて森でクルミを拾ったりしなければならなかったのだろう。不思議に思ったが、取り立ててそのことを蒼人に問うことはなかった。今の蒼人はとても幸せそうだった。過去をほじくられることが嫌なのは、自分も同じだ。

ある日のこと、買い物から帰ってきた友子がドアを開けるなり、珍しく大きな声を出した。

「キレン！」と喜連に呼びかける。

「大きな鯉がまるごと一匹手に入ったの。姿揚げにしてあんかけにするわ。あなたの好物でしょ。ほんとに大きな鯉なのよ。長江《ちょうこう》で獲《と》れるような」

喜連は顔をほころばせた。そして穏やかな声で言った。

「そうかい。それはありがたいね」

友子はようやくそこに航がいることに気がついて「あら」と言った。財布にお金がないことに気がついた時と同じように。それきり、身をひるがえして台所へ行ってしまった。まだうきうきした足取りは残っていた。

きっと鯉はその日の夕食になったのだろう。でも、父親に当たる人を呼び捨てにするなんて変だ。その後のもの言いもちょっと妙だった。長江って何だろう。しかし航もそう深くは考えなかった。大きな鯉の姿揚げの方に関心があった。マサラチャイといい、鯉の姿揚げといい、変化に富んだ食生活をする一家が珍しかったし、うらやましかった。

苦労して鯉を調理する友子を想像したりした。料理をする以外の友子は、庭に出てオルガネットを弾いたり、小鳥を呼び寄せたりしている。

蒼人の家のリズムにも、航は溶け込んだ。康夫は掃除を引き受けたり、家周りの修繕をしたりしていた。喜連はあまり動かない。定位置である居間のソファで、居眠りをしていることが多かった。

『至恩の光教』にはいたくなかったが、あそこを出るということは、この地を離れるということだ。それは蒼人の家族との別れを意味していた。平和を絵に描いたような毎日がもう少し続けばいいと思った。

航が望むことは、たいていその通りにはならない。

春休みが数日で終わろうとした頃だった。蒼人の家に寄った後、二人は食べ物を持ってヘルトの待つ河川敷に急いだ。堤防を上る時、何人かの子供がわっと笑う声がした。嫌な予感がした。その辺りは雑草だらけで河原も開けてなくて、誰も寄り付かない場所だった。子供が遊んでいるところなど見たことがなかった。

蒼人も何か感じたのか、足早に堤防を越えた。

嫌な予感は的中した。そこに菊池たちのグループがいた。兄はいなかったが、気が滅《め》入《い》るには充分だった。桜田を始めとして、いつものメンバーが揃っていたからだ。輪になった彼らの真ん中を見た時には、背筋がぞわりとした。ヘルトが小屋から出されてそこにいたからだ。ヘルトは怯えていた。近づかないでもそれがわかった。尻尾を垂らし、首も下げていた。

「おお」航たちの顔を見ると、菊池が嬉《うれ》しそうに言った。

慌てていることを気取られないよう、航はゆっくりと堤防を下りた。その歩調に蒼人も合わせた。

「何してるんだ」

声が震えないように注意したが、航も怯えていることが、相手に伝わったかもしれない。

「何って、犬と遊んでいるんだ」

桜田が答えた。

「それは僕らが飼っている犬だ」

「飼ってる？」

菊池が目を細めた。あの狡猾《こうかつ》そうな表情を、ここのところ見ないで済んでいたのに、不快感が込み上げてきた。

「こいつは――」菊池は足先でヘルトをちょっと突いた。「こいつは河原にいたんだ。俺たちが今見つけた」

「可哀そうに、ぶっ潰れそうな小屋に閉じ込められてたんだ」

　桜田が付け足した。

「そこの小屋で飼ってたんだよ」

「こういうのは飼ってたとは言わない」

　こいつは捨て犬だ、と菊池は続けた。

「だから、誰のでもない」

　言った途端に、勢いよくヘルトを蹴《け》り上げた。ヘルトは「ギャンッ」と吠《ほ》えて空中に舞い上がった。航と蒼人は一緒に駆けだした。ヘルトは体を丸めたまま、地面に叩きつけられた。菊池たちを掻き分けて、ヘルトに駆け寄ろうとするが、悪ガキたちが立ちふさがった。

　航も蒼人も、彼らを押しのけようとしたが、うまくいかない。相手は、数日後には最高学年になる少年たちだ。ひ弱な低学年は相手にならない。特に菊池は、しばらく見ない間にさらに体格がよくなった気がした。

「見てろ」

　菊池が落ちてきたヘルトの首の後ろをつかもうとした。すると、ヘルトは唸《うな》り声を上げて、差し出された菊池の手に噛《か》みついた。

「うぎゃ」今度は菊池が呻《うめ》いた。手を素早く引っ込めて、ヘルトの歯型のついた指を確かめた。たいした傷ではなかった。赤くはなっていたが、血も出てはいなかった。

「噛みついたぞ！」

それなのに、菊池は大声を出して騒いだ。もう一回ヘルトを蹴った。悪ガキの一人の足下まで、子犬は飛んでいった。そいつがまた同じように蹴る。

「やめて！」

航は悲鳴を上げた。蒼人が年長者の手をかいくぐってヘルトのところへ駆け寄った。ヘルトは地面に伸びたまま、頭をちょっと上げて「クーン」と鳴いた。

蒼人が抱き寄せようとヘルトの胴に手を掛けた。その手ごと、菊池が思い切り踏みつけた。蒼人は顔をしかめたが手は離さず、ヘルトを取り返した。すぐさま悪ガキたちが彼を取り囲んで地面に組み伏せた。蒼人はヘルトを庇《かば》って、蹴られるまま、殴られるままになった。航は、つかまれた手を振り切って、走りだした。

「蒼人！」

取り囲まれた蒼人には近づけない。何本もの足の向こうで仰向《あおむ》けにされる蒼人が見えた。投げ出されたヘルトの上に、大きな石が落とされた。面白がって、何度も石をぶつける。子犬はもうぐったりして声も上げない。小さな毛皮のようにしか見えなかった。

「あぁぁ、死んじゃったよ」菊池の声が聞こえた。

「お前、力加減を考えろよ」誰かを肘《ひじ》で突《つ》いている。

「ヘルト！」

「何がヘルトだ。おかしな名前付けやがって」

菊池がヘルトの小さな体をつかみ上げ、振りかぶって思い切り投げた。子犬は遠くの草むらの中に落ちた。それで気が済んだのか、悪ガキたちはゲラゲラ笑いながら草を蹴散らして歩き去った。

彼らが堤防を越えてしまうと、航は蒼人に寄っていった。泥だらけになった蒼人は、何とか起き上がった。

「ヘルトは？」

ヘルトが落ちた場所はだいたいわかった。航は一言も言わずに、見当をつけた辺りに走っていった。

「ヘルト！」

雑草を掻き分けて呼んだ。すぐに蒼人もやって来て、二人で子犬を捜した。どんなに呼んでも、応えて鳴く声はしなかった。死んだなんて、そんなはずはない。あれは菊池のはったりだろう。あんなに元気に走り回っていた子犬が。小屋の中でおとなしく待っていた賢い犬――。

だけど、見つけてしまった。草むらの中で異様に伸びた体を。血で汚れた毛並みは、駆け回っていた時の艶《つや》を失っていた。立ち込める死の気配に震えた。それでも自分を奮い立たせて手を伸ばす。体を持ち上げようとすると、向こうを向いていた頭がこちらを向いた。

「ああ」

口から伸びきった舌が出ていた。そろそろと抱き上げる。首が力なく後ろに垂れた。まるまると愛らしかった頭は、半分くらいの厚みになっていた。頭蓋《ずがい》が潰されているのは明らかだった。あまりに軽いヘルトの体に、愕然《がくぜん》とする。生きていた時は、抱き上げるとずっしりとしていたのに、命が抜けたせいで、こんなに軽くなるのか。

ヘルトを抱いたまま、膝からくずおれた。膝立ちで泣いた。こらえようとしても、後から後から涙と嗚咽《おえつ》が込み上げてくる。悲しすぎて、菊池を恨む気持ちも湧いてこなかった。もうヘルトには会えない。死ぬということは、そういうことだ。

さっと横から手が伸びてきて、ヘルトが抱き取られた。蒼人だ。

「キレンに頼もう」

航は友人の顔を見やった。またキレンだ。自分の祖父なのに。

蒼人は、きっと航を見返した。

「キレンなら、どうにかしてくれる」

それだけ言うと、蒼人は走りだした。ヘルトを抱えて堤防を駆け上がる。

一瞬、呆気《あっけ》にとられた航も後を追った。走りながら涙を拭《ぬぐ》った。足で蹴散らした雑草から青臭い匂いが立ち上ってきた。

死んだ犬を受け取った喜連は、下唇を突き出した。

それから孫の顔を覗き込んだ。

「これは何だ？」

「犬だよ。ヘルト。僕らが河原で飼ってた。でも死んだ。殺された。あいつらに。この前と同じ奴らだ」

蒼人がもどかしそうに説明する。言葉足らずの説明だったが、それで通じたようだ。喜連は、航の方へ首を回《めぐ》らせた。涙でどろどろになった航の顔を見て、首を振った。

「キレン」蒼人が祖父に呼びかけた。「お願いだから」

「もうだめだ」

喜連は悲し気な目で航を見詰めた。

「これでおしまいにする」

蒼人がすがるように言うと、喜連は深いため息をついた。

「航もヘルトも、大事な僕の友だちなんだ」

「お前は間違ってるよ」

蒼人はぽろりと一粒涙をこぼした。いつも冷静な彼が泣くところを初めて見た。喜連はまた航を見、手の中の死んだ犬に目を落とした。そしてため息をついた。

喜連は二人を引き連れて家の奥へ向かった。喜連の重々しい足音が、フローリングの床の上に響いた。くたびれた皮革の室内履きが立てる音が。

康夫はいなかった。宝石を売りに行っているのかもしれなかった。友子は庭にいた。小鳥たちに取り囲まれて、暖かくなった庭で黒い土を掘り返していた。蒼人がヘルトを抱いて家に駆け込んだ時、ちらりとこちらを見たのだった。だが、何も言わずに庭仕事に戻った。

初めて喜連の部屋に入った。大きなベッドが部屋の真ん中に置いてあった。ベッドにはごつごつした素朴な織りのカバーがかかっていた。もう何年も使われているようだった。あとは古い木製の机と椅子。向かい合わせの壁に引き出しが五段の箪笥《たんす》が置いてあった。

机の横に引き戸があった。喜連はヘルトの死体を蒼人に渡して、それを開けた。クローゼットのようだが、中はよく見えなかった。頭を突っ込んで「うー」とか「あー」と言いながら、中のものを掻き混ぜている。

「ああ、あった、あった」

喜連が引っ張り出してきたのは、薄い大判のスカーフのようなものだった。もとはえんじ色だったようだが、随分色褪《いろあ》せていた。模様もあったが、よくわからなかった。金糸の縫い取りが縁をぐるりと飾っていたが、それも大方がほつれている。

喜連は死んだ犬を床に仰向けに置くように言った。蒼人は素直にそれに従った。やっぱりヘルトは死んでいた。床に横たえられたのは、醜く潰れた生き物の残骸だった。

喜連はしばらくそれを見下ろしていたが、おもむろに一つきりの窓に歩み寄り、観音開きのそれを開いた。

「おおい」

「はい」

友子が応えた。

「木の枝を一枝持ってきてくれ。元気な木の。そうだな、やっぱり今度もオリーブがいいかな」

「ええ」

数分後に、オリーブの短い枝が窓から差し入れられた。喜連はそれを受け取って戻ってきた。航と蒼人は、ただ突っ立って老人のすることを見守っていた。犬の体の上に喜連はオリーブの枝をそっと置いた。ちょうど胸から首に当たる部分に。ヘルトの毛は、黒く変色した血でごわごわに固まっていた。そこに瑞々《みずみず》しい緑の葉に覆われた枝を置くと、ヘルトがますます醜くみすぼらしく見えた。さっきまであれほど生き生きしていた生き物が。

喜連はスカーフをヘルトの上に広げた。スカーフの真ん中がヘルトの形に膨らんでいた。老人はごつごつした両の手のひらで、スカーフの上からヘルトの体をさすった。老人は口の中で何かをぶつぶつと呟いていた。航には理解できない異国の言葉のようだった。

航は瞬きもせずに、喜連の仕草を見詰めていた。オリーブの枝の切り口からの芳《かんば》しい匂いが部屋中に広がった。五感が鋭くなっているのがわかった。何もかもに敏感になっている。これから何が始まろうとしているのか、まったく予想がつかなかった。いや、本当はわかっていた気がする。緊張で体が強張《こわば》っていた。

喜連の手の下で、スカーフが盛り上がったようだった。もぞっと動く。はっとした。声を出さないように、航は口を両手で押さえた。今度ははっきりと動いた。ヘルトが身を起こしたように。重い頭に、バランスを取りかねて、反対側にぐらりと傾いだのを、喜連が片手で支えた。

ヘルトが鼻を鳴らした。甘えてよく、そんなくぐもった声を出したものだ。生きていた時に。オリーブの緑の匂いがひと際強く立ち昇り、部屋中に撒《ま》き散らされた。

「さあ、おいで」老人は優しい声を掛けた。「こっちへ戻っておいで。いいから。さあ！」

クーンとヘルトの鳴き声がした。懐かしいあの声が。

喜連がゆっくりとスカーフを剝《は》ぎ取った。茶色い毛が見えた。さっきまでぺしゃんと固まっていた毛が、ふくふくと立っている。布の下から、ヘルトが這《は》い出してきた。航は目を見張った。

「生き返った！」つい叫んでしまった。「死んでたのに！」

蒼人も幸せそうに微笑んでいた。オリーブの枝は、ヘルトの体の下で枯れ果てていた。

萎《しぼ》んで丸まった葉が、枯れ枝にくっついているきりだった。ヘルトに自分の命を分けてやったように。

「死んでも魂はまだここにあったのさ」喜連は穏やかな声で言った。「だから戻ってきた。お前さんたちのところに。一緒にいたかったんだろう」

ヘルトが航のところまで来た。航はかがんで子犬を抱き取った。潰れていたはずの頭はすっかり元通りになっていた。恐る恐る抱き締めた。ヘルトのまろやかな筋肉と丈夫な骨を感じ取れた。ヘルトは前脚をばたつかせて、航の胸を掻いた。航はそっと蒼人に渡した。彼も嬉しそうに抱き取って、顔を擦《こす》り付けた。ヘルトは蒼人の頬をさかんに舐めた。

ヘルトはその後、蒼人の家で飼われることになった。動物病院で健康診断を受け、何の病気も持っていないことを確認した。その上で、決して小鳥に近づかせないことを友子に約束させられたようだった。

喜連は、死んだものを生き返らせる能力を持っていた。

そのことを、航は誰にも言わなかった。

ガオがくれた自転車は、最高の乗り心地だった。

「あら、上等の自転車に乗ってるじゃない」

平沼精肉店に自転車で出勤すると、稲田さんが目ざとく見つけてそう言った。

理由を説明するのが面倒で「ええ」と答えておいた。

「でもさ、外国製でしょ？　これ。高いんじゃないの？」

あんたの給料では買えるはずないよね、と言外に伝えてくる。それを無視して店の中に入った。今日は女将《おかみ》さんの姿はない。稲田さんと、もう一人のパートの向井《むかい》さんが厨《ちゅう》房《ぼう》で働いている。相変わらず利幸は、背を向けて黙々と揚げ物に励んでいる。挨拶《あいさつ》が返ってこないのもいつも通りだ。

稲田さんが向井さんに航の自転車のことを声高にしゃべっている。向井さんは、調理の手を止めてわざわざ外に見にいった。

「あれ、イタリア製だね」

戻ってきた向井さんが興奮している。息子がツーリングに凝っていて、少しは自転車に詳しいのだそうだ。

「うちのもしょっちゅうパンフレットを見ているんだけど、あれ、二十万はするわね。いや、もっとするかも」

「ええっ？　そんなにするの？」

稲田さんが大仰に驚いた。利幸が振り向いて、じろりと航を見た。航も自転車の価格をスマホで調べてみたのだ。まったく同じものを見つけることはできなかったが、数十万円という値段を見て仰天したのだった。

「買い換えたの？」

二人の年配のパートさんは、手を忙しく動かしつつも、口も止まらない。

「思い切ったね、航君。いったいどうしちゃったの？」

「ちゃんと鍵かけた？　こんなとこに停めてたら、あんないい自転車、持っていかれちゃうよ」

それは航も気にしていた。アパートの自転車置き場に置いておくのは落ち着かないので、部屋の中に入れた。玄関土間からはみ出して、板張りの台所まで車輪が入り込んだ。

「盗まれたら泣くよね」

向井さんがそう言った時だった。利幸が菜箸《さいばし》を置いた。

「お前、まさか自転車盗んできたんじゃないだろうな」

パートさんたちは、ぴたりと口を閉じた。厨房の中の空気がさっと凍り付いた。利幸の前の鍋《なべ》で、油がパチパチ跳ねていた。その音がいやに大きく聞こえた。

「違います」

それだけ言うのがやっとだった。怒りに震える手で白菜を持ち上げ、流し台にドンと置いた。

「利ちゃん、それは言い過ぎだよ」稲田さんがたしなめた。

「そうよ。航君に悪いわよ」

向井さんが口添えしたが、口調は弱々しかった。

その日は一日中気分が悪かった。女将さんはとうとう顔を出さず、パートさんたちも居心地が悪そうにしていた。向井さんが夕方の店番に残った。配達から帰ってきた航は、向井さんに言われるまま、仕事を終えることにした。もう利幸は二階に上がっていた。

「気を悪くするんじゃないよ」

裏口から出ていく航の背中に、向井さんが声を掛けてきた。それには何とも応えず、

「お先に」と呟いて外に出た。

朝停めたままの自転車がそこにあり、ほっとした。

大きく深呼吸して自転車にまたがった。ついっと走りだす。すぐに加速してスピードに乗れた。走行性も抜群だ。どこまでも走って行きたくなる。そのまま大井町駅まで飛ばした。前の自転車よりも短い時間で到達する。駅前で自転車を下りて押した。自転車置き場の横をゆっくり歩くが、やはり航の自転車はなかった。

ガオが寝ていたベンチには、誰も座っていない。そもそもこの歩道のベンチに人が座っているところなど見たことがない。

ガオとは、いったいどんな人物なのだろう。こんなところで酔って寝てしまうなんて、だらしないし、迂闊《うかつ》過ぎる。初めて会った男の部屋で無防備に寝てしまう。財布を盗られたというのに、こんな高価な自転車をぽんと買って持ってくる。

まあ、金はあるんだろうな。そんなふうには見えなかったけど。

このままこれに乗り続けていていいんだろうか。サドルを撫《な》でながら考える。泥棒を追いかけたことへの礼にしてはあまりに過分だ。しかも泥棒を取り逃がしたのに。

航は自転車をくるりと返して、駅の方向へ歩いた。車道に下りて、ひらりと自転車に飛び乗る。ペダルは軽い。まるで力がいらない。ぐんぐん加速する。空を飛んでいる気分になる。無心で走らせ、気まぐれに角を曲がった。どこを走っているのかわからなくなったが、気にならなかった。

京浜《けいひん》運河に突き当り、モノレールと並走した。海岸通り辺りをジグザグに走った。道に迷うのが楽しかった。息が切れるまで漕《こ》いで、やっと足をついた。

まったくどうかしてる。新しい自転車を夢中で走らせるなんて、子供みたいだ。だがそうしていると、利幸との不快なやり取りを忘れられた。よくないものが何もかも、後ろに飛ばされていく気がする。あの怖い夢でさえ。

どこともわからない駅前の電光掲示板に流れる文字を読んだ。中国の奥地で奇妙な病が流行《はや》りだしたというニュースだった。

中国のニュースを見て、ガオは中国系のアメリカ人だったということを思い出した。この最新の自転車をぽいとくれた男。あの男は、また今日もどこかで酔っぱらっているのかもしれない。気まぐれに自転車を買い与えた男が、子供のようにそれを乗り回していることも知らずに。

ガオから連絡がきたのは、さらに一か月近くが経った頃だった。師走《しわす》も半ばを過ぎていた。「なかのぶスキップロード」もいつにも増して買い物客が増えていた。平沼精肉店もパートさんを一人増やして対応した。

女将さんはあまり店に下りて来なくなった。体調を崩して寝込んでいるのだということを、稲田さんから後で聞いた。利幸は相変わらずだ。稲田さんと向井さんが中心になって店を回すようになっていたが、どうにも陰鬱《いんうつ》な雰囲気は拭えなかった。稲田さんももう「これから先、どうなるんだろうね」とも言わなくなった。

航も、自分から残って客をさばいたりすることはなくなった。配達が終わると、よっぽどのことがない限り、店を後にするようになっていた。イタリア製の自転車に乗り、街を徘徊《はいかい》した後、部屋に帰るようになった。リセットするための気分転換が必要だった。こういう時に、快適な乗り物があることが純粋に嬉しかった。

だからガオの誘いに乗ったのかどうか、自分でもよくわからない。閉塞《へいそく》感漂う調理場で、年配者とだけ交わす必要最小限の会話に閉口していたのかもしれない。

平沼精肉店に毎日出勤することは、航に安定をもたらしていた。ご主人夫婦によくしてもらうだけではなく、彼に無条件にルーティンワークを与えてくれたのだ。とにかく毎日の繰り返しを、体に覚えさせることが肝心だった。何も起こらず何も考えず、心を殺して今日を重ねること。動物と同じ生き方を身につけること。

だが、それもうまく働いているとは言い難い。ご主人亡きあと、女将さんの不在や利幸とのちょっとした軋轢《あつれき》で揺れ動いてしまう未熟な自分にうんざりした。

「一緒に飯を食おう」

昨日別れたばかりというふうに気楽に電話してきた男に、つい気持ちが動いた。道端で酔い潰れたりするくせに、金に不自由していない様子にもちょっと興味を引かれた。自分はどうせ誰にも心を開かないのだから、踏み込んでこられることもない。そういう生き方が板についていた。強いて言えば、ちょっとした変化が欲しかったのだ。

ガオが指定してきたのは、神楽坂《かぐらざか》にある店だった。誘いに乗ってから、セレブが行くような高級なレストランとか懐石料理の店だったらどうしようと思った。だが、ガオが待っていたのは、神楽坂の真ん中辺りの路地を入ったところにある小さな居酒屋だった。

大勢の人が行き来する通りに尻込みしながらたどり着いた航を、ガオは笑顔で迎えた。カウンターとテーブルが四つほどのごく庶民的な店だった。カウンターの向こうでは、焼き鳥を焼く煙がもうもうと上がっていた。

「迷ったよ」少しだけ時間に遅れた理由を、航は伝えた。

「そうか。いいさ。もう先にやってた」

カウンターの端に座ったガオの隣に腰を下ろす。ガオの前には焼酎《しょうちゅう》のお湯割りらしきグラスと、焼き鳥の串《くし》が載った皿が置かれていた。

「何を飲む？」

航はビールを注文しながら、「あんまり飲めないんだ」と小声で告げた。

それが聞こえたかどうか。店内は人の話し声やテレビの音、調理する音で溢《あふ》れている。

「仕事終わり？」

何の仕事をしているのかも知らないが、一応問うてみる。

「仕事？　まあな」

ガオは壁一面に貼られたメニューを見ながら、次々とつまみを注文した。肉団子と白菜のクリーム煮とか、ホタテのフライ、餃子、水菜のサラダ、塩焼きそば。まるで統一感のないメニューだ。どれもまずまずの味だった。

「俺も結局自転車を買ったよ。でも二、三回乗ったきりだ」

「へえ」

「お前は？」

そう訊いてから、ガオは「お前、航って名前だったな」と訂正した。「これからは航と呼ぼう」

これからがあるかどうかは疑わしい。この男とそんなに親しく付き合えるとは思えなかった。航の気持ちなどおかまいなしに、彼は料理をうまそうに頬張った。

「俺のことはガオと呼んでくれ」

ジェイソンとか、ジェイとか呼ばれるのは嫌なんだ、とガオは続けた。顔はどう見ても東洋人だから、と。

「うん」

まるで会話は弾まない。気まぐれにこんなところにのこのこやって来たことを、航は後悔した。

航の前にビールが置かれると、ガオは自分のグラスを持ち上げた。小さくグラスを合わせて乾杯した。

「僕は乗ってるよ。毎日自転車に」

自転車がないと通勤に困るから、助かったと続けた。それから惣菜《そうざい》屋で働いていることを話した。話題に事欠いて、どういういきさつで雇われたか、平沼夫婦との交流、今の職場の状況などまで話した。ガオは案外熱心に耳を傾けているようだった。

「で？　ガオは――」ガオと名を呼ぶのは違和感があったが、仕方がない。「ガオはどんな仕事を？　働いてるんだろ？」

「俺か。俺はまあ、そうだな。働いてはいるな」

ガオは鼻の横を掻いた。

「俺は投資をやってる」

中国系アメリカ人だが、育ったのは日本だったらしい。商売人だった親が死んで、少しばかりの遺産を受け継いだ。それを元手に株の売買をやって資金を増やしていった。

「投資家としてはなかなかのもんだったよ。金が儲《もう》かって、初めは面白いと思ったんだがな。何台ものパソコンを家でじっと眺めているのに飽き飽きしたんだ」

それで不動産投資をやろうと思った。これからの日本は不動産が魅力的だと思った。特に再開発が進む東京は刻々と姿を変え、地価や物件の値が急激に変化するだろうと踏んだ。

「目先が利くんだな」

航がぼそりと言うと、ガオは嬉しそうに笑い、焼酎をおかわりした。

「目先じゃない。情報だ。あちこちに首を突っ込んで情報を集める。不動産は特に。自分の足で稼ぐんだ」

英語と日本語、中国語がしゃべれるのも強みだな、とガオは言った。

自分のルーツは吉林省《きつりんしょう》にあるらしいが、よくは知らない。生まれたのはアメリカだから、自分のことを中国人だとも思わない、とガオは言った。

「でもやっぱり日本にいるのがしっくりくるな。何でかわかるか?」

急に問いかけられて、航は面食らった。持ち上げたグラスをテーブルに戻し、首を振った。

「日本人は排他的だからな。よそから入って来た者も、大儲けする投資家も色眼鏡で見る。表面上はニコニコしているが、決して受け入れない」

そこが居心地がいい、とガオは続けた。

「それってすごく純粋で正直だ。俺はどこにも属さない人間だから、受け入れられないことにほっとする」

驚いたことに、ガオの心情に同調する自分がいた。そうなんだ。そうやって自分も生きてきたのではなかったか。そんな生き様を、ズバリと言葉に置き換える人物がいるとは。ガオは手にした割り箸を振り立てた。

「俺は愛情だとか、絆《きずな》だとか、思慕だとか、そんなものは信じない。思いやりなんて虫唾《むしず》が走るね」

「じゃあ――」つい言葉がこぼれてきた。「じゃあ、何を信じるんだ?」

「金さ」迷いなくガオは答えた。

「金がすべてではない。そんなことはわかってる。だがすべてに近い働きはする。信じるに足る働きをね」

だから、俺はせっせと金を貯めるのさ、と、そこはおどけた調子で続けた。

ぐいと焼酎をあおった男を、航は啞然《あぜん》と見やった。何もかもから受け入れられないことをよしとし、そのことを隠しもしない中国系アメリカ人を。自分から進んで異端であることを選び取る強さを持ち合わせているということか。

社会に出た当初、そんなふうに弾《はじ》き出されることを怖がって臆病《おくびょう》になっていた。だからこそ、心を殺して生きてきた。そんな自分が、遠くから今の自分を見詰めている気がした。

初めて会った時、夜から生まれたと感じた男は、やはり闇の中で凝り固まっている。そこから外の世界に向けて、冷徹な視線を投げかけている。航はそんな男に得体の知れなさを感じるより、親近感を覚えた。

ガオは次々と料理やアルコールを注文した。そしてよくしゃべった。不動産を買い付けに行く時、何千万もの現金をカバンに入れて持ち歩いたこと。相手は目の前のキャッシュに心を奪われ、こっちのいい値で物件を手放すという。手に入れた物件をうまく転売して利益を得る方法も語った。金だけが信じるに足るものというだけあって、なかなかの手腕だった。土地や物件の値の上がり下がりを読む勘も冴《さ》えている。

感心した航がそのことを口にすると、唇の片方を持ち上げてにやりと笑った。

「うん。実は不動産は前にやってたんだ。いわゆる土地転がしだ。それで株をやる金を作った」

興に乗って話し続けるガオに、航はつくづくと見入った。まだ三十代と思われるこの男はどれだけの経験を積んできたのだろう。親の遺産なんて本当に受け継いだのだろうか。もしかしたら反社会的な稼業にも関わってきたのではないか。まったく素性の知れない男だった。だが、彼に惹《ひ》き付けられていく自分も意識した。性格も生き方もまったく正反対の男に。

「儲かるから、一人では手が足りなくなってオフィスを構えたんだ。だけど人を雇った途端に不動産投資には飽きた」

すぐに物事に飽きる男だ。ゲームのコツをつかんで点数を稼げるようになったら、途端にゲーム自体が面白くなくなるのと同じだ。きっとガオは、とてつもなく頭のいい男なのだ。

「まあ、不動産投資は、ノウハウを教えて別の奴にやらせてる。で、俺は今度は有望な研究開発や新技術に対して投資するってことを始めた。いい発想や技術を持っているのに、資金面で苦慮している企業を見つけ出すんだ」

研究開発投資は、日本では遅れている分野だ、とガオは言った。研究や技術の開発マネジメントがあっても、個々の企業の経営事業戦略に問題があって、製品を生み出せない。よって利益に結び付かないのだ。だから、これと目を付けた研究開発には、優秀な経営コンサルタントを送り込み、企業自体の改革もするのだ。これが面白い。俺が関わると、絶対に成功する。そういうことを、ガオは熱心に語る。

どうしてこんなことを、ちょっと知り合っただけの自分に話すのか、まるきり理解できなかった。それでも耳を傾けずにはいられなかった。彼の絶対的な行動力と揺るぎない自信とに。つい、ビールやハイボールを飲み過ぎた。ガオは、日本酒を冷やで飲み始めた。

ガオの話に釣られて、惣菜屋に至るまでの職歴や児童養護施設で育ったことなどまでしゃべってしまった。ガオの経歴からしたら、取るに足りない生き様だ。

「そうか！」ガオの反応は意外だった。「面白いな」

自分の人生が面白いなどと一回も思ったことはなかった。だから他人にしゃべったことはない。平沼夫婦にも、ごくごくかいつまんで説明しただけだ。そういう生い立ちは、自分というものを卑小化する材料にしかならないと思っていた。

でもこの男にとっては興味を引かれることなのか。そういうことをしゃべらせる力量がガオには備わっている。何にでも食らいつき、自分で味わってから価値を決める。初めて出会った種類の人間だった。

ガオの熱に当てられ、頭がふらついた。周囲の音が嫌に大きく聞こえ、頭の中でガンガン響いた。このままでは、この前の逆で、自分がどこかの道端で寝入ってしまいそうだった。自分のテリトリーから離れていることもあるし、もうこれ以上飲むのはやめておこう。

トイレに立って帰ってきたら、ガオも立ち上がった。

「面白かったよ。今日はこれぐらいにしとこう」

ほっとした。いつも自分が守り通している領域を外れかけたが、航も愉快な気持ちになった。レジの前に立った二人の前で、テレビがニュースを流していた。

中国、新疆《しんきょう》ウイグル自治区で、未知の感染症が広がっているというニュースだった。前に電光掲示板で見たニュースのことだろうと気がついた。航はテレビを点けても、気を入れて見るということをしないので、その後の情報については知識がなかった。ガオはふと動きを止めてじっと画面に見入った。釣られて航も画面を眺めた。

感染症の症状は、特異なものだった。患者はまず高熱と頭痛、筋肉痛を訴える。全身に及ぶ湿疹《しっしん》に見舞われる頃、筋肉が萎縮《いしゅく》し始める。そこに至るまでに三日から一週間ほど。患者はひどく衰弱していく。やがて患者は痩《や》せ細り、枯れ枝のような手足は自分の意思に反してねじれて体に引き付けられる。最後には激しい痙攣《けいれん》を起こして多くの者が死に至るという奇病だった。それも非常に強い感染力を持っているらしい。

しかし中国政府からの正式な発表はなく、感染の広がりを恐れた医療関係者や一般市民が情報をインターネットで拡散しているということをニュースは報じていた。地域的な事情もあり、詳細はまだよくわからないが、彼らはその病を「伝染性発熱疾患」という仮称で呼んでいるようだった。死者の皮膚は黒ずみ、奇妙にねじれた体をしているという。

レジの前の店員が小さく咳払《せきばら》いをしたので、ガオは財布を取り出してカードを抜き出した。ニュースのアナウンサーは、もう次の話題をしゃべっていた。

ガオは少し考え込んでいるように見えた。彼はこんなふうに世の中で起こるすべてのことにアンテナを張り巡らし、投資や金儲けのことにつなげていくのだろうか。彼にとっては、何もかもが「面白いこと」なのかもしれない。そんなふうな生き方をしてこなかった航にとっては新鮮な感覚だった。

店員が彼にカードを返し、「ありがとうございましたー」と声を張り上げた。振り返ったガオが、中国の話題に対して「面白いな」と言うかと思ったが、それはなかった。

外に出て、航はガオに礼を言った。

「じゃあな、航」

それだけ言うと、ガオは夜の中に消えていった。

第三章　記憶は時に手ひどい嘘をつく

年が明けた。年末年始の休みも、航は行くところがない。今はそれもない。平沼精肉店の店主が生きている時は、初詣《はつもうで》に誘ってくれたりもしていたが、都内はどこも混雑していた。部屋に帰ってもらった自転車で遠出をしてみたりもしたが、都内はどこも混雑していた。部屋に帰っても手持無沙汰《ぶさた》なので、仕方なくテレビを点《つ》けてみた。どの局も似たような正月番組を流していた。アパートの住人も実家に帰ったりしているのか、気配がなく静かだった。

買い物に出るのも億劫《おっくう》で、昼にカップラーメンを食べるために湯を沸かした。昼のニュースがまた中国で流行《はや》り始めた伝染性発熱疾患のことを報じた。中国、新疆ウイグル自治区の中のカシュガル地区の話だ。耳にしたことはあるが、遠い地域という認識しかなかった。画面に中国の地図が出て、アナウンサーが位置の説明を始めた。中華人民共和国の西端部の地区だという。タクラマカン砂漠の西、天山《てんざん》山脈の麓《ふもと》に位置し、標高は千二百メートルということを、航は聞くともなく聞いていた。

小さなヤカンで湯を沸かし、カップラーメンに湯を注ぐ。

テレビでは、カシュガル市の病院に患者が担ぎ込まれている映像が短く流されたが、アナウンサーの口調に切迫感はなかった。人口もそれほど多くなく、位置的にも中国の大都市からはかなり離れているせいだろう。ただ二〇〇二年に中国で発生して全世界へ広がったSARSのことがあるので、今後も注視していかねばならないとアナウンサーは告げた。

新疆ウイグル自治区はかつてのような辺境の地ではない。オアシス都市であったカシュガルは、古くから交通の要衝であったし、今ではカラコルム・ハイウェイが通り、南《なん》疆《きょう》鉄道も通じているのだと続けた。雄大な自然を求めて、中国国内からも海外からも観光客が訪れるようになったという。

SARSは確かウィルスによって引き起こされる呼吸器疾患だった。カップラーメンをすすりながら、航は記憶を掘り起こした。あの頃は、航は児童養護施設にいたから、そういう話題には疎かった。数分でカップラーメンを食べ終わった後、スマホで検索してみた。

中国南部の広東省《カントン》で発生したSARSは、交通手段の発達により急速に広まった。結局二十九の国や地域で流行し、八千人が感染して八百人ほどが死んだ。中国で発生したこの感染症は、数週間のうちにベトナム、カナダ、台湾へと広がった。航空機、高速道路、自動車などの高速大量輸送システムが発達した現代では、こういうことが容易に起こり得るのだ。

ＳＡＲＳは二〇〇三年七月に終息が宣言された。よく解明される前に、唐突に人類の前から姿を消してしまった。まるで快適さや経済性を必要以上に求め、それを当たり前のように享受《きょうじゅ》する人類への警告のように。

病原菌やウィルスは、まだ知られていないものがたくさんあり、今後出現してくる可能性はいくらでもあるという専門家の意見も載っていた。それ以外にも多くの情報が出ていたが、それ以上は見る気にならなかった。

平沼精肉店の営業は、一月四日から始まった。

出勤すると、稲田さんと向井さんが調理の準備をしながらぼそぼそと話し合っていた。利幸の姿はなかった。

「おはようございます」

「あ、おはよう。航君」

稲田さんが白い長靴をキュッキュと鳴らして近づいてきた。

「女将《おかみ》さん、今日入院したんだって。利ちゃんが連れていった」

「どこが悪いんですか？」

「糖尿病が悪化したみたい。年末年始、病院が休みだったでしょう？　どうにも具合が悪いので、今日連れていったら即入院って言われたらしいのよ」

「よっぽど悪いんだよ」

向井さんが冷蔵庫を開けながら言った。

「店に出すものは減らしてもしょうがないけど、注文もらってる弁当はちゃんと作らないとね」

向井さんは冷蔵庫の中を覗《のぞ》き込んで、首を振った。

「食材もあんまり仕入れてないみたいだから、品数は多くできないね」

「今日は三人で頑張ろう。休み明けで忙しいだろうけど」

稲田さんは、注文のメモに目を通している。

「さあ、働いた、働いた」

向井さんに背中を押されて、航も流し場の前に立った。

「ああ、今日はあんたが揚げ物を担当して」

向井さんが冷蔵庫から下味をつけた鶏肉を山のように出してきた。

「どう？　今からメンチカツやコロッケ、間に合う？」

言いながらも二人の年配のパートさんはてきぱきと動き始めた。十時過ぎに利幸が帰ってきたが、母親の入院用の着替えをまとめると、またバタバタと出ていった。女将さんの様子を尋ねたかったが、三人とも手を休めるわけにはいかず、調理に没頭した。十一時にはなんとか惣菜《そうざい》を店頭に並べることができた。

航は白衣のままバンに乗り込み、配達に出た。車を運転しながらようやく頭が回転し始めた。女将さんの入院のことも、調理の段取りのことも、利幸は正式に雇っている航ではなくてパート従業員である稲田さんに伝えたのだ。自分は頼りにはされていないということか。信用もされていないのかもしれない。

そういうことを考える卑屈な自分が嫌になった。

どこで働いていても、そういう引け目がどこかにあって、誰とも親しくならなかった。

新興宗教の施設から連れ出され、児童養護施設で育ったことや、家族がいないこと。それらを説明するのが苦痛だった。生い立ちの過程で、自分が抱え込んだ苦悩や秘密を、誰かに話すことを思うとぞっとした。

偶然出会って、束の間の付き合いをしたガオにも、そうした心情は話していない。これからもないだろう。孤独にはもう慣れた。自分の中心にぽっかりと開いた虚無という名の穴から目を逸《そ》らすコツは心得ている。だが時折、こんなふうに自分に失望する。

翌日からは、利幸も店に出た。女将さんの容態は安定しているという。ただそれだけを告げて、後はいつものようにむっつりしたまま作業に取りかかる。

「明るく張り切って作った食べ物は、人を幸せにするのよ。味は二の次」

そんなふうに言っていた女将さんの言葉を思い出したが、利幸に意見しようなどとは思わなかった。誰とも目を合わすことなく、言葉も発することなく、機械的に手を動かす利幸には、何を言っても伝わらないという気がした。陰鬱《いんうつ》な調理場から生まれる惣菜の味も定まらない。

「女将さん、見ないけどどうしたの？　こないだのイカの煮つけ、ちょっと辛かったわ」

常連客にそう言われて「すみません」と答える航を、利幸は睨《にら》みつけた。接客をするパートさんにも笑顔がなくなり、また売れ残りが増えるようになった。それは利幸も感じてはいただろうが、特に手を打つこともなかった。女将さんが退院してきて、また店頭でしゃきしゃき働きだしたら惣菜の味も客の入りも改善されると、誰もが考えていた。

そんな時、ひょっこりとガオが平沼精肉店にやって来た。一月も中旬を過ぎた頃だった。

「この近くに用事があったもんだから」

午後一時過ぎに立ち寄ったガオは、弁当を一つだけ買った。

「ありがとうございました」

ポリ袋と釣りを受け取ってもガオは動こうとせず、珍しそうに惣菜の並んだ台をざっと見ている。

「うまそうだな」

昼食を求める客が落ち着いた頃だったから、航は相対したまま突っ立っていた。

「中国では大変なことになってるね」話題に事欠いて、そんなことを口にしてみる。

「ああ、そうみたいだな」

ガオは特に興味を示さなかった。中国系アメリカ人といっても、中国は彼にとっては、関わりのない国なのだろうか。

新疆ウイグル自治区では、伝染性発熱疾患がますます広がっているようだ。中国政府からは正式な発表はなかった。だが、ＳＮＳ上では、「これはウィルス性の病だ」「体の痛みを訴える患者がどんどん増えている」「医療関係者への感染も起きている」というふうな情報が流れていた。WHOを始め、周辺国の政府機関はこぞって情報の収集に当たったが、カシュガル市がようやく「市内で原因不明の高熱患者を確認、死者も出ている」と発表したのみだった。

その直後、中国当局は、いきなり新疆ウィグル自治区からの人の出入りを制限した。あの砂漠を抱く地域で何が起きているのか、まったくわからなくなってしまった。しかし、どうやらSARSの再来とでも言えそうな未知の感染症が広まっていることは確かなようだという不穏な空気だけは伝わってきていた。

「まあ、今日はオフィスに帰ってこの弁当を食べてみるよ」

話に乗ってこないガオはそれだけ言って、ポリ袋をちょっと持ち上げてみせた。

「うまかったら、また買いにくる」

それだけ言って背を向けた。気まぐれな男だ。

「誰？　航君の友だち？」

珍しそうに向井さんが尋ねてきたが、「ええ、まあ」としか答えようがなかった。あの変わった男が友だちだとは思わなかったが。

人生において友人と呼べるのは、たった一人、蒼人だけだ。

今はもう会うこともかなわない親友だ。妹とも親友ともかけ離れてしまった。それをもはや寂しいとも思わなくなった。そんな感情を押し殺して生きてきたからこそ、自分はここにいるのだ。果たしてそれが真の人生と呼べるかどうかは別にして。

航は商店街を行き来する買い物客をぼんやりと見て立っていた。


ガオからまとまった数の弁当の注文が来たのは、その三日後のことだった。

「こないだのがおいしかったから」とガオはシンプルに言い、彼のオフィスへの配達を頼んできた。断る理由もなく、航はそれを受けた。会議に際しての昼食用だということだった。ちょっとしたお試しという雰囲気だったが、それでも十五個という数を、稲田さんは有難がった。利幸は無反応だった。

ガオのオフィスは四谷《よつや》にあった。普段はあまり配達に行かない場所だ。外堀《そとぼり》通りから少し入った雑居ビルの二階だった。高層ビルの中にあるような、入りにくいオフィスだったらどうしようとびくびくしながら行った航だったが、そんなことはなかった。ビルの前にバンを停めて、弁当が入った包みを抱えて階段を上った。

ガオから聞いていた『フォーバレー企画』というプレートのついたドアを、ノックしてそっと開けた。開けながら、ガオが「フォーバレー、つまり四谷だ」と言った言葉を思い出していた。会社の名前にも、そう思い入れはないというふうなネーミングだと思った。要するに会社も、彼にとっては金儲《もう》けをするためのツールに過ぎないのだろう。

そう広くもないし、シンプルなオフィスだった。カウンターの向こうに配置してあるデスクでパソコンに向かって何人かが作業をしている様子が、一目で見て取れる。一人の女性が立ち上がった。

「あの——、お弁当を届けに来ました」それでも気後れして、小さな声になる。

「伺っております。会議室までお願いします」

彼女が奥のドアを開いて待っている。七人ほどの社員は、弁当屋などに興味を示さず、誰も顔を上げなかった。航は足早に、ドアを押さえて待っている女性の方へ歩み寄った。

会議室の中には、コの字に長机が並べてあった。正面にガオが一人で座っていた。ノートパソコンを覗き込んでいたガオは、航を認めて「おお」と言った。

「これから取引先を交えて会議なんだ。その前に懇親のための昼食会だ」

「ありがとうございます」

机の上に弁当を並べるように言われ、机の上に下ろした包みを開けた。女性が並べるのを手伝ってくれた。ガオの前に一つを置くと、彼は透明な蓋《ふた》の下の中身を、嬉《うれ》しそうに覗いた。ここではガオは社長ということになるのだろう。それなのに、セーターにGパンというラフな恰好《かっこう》をしている。そういえば他の社員もスーツなどは着込んでいなかった。

「成瀬《なるせ》君、ここの弁当はうまいぜ。もう試食済みだ」

ガオが女性に言う。成瀬と呼ばれた女性は、にっこりと笑った。両頰にくっきりとえくぼが浮かんだ。それを見た途端、航の体に電撃が走った。それまで女性社員の顔をまともに見ていなかった。

まさか——、満里奈？

白い頬に鮮やかに浮かぶえくぼは、かつて満里奈の頬にも現れていたものだ。いや、それよりもこの女性の顔には、母の面影がある。どうして気がつかなかったのか。

別れた時の江里子の顔は脳裏に焼き付いている。やつれてはいたが、『至恩の光教』に来る前の生き生きしていた頃の面影もまだわずかに残っていた。

鼻歌を歌いながら料理をしていた時のくつろいだ顔、幼稚園に迎えに来てくれて、航の名前を呼ぶ時の晴れやかな顔、航のランドセルを選ぶ時の真剣な横顔——。二重瞼《まぶた》の大きな瞳《ひとみ》や、ややとがった顎《あご》や、ぷっくりとした唇、それに癖のある細い髪の毛を、航ははっきりと記憶している。そしてあのすべてを受け継いだ女性が目の前にいた。

硬直してしまった航をよそに、ガオが成瀬に弁当代を払うように命じた。

「いくらでしょう」

それに答えたのかどうか。頭が真っ白になってしまっている。

成瀬が代金を持ってきた。差し出す彼女の右手を凝視した。親指の付け根に、わずかに引き攣《つ》れた傷痕《あと》があった。白くすべすべした肌には似つかわしくない痛々しい傷痕。あれが付けられた時のことを思い出し、小さく震えた。

「どうぞ」

手を出しもせず、目を見張って立っている航を、成瀬はちょっと首を傾げて見た。そんな仕草も声も母とそっくりだった。

間違いない。この女性は満里奈だ。改めて見ると、年恰好も合っている。

「どうした？　航」

「いや……」

どっと汗が噴き出してきた。まさかこんなところで満里奈に会うとは思っていなかった。どれほど会いたかったか。どれほど捜したか。だが、そんな思いは吹き飛んでしまった。突然の邂逅《かいこう》に、なす術《すべ》もなく、航は黙って代金を受け取るのみだ。

「じゃあ、またな。航。これからも頼むかもしれないよ」

ガオの言葉がどこか遠いところから降ってくるように思えた。

何と言って『フォーバレー企画』を出たのか、よく憶《おぼ》えていない。バンに乗り込んで走りだしても、動悸《どうき》が治まらなかった。

満里奈は渾身《こんしん》の力を込めて叫んだ。

あんなに小さな体なのに、全身全霊で痛みと恐怖と、抗議とを表現した。その声は、航の頭蓋《ずがい》内でうわんうわんと反響した。自覚はなかったが、彼も同時に叫んでいたのかもしれない。

「神の子には、徴《しるし》が必要だ。この子が確かに選ばれた子だという徴が」

おやかたさまはそう言って、満里奈の右手に焼けた火箸《ひばし》を当てたのだ。止める暇がなかった。ジュッと音がしたと思う。

　それに続けて上がった満里奈の悲鳴と泣き声。もみじのようなムチムチした白い手の、親指の付け根に付けられた惨《むご》い火傷《やけど》の痕。

　唸《うな》り声とも喚《わめ》き声ともつかぬ声を上げて、航はおやかたさまに飛びかかろうとした。バネのように体をしならせて歯を剝《む》きだしていたと思う。その体を、母が押さえた。凄《すご》い力だった。礼拝室の畳に、顔を思い切り擦《こす》り付けられて、それでも航は暴れた。

「いいのよ、航。満里奈はおやかたさまに祝福してもらっているの」

　見上げた母の顔は、奇妙な陶酔感に溢《あふ》れていた。涙と涎《よだれ》と汗にまみれて、それでも航は手足を振り回し、母の手を撥《は》ね除《の》けようとした。小山が母に加勢した。口を塞《ふさ》がれたので、小山の手に嚙《か》みついた。

　その間も満里奈の泣き声は続いていた。一度は手を引いた小山が怒りにまかせて航の横っ面を張り倒した。いつも菊池兄弟にいたぶられている航には、どうってことなかった。小山の横腹に蹴《け》りを入れる。小山は呻《うめ》いた挙句、両膝《ひざ》を航の背中に乗せた。膝がしらがぐりぐりと背中に食い込んでくる。身を起こそうともがいたが、どうにもならない。

　その間に満里奈の泣き声はだんだん小さくなってきた。理不尽に加えられた暴力に対してあれほど抗議の泣き声を上げていたのに、赤ん坊の体から急速に力が抜けていくようだった。同時に命までが失われていくような気がして、航は身震いした。

「これでこの子は神の子と認められた」

　芝居がかった厳かな声を、おやかたさまが発した。

立ち上がった江里子が、夢見るような足取りで、我が子の方へ歩み寄るのが見えた。おやかたさまのそばに立っていた奥さんが、白い塗り薬を満里奈の傷口に塗るのが見えた。傷を触られて、満里奈はびくんと震えた。その仕草がいたわしかった。あの小さな体が受け止めた惨い行為を思うと、また体が震えた。

小山の戒《いまし》めもすっと解かれた。途端に航は身を起こして、脱兎《だっと》のごとく妹に駆け寄った。母がおやかたさまから受け取ろうとした赤ん坊を、横から奪い取る。泣いて泣いてくしゃくしゃになった顔がいじらしかった。満里奈は兄の顔を見上げて、また「ふにゃあ」というふうな声を出した。

「ありがとうございます」

母がおやかたさまに対して深々と頭を下げた。

自分の子に、特別な儀式が為され、別格の地位が与えられたと思い込んでいるのだ。バカな母親。我が子も守れないで。

無力感、絶望、虚《むな》しさ——。航はしっかりと妹を抱いて礼拝室を後にした。

ここでは無事に過ごせない。おやかたさまのすることは、すべて肯定され、誰もそれを危害だとは思わない。信者は皆狂っているのだ。母はここが唯一の拠《よ》り所だと思っている。自分は救われたと信じ込まされている。しかしそれは間違いだ。ここにはいたくない。

航ははっきりと認識した。母には頼れないということもわかっていた。

満里奈の傷は、いつまでもじくじくと治らなかった。そのたびに母は、おやかたさまに授けてもらったいかがわしい塗り薬をつけてやった。

「ちゃんと病院にかからないとだめだよ、お母さん。満里奈は痛がってるよ」

「いいのよ。これさえつけていれば、じきによくなる。よそからもらったものをつけたら、余計悪くなるのよ」

洗脳された江里子には、何を言っても無駄だった。

思い悩んだ航は、意を決して担任の先生に訴えた。彼が思いつくちゃんとした大人は、先生しかいなかった。学校の先生なら、それなりの機関と連絡をつけてくれるはずだ。妹が教団の中で傷つけられたこと。母はそれを黙って受け入れていること。どうにか助けが必要だということを説明した。

中年女性の担任は、薄気味悪そうに眉根《まゆね》を寄せた。そしてこう言った。

「それはあなたのおうちのことよ。あなたのところへは家庭訪問もできていないでしょ？」

状況は好転しなかった。する余地もなかった。自分は自分で救うしかないのだ。それを航は学んだ。

春休みが終わって、航は小学三年生に進級した。

彼を取り巻く環境は少しも変わっていなかった。母は『至恩の光教』にどっしりと居ついてしまっていた。相変わらず礼拝に参加して、おかしなお題目を唱え、おやかたさまに操られていた。

ただ満里奈はすくすくと育っていた。寝返りを打ち、声を出して笑った。兄の顔をしっかり覚えていて、航があやすと、嬉しそうに手足をバタバタさせた。火傷は癒《い》えたが、右の手のひらの親指の付け根に醜い引き攣れとして残っていた。それがどうにも不憫《ふびん》だった。だが、教団の誰もが、それを神の刻印だと有難がっていた。

どこからも救いの手は伸ばされなかった。担任は替わったが、前の担任からの申し送りがあったのか、定年間際の年配の男性教員は、航の複雑な背景に関わろうとはしなかった。

変わらずによかったことは、蒼人とまた同じクラスになれたことだった。二人はクラスで孤立し、菊池たち悪ガキに追いかけられては逃げ回った。蒼人は、人目がないところでは、例の術を使って彼らから逃れた。

菊池の兄は、もうあまり姿を現さなくなった。高校へ進学したが、やはりあまり登校せず、どこかで遊び回っているふうだった。地元から離れた場所に居場所を決め込んだみたいだった。六年生になった菊池たちも、もう低学年を追いかけて痛めつけることが、そう面白いとも思わなくなったようだった。以前、河原で航を痛めつけ過ぎたと反省しているのかもしれなかった。中学生になると、今までのように幅をきかせるわけにはいかなくなると、行動を改めたのか。

比較的穏やかな日々が続いた。航は蒼人と行動を共にしていた。彼の家に寄ってヘルトとも遊んだ。ヘルトは蒼人と航によくなついていた。友子は、ヘルトを避けているようだった。ただ犬が苦手なのだろう。賢いヘルトは、自分の置かれたポジションをよく理解しており、庭で鳥と遊ぶ友子のところには寄っていかなかった。

そんな中で、あれが起こった。曲がりなりにも、母と航と満里奈という家族が寄り添っていられた場所が失われ、蒼人とも決別することになる決定的な出来事が。あれ以降、航はさらなる孤独の中で生きることになるのだった。

五月の連休中のことだった。満里奈が高熱を出した。少しの間なら、お座りができるようになっていた。日に日に愛らしくしっかりしてくる妹が育つ場所として、教団にいることを受け入れていた航だった。いつかはここを出て、三人で暮らせる日を夢見ていた。

熱に浮かされて潤んだ目をしている満里奈を見て、航は気が気ではなかった。だが、母は落ち着いたものだった。

「おやかたさまにお願いしてこなくちゃ」

航は、満里奈を抱き上げた母の腕にしがみついた。

「だめだよ。ちゃんとした病院で診てもらわないと。満里奈、苦しそうだよ。熱が下がるお薬をもらってやって」

「いいえ。そんなことをしなくてもいいの。この子は神の子なんだから。病院でもらうお薬なんか効かないのよ」

それでも航は諦《あきら》めなかった。どうしても満里奈を守らなくては。ここでそれができるのは、自分だけだ。廊下に出ても、母の周りで騒ぎ立てる航の声に、他の部屋の信者たちが出てきた。彼らはすぐに状況を察して母の肩を持った。

「大丈夫よ。航ちゃん。何も心配しなくていいのよ」

「おやかたさまにご祈禱《きとう》してもらえば、すぐによくなるからね」

お腹の大きな江里子を受け入れた時のように、皆が口々に言った。それはもはや慰めにもならない。航にとっては、欺瞞《ぎまん》と不実の言い分でしかなかった。

その間も、満里奈の具合はどんどん悪くなっていった。ぐったりとして、「はっはっは」と短い呼吸を繰り返していた。母は航の腕を振りほどいて、一階に下りようとした。

「やめて！　やめて！」

必死に訴える航を、信者たちが押さえつけた。

「航ちゃん、静かにしなさい」

「神の子のお兄ちゃんでしょ？」

背筋が凍り付いた。

足早に階段を駆け下りる母の腕の中で、もう満里奈は泣き声さえ上げることもできなかった。

航は無理やり部屋に連れ戻された。中野さんが、彼を見張るために居座っていた。ドアの向こうにも数人立っているようだった。やがて一階の礼拝室から、どんどんどんと太鼓の音が聞こえてきた。お題目を唱えるおやかたさまの声も、かすかに漏れ聞こえてきた。

教団の人々は、体の具合が悪くなっても病院には行かない。おやかたさまが調合する薬とも何とも判別のつかない代物を有難がって飲んでいる。外から通ってくる信者は、高い代金を払わないとそれがもらえないが、住み込んでいる信者には、無条件にそれが与えられるのだ。それを誇らしく思っているようだった。

航は、いつか風邪を引いた時に飲まされた液体のことを思い出した。

あんなものを、満里奈も飲まされるのではないか。赤ん坊だし、言い聞かせることもできないから、薬はなしで祈禱だけで終わるかもしれない。戻って来たら、よく様子を見てみないと。少しでもおかしな具合だったら、どんなことをしても連れ出して、誰かに助けを求めよう。先生は当てにならない。蒼人の家に駆け込むか。あの人たちなら、何とかしてくれる気がした。

母が戻って来たのは、夕方になってからだった。

「満里奈は?」

飛びつくようにして尋ねる航を、母はうるさそうに見下ろした。

「まだもうちょっとかかるわ。おやかたさまが拝殿に置いて見てくださっているから」

「どうなの?　よくなった?」

「ええ。すっかりいいわ。熱も下がったし、よく眠っている。もうじき連れて戻るから」

どうしてあんな言い分を信じてしまったのだろう。後になって、航は自分を呪いたい気持ちになったのだった。

「ちょっと見て来ていい？」

それは許されなかった。信者たちは明るく笑って夕飯の支度に取りかかった。

航はまったく食欲がなかった。満里奈のことが気になって仕方がなかった。途中でおやかたさまの奥さんがやって来て、「すやすや眠っているから、あと一時間ほどしたら返すからね」と母に耳打ちした。

その一時間が待ち遠しかった。だが、一時間経っても二時間経っても、満里奈は戻って来なかった。母は部屋でくつろいでいる。おやかたさまのすることを信じて疑いもしないのだ。そのそばで、航は気をもんでいた。母から先に寝るように言われたが、とてもその気になれなかった。

廊下をやって来る慌ただしい足音がした時、不吉な予感で吐きそうになった。

小山がドアを開けて、母を呼んだ。どうも様子がおかしかった。母がドアを閉めて出ていったのを確かめて、航はその後をこっそりと追った。一緒に行くといっても拒まれることはわかっていた。

「死んでる」

拝殿の前でおやかたさまが言った。それを航は細く開けたドアの隙間から聞いた。意味がよくわからなかった。誰が死んだって？

「もう息をしていない」

江里子はへなへなと座り込んだ。拝殿の前にはおやかたさまと奥さん、小山と母がいた。他には誰もいなかった。

おやかたさまが手を伸ばして、拝殿から小さな体を抱き下ろした。満里奈だった。彼女を包み込んでいるのは、風船柄のタオルだった。満里奈はあれの端っこをいつもチュパチュパと吸っていたのだ。そんなお気に入りの中で、妹はぴくとも動かなかった。

畳の上に置かれた赤ん坊を、四人の大人はぼんやりと見下ろしていた。

「おかしい。いつもの薬を飲ませたのに。あれは何にでも効く薬なのに」

おやかたさまの声が、広い礼拝室に響いた。死んだのは満里奈？　航は耳を疑った。そして母と同じようにへたり込んでしまった。体に力が入らない。

満里奈が死んだ。

その事実を受け止められない。泣きたいのに泣けない。喚きたいのに喚けない。怒りたいのに怒れない。すべての感情が切り離され、自分という体もどこかにいってしまった気がした。満里奈がいない世界は、もう自分がいる場所ではない。

江里子がゆらりと体を立て直し、我が子の上にかがみ込んだ。恐る恐る伸ばした手で、満里奈の顔を触る。指が鼻と口をなぞる。

「満里奈、どうして――？」

ぐるりと回った満里奈の頭が、ドアの陰にいる兄の方を向いた。血の気のない肌。閉じられた両目。口の周りには青黒い液体がこびりついていた。満里奈は、あれを飲むことを拒んで吐き出したのだ。あんな小さな赤ん坊なのに。悲しいという気持ちは追いついてこないのに、航の目から涙がボロボロとこぼれた。

どうして母のすることを止められなかったのか。熱のある満里奈を連れ出そうとした時。いかがわしい礼拝に参加させられようとした時。学校を転校させられようとした時。いくらでも母に逆らうことができたはずだ。

下高井戸の駅前で、小山が差し出すチラシを受け取った母の手を遮ることもできた。でも自分は漫然とそれを見ているだけだった。ただの子供だから。ただの子供には、何もできないと思っていた。無気力だった。それが結局は妹の命を奪うことになったのだ。

江里子は無表情のまま、風船柄のタオルで満里奈の口元を拭《ぬぐ》ってやったきりだった。

それが愚かな母にできる唯一のことだった。

「この子をこのままここに置いておくことはできない」

至極現実的なことを口にしたのは、おやかたさまの奥さんだった。

「ここで死人を出したなんて知れたら、私たちはもう終わりよ」

おやかたさまと小山が、はっと顔を見合わせた。江里子はぼんやりと満里奈を見詰めているきりだ。目の前にある冷たい骸《むくろ》が我が子だと、まだ信じられないといったふうだ。

「長谷部さん」

その場を取り仕切っているのは、明らかに奥さんだった。江里子はゆっくりと顔を上げた。

「このことは誰にも言ってはいけませんよ」

虚《うつ》ろな目を奥さんに向けている。

「いい？」

強く念を押されて江里子は小さく頷《うなず》く。

「あなたの赤ん坊は、神様が御許《みもと》にお呼びになったの。神の子は天にいるべきだから」

また江里子は頷いた。涙でその様子がぼやけて見える。航はゴシゴシと目をこすった。

「あなたは神の子の母親なんだから、そのことを誇りにしていいのよ。でも、今日ここで起こったことは誰にも言ってはいけません。いいわね。これは秘密にしておかなければ。そうしないと満里奈ちゃんは天で神に仕えられない」

江里子は奥さんに言われるまま、礼拝室を出ていった。ゆらりゆらりと揺れて覚束ない足取りで。後を小山がついて来たので、航は素早く廊下の暗がりに隠れた。母は二階に上がり、小山は事務室に消えた。満里奈のところへ行きたかった。最初のショックから立ち直り、妹を取り返そうと頭を回転させた。本当に死んでしまったのかどうか、確かめたかった。もしそうだとしても、抱き締めてやりたかった。抱いて逃げよう。もっと早くにそうすべきだった。

「航！」二階で母が呼んでいる。「航、どこ？」

誰かが廊下に出て来て、母と何か言葉を交わしている。どうすべきだろう？　礼拝室に飛び込んで、満里奈を奪い取るか。それとも二階に駆け上がって、このいかがわしい教祖が何をしたか、皆に訴えるか。

迷っているうちに、小山が事務室から出てきた。手に小ぶりのプラスチックケースを持っていた。足早に礼拝室に入っていく。慌てているせいか、ドアは半分開いたままだ。ケースを持ってくるように命じたのは奥さんのようだ。彼女は急いで満里奈をそのプラスチックケースに入れた。風船柄のタオルごと。まるで不用品を詰め込むみたいに乱暴な手つきだった。

「いいわね」

小山は緊張した面持ちで頷くと、ケースを抱えて外に飛び出していった。

ドアの陰に突っ立っている航にはまったく気がつかない。外に通じるドアがバタンと閉められ、航は我に返った。

満里奈をどこに連れて行くのだろう。追いかけないと。あの子を取り戻さないと。

それだけが頭の中を占めていた。何も考えず、航は小山の後を追って、夜の中に飛び出した。静まり返った住宅街の中、遠くに小山の背中が見えた。一瞬街灯の光の中に浮かび上がった彼は、プラスチックケースを小脇に抱えている。遠ざかる背中を追って走った。

小山の向から先が見えてきて、航は心底震え上がった。あいつは満里奈を荒川に流してしまうつもりなのだ。さっきまで神の子と言い表していた子を。これはおやかたさまというよりも、奥さんの命令だ。自分たちの間違いによって殺してしまった赤ん坊を捨て去り、なにもかもなかったことにするつもりだ。

そんなこと、絶対に嫌だ。

航は駆けた。妹の名前を心の中で呼んでいた。口からは、喚き声しか出てこなかった。

また涙が溢れてきた。荒川の堤防を上がっていく小山の姿が見えた。航がその場所に到達した時には、もう光の届かない闇の中に消えていた。四つん這《ば》いになって堤防を上がる。草をつかみ、踏みしだき、よじのぼる。青臭い匂いが闇の中に充満した。堤防の上から河川敷を見下ろしたが、辺りは真っ暗で、小山がどこにいるかもわからなかった。ただ暗い川面《かわも》が、両岸に建つ街灯やビルの明かりをわずかに反射して流れているきりだった。

絶望的な気持ちで広い河原を見渡すが、動くものを見つけることはできない。

パシャン。

かすかな水音。誰かが川にものを投げ込んだ音。

見えないけれど、その方向に見当をつけて、航は堤防を駆け下りた。何かにつまずいてつんのめった。川に近づくにつれ、明るさが増した。流れていく水は、岸辺の街灯の遠い光をつかまえて照り返している。その川に背を向けて去っていく小山の姿も見えた。

彼はすぐに夜に紛れて見えなくなったが、航が捜していたものははっきりと見えた。

波の間にぷかりと浮いた半透明のプラスチックケース。

迷う暇もなく、航は荒川に飛び込んだ。

五月なのに水は冷たく、体は動かなかった。自分が溺《おぼ》れるなどということは、頭の隅にもなかった。ただ妹を取り戻したい一心だった。川の流れに押し流され、水を飲み、大声を上げて泣きながら。それでもプラスチックケースに追いついたのだった。

小学三年生になったばかりの八歳の少年は、なんとかケースを川岸に引き揚げた。体の震えが止まらないのは、寒いからか、怖いからかよくわからなかった。そのせいで、プラスチックケースの蓋を開けるのに手間取った。

満里奈は可愛いままだった。だけど死んでいた。息をしていなかった。こんなに可愛いのに死んでいるんだ。殺されたんだ。あいつらに。あいつらの中には母も含まれている。あんなところに転がり込んだ母は、自分が産んだ子を殺すことに加担したのだ。

「マリちゃん！」

冷たい体は、はっきりと死の気配を伝えてきた。こんなひどい世界には、もう二度と戻って来ないと決心したみたいに。

航は立ち上がった。諦められなかった。

濡《ぬ》れた体で濡れた赤ん坊をしっかりと抱き、航は走った。

「キレン！」

なぜか航もそう呼んでいた。蒼人の家の前で。

夜の訪問者に応じてドアを開けたのは、康夫だった。

「航――。どうした？」

言いながら彼は息を呑《の》んだ。後ろに蒼人が現れた。二人ともが、人形みたいな赤ん坊に視線がいった。その二人を押しのけるようにして、航は家の中に入った。靴も履いたまま。彼が歩いた後の床には、水の黒い染みができた。奥から出てきたヘルトが、彼の周りをぐるぐる回った。

「キレン！」

老人は、いつものソファの上で目を上げた。彼は満里奈を見ても驚かなかった。

「キレン、お願い。僕の妹を生き返らせて」

台所から出てきた友子は、黙って立ち止まった。

「お願いだから――」

言葉が詰まった。喜連はゆっくりと手を出して、満里奈を抱き取った。

「航、お前は――」

玄関から戻って来た康夫の言葉を、喜連は手を上げて制した。それからぐっしょりと濡れた満里奈の髪の毛を撫《な》でた。

「いったいどうしたっていうんだ？」

航は短い言葉で妹の身に起こったことを説明した。喜連はその間も、満里奈の体を撫でたり、胸に耳を当てたりしていた。白い眉根がぎゅっと寄せられる。顔を上げて航と蒼人を交互に見た。蒼人は暗い目を伏せてしまう。

「早く！　キレン！」航はその場で地団太を踏んだ。「満里奈の魂を取り戻して！」

老人が満里奈の胸を押した。満里奈の口からわずかな水が流れ出したが、青ざめた顔は変わらない。喜連は自分の部屋に向かった。航にはそこで待つように言い、蒼人だけを伴った。タオルを持った友子が近寄ってきて、航の体を拭《ふ》いた。

「大丈夫。キレンがうまくやるわ」

床に座り込んでしまった航の上にかがみ込んで、囁《ささや》く。康夫はいつになく険しい顔つきでそこに立っていた。航に何かを言いかけてやめ、首を振った。航はまとわりつくヘルトを抱き締めた。ヘルトは冷たい舌で、航の頬を舐《な》めた。

「オリーブの枝がいる？」

友子に問いかけた。満里奈のために何かしてやりたかった。彼女が生き返るために。

「そうね。たぶん――」

彼女の言葉が終わる前に、航は庭に駆けだした。芳しい匂いの先に、オリーブの木が立っていた。家の窓から漏れてくる光を頼りに、手を伸ばして枝を折った。窓越しに友子が受け取った。航はそのまま土の上にくずおれた。うずくまってしまった航の隣に、蒼人が来て、黙って座った。冷たい土の上で、二人はずっと待っていた。ヘルトの上に起きた奇跡を待って。

どれくらい時間が経っただろう。「ふにゃあ」というふうな泣き声がした。紛れもなく満里奈の声だった。

生き返ったのだ！　喜連が生き返らせてくれた。

たまらず喜連の部屋に駆け込んだ。

満里奈が泣いていた。弱々しかったが、確かに泣いている。えんじ色のスカーフにくるまれていた。

「マリちゃん！」

喜連の腕から妹を受け取った。体温が戻ってきていた。航は自分の頬を妹に思い切りすりつけた。満里奈が、温かい息を兄に吹きかけてきた。確かに生きていた。喜連と蒼人は、黙ってそんな兄妹《きょうだい》を見ていた。蒼人一家と知り合っていてよかった。でなければ満里奈は命を落としたままだった。

友子がベビー服を持って入って来た。

「濡れた服を着替えさせなくちゃ。こんなのしかないけど」

差し出したのは、古風なベビー服だった。西洋の赤ん坊が着るような、ひらひらしたレースに縁どられたドレスだった。つるつるした生地に、小さなコウノトリの模様が織り込まれた上等のものだったが、長い間しまわれていたみたいに黄ばんでいた。

友子は慣れた手つきで満里奈の濡れた服を脱がして、その古風なドレスを着せた。

「可愛い子」

友子は着替えの終わった赤ん坊を抱き上げてあやした。

「蒼人、お前の服を航に貸してやりなさい」

康夫がそう言い、航も濡れた服から着替えた。その間もヘルトが航のそばを離れなかった。

ヘルト——生き返った犬。着替えをしながら、航はじっと考えた。この犬は、ここに暮らしているのだ。

蒼人と連れ立って階下におりた。康夫と友子と喜連が、居間で待っていた。

「満里奈をこのままここで育ててくれませんか?」

航の申し出に、大人の三人が瞠目《どうもく》した。

「あそこに連れて帰ったら、満里奈はまた殺される。だから——」

それが八歳の子が考え出した最良の方法だった。妹を守ってやるための。

満里奈がどんなふうに命を落としたか、言葉を尽くして説明した。あそこで生まれた満里奈は「神の子」として特別な扱いを受け、おかしな儀式の犠牲になってしまうのだと。

康夫と友子夫婦は顔を見合わせた。蒼人は真っすぐに航を見詰めた。彼の瞳は、ただ平らかに広がる湖の青を思わせた。

「いいだろう」

喜連が口を開いた。

「生き返った子とそうでない子は、いずれ別れなければいけない。お前と妹もな」

蒼人が背筋を伸ばし、すっと息を吸い込む気配がした。

「航はこれからどうする？」

康夫の問いには、「僕は大丈夫。家に帰るから」と答えた。

家──あれが家と呼べるものとは思えなかったが、今は満里奈を救えただけで満足だった。

「ありがとう」

最後に満里奈を抱いた。安心しきった満里奈は、眠りに落ちようとしていた。妹の顔、重さ、匂い、すべてを憶えておくために、長い間そうしていた。右手の親指の付け根にある呪わしい傷痕さえも。

満里奈がまだ生きていること、彼女をこの家に預けたことが、おやかたさまや母に知られたら、どうなるだろう。そこまではまだ思いが及ばなかった。そうしたら、また考える。どんなことをしても満里奈を危険から守ってやらなければ。

康夫に連れられて家を出た。友子の腕の中で満里奈はぐっすりと寝入っていた。その安らかな息遣いを確かめて、家を後にした。蒼人が悲し気な顔で戸口に立っていた。あの時に、蒼人にはもうわかっていたのだ。これが永遠の別れになると。でも航は、そこまで深く思い至らなかった。後日、ここを訪ねれば、蒼人にも妹にも会えると思っていた。

家の中からの明かりを背にして立つ家族は、黒いシルエットになって航を見送っていた。振り返って見たあの最後の光景は、今も航の脳裏に焼き付いている。

教団の建物が見えたところで、康夫には帰ってもらった。

「航、満里奈のことは心配するな。しっかりやれ」

それだけ言って、康夫は去っていった。

彼が闇の中に消えた後、航も教団の建物に背を向けた。

教団には戻らず、一晩中街の中を歩き回った。それが彼にできる唯一の抵抗だった。満里奈が今は安全な場所にいるという安心感が、航にそんな行動を取らせた。深夜徘徊《はいかい》する小学生は住民によって通報され、警察に保護された。警察で事情を訊《き》かれ、『至恩の光教』の中で何が行われたか、正直に話した。狂った教祖による常軌を逸した教義。おかしな信仰に基づいた行事によって、妹が殺されたこと。荒川に遺体が捨てられたこと。


すぐさま教団に捜査が入った。教祖夫婦と小山は、満里奈を手違いによって殺してしまったことを白状した。小山の供述から、荒川の下流域が捜索されたが、赤ん坊の死体は見つからなかった。海まで流されてしまったのだろうと推測された。

怪しい新興宗教『至恩の光教』は解体された。あの当時、マスコミでも連日取り上げられて報道された。

「やれやれ、ほっとしていますよ。とんでもない宗教もあったもんだ。私は初めから怪しいと思ってたんだよ。実情を聞くと怖気《おぞけ》を震うね。それにしても赤ん坊はかわいそうなことをしました」

　近隣住民のそんなインタビューが流れたこともあった。

　航は母からも引き離された。児童相談所によって、江里子は子供を育てるには問題があると判断されたのだ。航も母の許に戻ることを拒んだ。児相の一時保護所に預けられた。

　満里奈が実は、蒼人の祖父、喜連の不思議な能力によって生き返り、彼らと暮らしているということは、誰にも言わなかった。これだけは秘密にしておかなければならない。満里奈はいずれ自分が大きくなったら、彼らから引き取ろうと思っていた。それまでは、あの異能の家族のことを他人に知られるわけにはいかなかった。それだけは肝に銘じていた。

　ただ満里奈には会いたかった。一時保護所からは学校にも通えない。蒼人から満里奈の様子を聞くこともできなかった。航の処遇が決まって、児童養護施設に入ることになった。学校も、施設の近くに転校しなければならなかった。北千住の小学校には未練はなかったが、蒼人とは会っておきたかった。

「前の学校に行って、友だちにお別れを言いたい」

　そう言い張って、認められた。施設の職員に付き添われて北千住の学校に向かった。教団から逃げ出して一か月以上が経っていた。先生もクラスメイトも冷ややかだった。そんなことは気にならない。だが、クラスに蒼人の姿はなかった。先生は「段田君も転校したんだよ」とだけ告げた。

施設の職員が、校長先生と話し込んでいる隙をみて、航は小学校を抜け出した。駆けて駆けて、蒼人の家に向かった。

誰もいなかった。蒼人たちが来る前の空き家に戻っていた。玄関ドアには鍵《かぎ》が掛かっていた。

「蒼人！」

無駄だと知りながら、航は声を掛けた。家の中はしんと静まり返っていた。玄関脇の窓から中を覗いてみた。カーテンの隙間から覗いた家の中は家具も何もなく、殺伐としていた。ついこの間まで整えられた気持ちのいい空間だったのに、今は人が住んでいた気配すらしなかった。

「マリちゃん」

一緒にいなくなった妹の名前も呼んでみる。彼らなら、あの子のことを大事にしてくれるとわかっていた。だが、寂しかった。

庭には夏草が生い茂っていた。友子がオルガネットを弾いていた場所も、もうわからなくなった。草の向こうに、オリーブの木が立っていた。喜連が死んだ者をよみがえらせるために使った小枝が、緑の葉を茂らせていた。ふと枝がしなった。目を凝らすと、荒川の河原から飛んできたらしいヨシキリが一羽とまっていた。ヨシキリは、枝から身を乗り出すようにして、航を眺めている。

「蒼人たちがどこへ行ったか知らない？」

友子と仲良くしていた小鳥なら、彼らの行方を知っているような気がした。

ヨシキリは、「ギョギョシ、ギョギョシ」と濁った声で鳴いた。荒れ果てた空き家を後にしながら、こうなったことに納得している自分を認めた。満里奈を預けた晩、玄関先で見送ってくれた一家の光景を振り返って見た時、確かに予感があったのだと今さらながら思い至った。

あの不思議な人々は、唐突に現れ、そしてこんなふうに唐突に去っていくのだ。それが道理のように思えた。どこか別の場所で蒼人は学校に通い、康夫は宝石を商って家族を養う。友子は小鳥と語らう。そして喜連は、死んだものに再び命を吹き込むのだ。

あんな人たちが、ずっと一つところで暮らせるはずがない。

門を出る時、またヨシキリの鳴き声がした。


あれ以来、蒼人にも満里奈にも会っていない。母とも縁を切った。

航は施設でも友人を作ることなく、孤独に生きてきた。時にそれに耐えかねて、満里奈にだけは会いたいと切に願った。だが、妹が生きていることを、誰にも告げられなかった。誰が信じるだろうか。狂気の教団の中で殺され、こっそり捨てられた赤ん坊が、生き返らされてどこかで暮らしているなどと。

『至恩の光教』の教祖夫婦も小山も裁かれて刑に服した。最後はお互いに、罪のなすりつけ合いをしたらしい。おやかたさまは、そもそも教団を起こして金儲けをしようと発案したのは妻だと訴えた。妻の方は、いかがわしい術を駆使して赤ん坊を殺したのは、夫だと言い募り、小山はそんな二人に命じられるまま、赤ん坊の死体を荒川に捨てたのだと言い張った。

信者として住み込んでいた長谷部江里子には二人の子があり、生まれて半年ほどの赤ん坊がいなくなったことは事実だった。満里奈の遺体は見つからなかったが、状況から判断して、彼らが赤ん坊殺害に加担したのは明らかだと判断された。そういういきさつは、当時航の耳には入れられなかった。詳細は、養護施設を出てから自ら調べて知った。事件から十年が経っていた。

決別した母も含めて、その後の消息は知らない。知りたいとも思わなかった。

しかし満里奈のことだけは、心に留めていた。会えるものなら会いたいと、ずっと願っていた。かなり熱心に調べた時期もあった。手がかりは、あの異能の家族だ。だが蒼人たち一家の行方は杳《よう》として知れなかった。

この世のどこかで妹は生きている。そのことだけが航の支えとなっていた。身を切り刻まれるような寂しさを感じる時、満里奈の顔を思い出す。妹の写真をただ一枚すら持たない航のせつない習慣だ。遠く分かたれてしまった妹を思うこと、それが無味乾燥な日々を生き抜く方策だった。そうやって今日の一日を過ごし、また同じ明日を迎えるのだった。

そんなふうに思い続けてきた満里奈が、突然目の前に現れたのだ。その日の仕事を終えてアパートに帰って、落ち着いて考えてみた。どう考えてもあれは満里奈だ。この世に似ている人物はいくらかはいるだろう。だが、あの右手の傷痕はどうだろう。あそこまで合致する人物はいない。

向こうは自分を見ても、名前を聞いても、実の兄だとはわからないはずだ。満里奈と別れた時、彼女は生後六か月にしかなっていなかったのだから。航は立ち上がって部屋の中をぐるぐる歩き回った。どうしたらいいのかわからなかった。

その後、もう一度『フォーバレー企画』へ弁当を届ける機会があった。ガオは航のことを気に留めていてくれるようだ。その時は、ガオは留守にしていた。が、弁当の受け取りには、「成瀬さん」が出てきた。短いやり取りの間、彼女の様子をじっくり観察した。そして、この女性が妹だと確信した。例の傷痕はどう見ても火傷のものにしか見えなかったし、忘れかけていた母の面影が、いくつも彼女の中に感じられた。

それでも航は満里奈に声を掛けることができずにいた。どんなふうに言えばいいかわからなかった。口下手な自分に、あの複雑で特別な出来事をうまく説明できるとは思えなかったし、第一、込み入った話をするためにどこかへ呼び出すということができなかった。『フォーバレー企画』の社員である「成瀬さん」が弁当配達員の誘いに乗るとも思えなかった。

ぼんやりと仕事をこなしていて、いくつかの失敗を犯した。サバの塩焼きを焦がしてしまったり、配達先を間違えたりした。苛立《いらだ》った様子の利幸に、嫌みを言われたり感情的に怒鳴られたりもした。女将さんは退院したようだが、二階の住居部分にこもっていて、下りて来なかった。母親の不調と、惣菜の売り上げの下落とが、利幸の気持ちを荒《すさ》ませているのだった。パートさんたちももう二人の間に入って取り持とうとはしなかった。平沼精肉店は居心地の悪い場所になったが、それも満里奈のことに気を取られている航には、たいしたことには思えなかった。

仕事が終わると、自転車を飛ばして街中をうろつくか、部屋の中でぼんやりと思いを巡らせた。

テレビを点けると、中国で発生した伝染性発熱疾患のニュースが流れた。新疆ウイグル自治区という奥地で発生した感染症は、自治区の中のコルラやトルファンへと広がったようだ。その直後、感染はいきなり中国の主要都市まで飛んだ。重慶《じゅうけい》、西安《せいあん》、上海《シャンハイ》、そして北京《ペキン》でも感染者が確認された。死者も出ているようだ。中国政府は、ようやく国内での未知のウィルスによる病気の感染拡大を正式に認めた。

中国の保健衛生機関とＷＨＯのメンバーによって、病原体ウィルスがまったく新しいものだということが確認された。すなわち、誰も免疫を持っていないということだ。

ＷＨＯの会見の様子も流れた。

「ウィルスは動物由来のもので、新疆ウイグル自治区においてごく少数の人に感染した後、昨年の十二月以降は人から人への感染が続いている」と発表していた。事務局長は、

「この未知のウィルスは、インフルエンザウィルスよりも明らかに感染力が強い」と述べ、中国政府に対してすみやかな情報公開と、感染抑制への努力を求めていた。

航が満里奈のことで思い悩んでいるうちに、世界では次々に新しいことが起こっていた。しかし、航にとっては妹のことの方がはるかに重要だった。

とうとうガオに連絡を取った。しかし、何度電話してもつながらなかった。鬱々として日々を過ごした。

「悪い。海外出張に行ってた」

そうガオから電話がきたのは、一週間後だった。

「お前から電話をくれるなんて、初めてだな」

何か用かと訊かれ、言葉に詰まった。しかしもう一人で思い悩むのは限界だった。

「成瀬さんのことなんだけど——」

「成瀬？　うちの会社の？」

汗が噴き出してきたが、自分を鼓舞《こぶ》して先を続けた。彼女のことが知りたいのだと言うと、ガオは「あー、そうか。彼女、美人だもんな」と笑った。こんなふうに勘違いをされると予測はしていた。しかし、ガオに本当のことを告げるつもりはなかったから、それを正すということはしなかった。

「俺もよく知らないんだ。『フォーバレー企画』を起《た》ち上げる時に、社員集めは別の奴にまかせっきりだったから。まあ、頭数だけ揃えばいいと思って。取引先からの信用を得るために会社の体裁を整えるのが目的だったんだ」

どうせ俺の指示なしでは動かない会社なんだからと続ける。有能かもしれないが、傲《ごう》慢《まん》で専横な経営者の顔が垣間見《かいまみ》えた。

「成瀬は帰国子女らしいよ。数年前までは海外で暮らしていたようだ。今は、会社近くのマンションで一人暮らしをしてるって聞いたがな。つまり、独身てことだ」

それでもガオの言葉にひたすら耳を傾ける。

「どこかで会えないかな」

「へえ！」ガオは陽気な声を上げた。「航は女なんかに興味ないかと思ってた」

言い返す言葉が見つからない。とにかく満里奈と話がしたかった。自分の妹だとの確信が欲しかった。その先のことはまだ考えられない。

「成瀬には、投資する不動産の下見をさせているんだ。彼女の調査力と判断力は、かなり確かだ。勉強家だよ。宅地建物取引士の資格の取得を目指してるらしい。社内ではあまり人と関わろうとはしないがな。お前が誘っても受けるとは思えんな」

「いや、誘うんじゃなくて……」

「俺もそういう方面には疎いし、興味もないな」

悪い、とまた言って、ガオは電話を切った。当然といえば当然の成り行きだった。ガオに頼ろうとしたのが間違いだった。

これから先、何度弁当を配達しても、満里奈と個人的に話す機会には恵まれないだろう。外で何とか接触しなければならない。しかしその数時間後、ガオから電話があった。成瀬の名前は亜沙子《あさこ》だと言った。会社の人事の書類を見てくれたらしい。その上で彼女の住所も教えてくれる。

「俺ができることはこれくらいだ。まあ、うまくやれ」

それだけ言ってさっさと切った。

『フォーバレー企画』の終業時間は調べてあった。成瀬亜沙子が真っすぐ帰って来るとは限らなかったが、早めに仕事を終えた航は、彼女が暮らすマンションの前で待った。

JR信濃町《しなのまち》駅から少し北に行ったところにある地味なマンションだった。入り組んだ路地の先にたくさんの寺があって、庶民的な雰囲気のある一角だった。新宿《しんじゅく》区などにはそもそもほとんど来たことがなかったが、こんな場所もあるのだと漠然と思った。

マンションの真ん前で待つのは、住人に怪しまれると思い、正面玄関が見える場所に移動したが、住人らしき人の出入りはなかった。日が長くなったとはいえ、そのうちに夕闇が辺りを包み込んだ。玄関ロビーの照明が、ぼんやりと灯《とも》った。漏れだした明かりが、マンション前のヒイラギナンテンの植え込みを照らし出していた。

一人、中年の女性が玄関のガラスドアを押して入っていった。オートロックにはなっていないらしい。よく見れば、築年数のかなり経ったマンションだった。満里奈はここで一人で質素な暮らしをしているのか。外国で育ったとガオは言ったが、あれからどんなふうに生きてきたのだろう。蒼人たちとはもう別れてしまったのだろうか。気持ちは

い。

逸《はや》るが、どうやって声を掛けたらいいか、まだ迷っていた。

日が暮れて、足下から冷えてきた。車の行き来はあるが、徒歩で通る人はあまりいない。

JR信濃町駅に続く道の方から、コツコツと靴音が響いてきた。ちょうど車の往来が途絶えた時だった。見慣れた顔が、闇の中から現れた。コートの襟を立て、首に巻いたグレイのマフラーに顎を埋めた満里奈がやって来た。

彼女は暗がりに身を潜めた航に気づくことなく、玄関ドアを押し開いた。航は小走りでマンションに近づいた。透明なドアの向こうに、郵便受けを確かめる満里奈の姿があった。

「あの――」

航の声に、満里奈ははっとして顔を向けた。みるみるうちに警戒の色が広がる。

「あ、今、成瀬さんのことを偶然見かけたものだから――」

待ち伏せしていたと知られないために、またガオが個人情報を漏らしてしまったことを伏せるために、咄嗟《とっさ》にそんな嘘をついた。ガオには、そんな気遣いは無用なような気がしたけれど。

「ああ……」

満里奈は、曖昧《あいまい》な笑みを浮かべたが、警戒は解かなかった。それから郵便受けに挿し込まれていたチラシをゆっくりと取り出した。その動作で自分を落ち着かせようとしているみたいに。

「少し話をさせてもらっていいかな？」

「いえ、困ります」当然の反応だ。怯《おび》えた満里奈は、ちらりと横目でエレベーターの方を見やる。早くここから立ち去って、安全な部屋に逃げ込みたいと考えている様子が見て取れた。

遠まわしに話を持っていく余裕はないようだ。

「君、本当は満里奈っていう名前なんじゃないかな？」

「いいえ」

満里奈はきっぱりと否定した。その上で、航を不審人物と判断したことが伝わってきた。

「私の名前は成瀬亜沙子ですけど」

「おかしなことを言うと思うだろ？　だけどお願いだから聞いてくれ。知らないかもしれないけど、君は僕の妹なんだ」

満里奈の顔が強張《こわば》った。

「帰ってください」

「信じてくれ。本当なんだ。僕らは兄妹だったけど、ある事情で別れて暮らさないといけなくなった」

「でたらめ言わないで」

満里奈は航の方を向いたまま、二、三歩後退《あとずさ》った。

「段田蒼人。僕の友人だった。彼の家族に君を預けた」

少しだけ、満里奈の瞳が揺らいだような気がした。

「知りません。そんな人――」また一歩下がる。

「彼らはどこか遠くへ君を連れていって、大事に育ててくれたはずなんだ」

「知らないって言ったでしょ！　人を呼ぶわよ」

怒りを含んだ声が、人気のない玄関ロビーに響き渡った。それでも逃げ出してしまわないで航の言葉に耳を貸してくれていることに力を得て、航は続けた。

「ずっと捜していたんだ。君、海外で育ったってガオに聞いたけど、それなら見つからないはずだ。そうだな。蒼人はよその国にいても違和感はないだろう。青い目をしていたから」

満里奈は唇を震わせ、手にしたチラシをぎゅっと握り潰《つぶ》した。

「私には何のことだかわからない。私はずっとドイツで育ったの」

ドイツ――。また蒼人につながる記憶がよみがえる。

「ヘルト」つい言葉がこぼれた。「蒼人が飼っていた犬だ。ドイツ語で『勇者』という意味だった」

それには満里奈は明らかに動揺した。知っているんだ。この人は、ヘルトを。ぬくぬくとしたヘルトの毛を撫でた時の感触を思い出した。

「その手の――」チラシを握り潰した右手を指差した。「その手の傷には見覚えがある。僕の妹だという証拠だ」

　青ざめた満里奈は、ややかすれた、だが明らかに嫌悪を含んだ声を出した。

「これは、幼い時に私がうっかり――。柵《さく》から突き出していた釘《くぎ》に引っ掛けてしまったのよ」

「いいや、違うね。それは火傷の痕なんだ」

　満里奈の喉《のど》の奥から、息を吸い込むヒュッという音がした。

「そこに焼けた火箸を当てられた。君がまだ赤ん坊の時に」

　満里奈はさっと身をひるがえして走り去った。エレベーターを待つわずかな時間もここに留《とど》まりたくなかったのか、階段を駆け上がる乱れた足音が聞こえてきた。

　航は一人、玄関ホールで立ちつくしていた。


　二月に入って、中国政府は、海外への団体旅行を禁止した。WHOも「国際的な公衆衛生上の緊急事態」を宣言した。WHOの研究センターでは、遺伝子解析などのウィルス学的性状の研究と、診断検査法の開発、及びワクチン開発が始まった。

　同時に、起源ははっきりしないが、どうやらタルバガンというリスに似た齧歯《げっし》類から人間に感染したのではないかという推測を、中国の研究機関が発表した。

　タルバガンはマーモットの一種で、リスに似ているといっても体長が五十センチもある動物だ。草原やステップ地帯に穴を掘って巣を作る。中国西域の高原地帯では、古くから食用とされていて、捕獲され過ぎて数を減らしたとも言われている。タルバガンの画像が画面に映し出された。リスというよりも大型のネズミといった風貌《ふうぼう》だった。

「タルバガンを捕獲し、さばいたり食べたりしたことによってウィルスが人に感染したのではないかと考えられます。これは人獣《じんじゅう》共通感染症の一つです」

NHKのアナウンサーが、淡々とニュース原稿を読み上げている。

しかしタルバガンを食用にするのは、伝統的な習わしで、今に始まったことではない。この齧歯類は、十三世紀から十四世紀にかけてこの近辺でペストが定着していた時の自然宿主にもなっていたようだ。

アナウンサーはさらに学者の見解を述べた。近年の地球規模の温暖化により、天山の氷河が溶けて、氷河湖からの大規模出水がたびたび起こるようになった。それは洪水となって住民や家畜が犠牲になったりもした。

「何千年、何万年も前の伝染性の病原性ウィルスが、氷河や永久凍土の中で眠っている可能性を、多くの学者が指摘しています」

容姿の整ったアナウンサーは、そこではちょっと深刻な表情をしてみせた。

「有害な細菌やウィルスが大気中に放出され、人体に影響を及ぼすことが言われていましたが、今回、タルバガンを介してそれが広がったということは――」

アナウンサーは、アメリカだかイギリスだかの学者の名前を挙げた。学者の見解は、草原に流れ出した氷河の溶解水をタルバガンが飲み続けていたのではないかというものだった。眠っていたウィルスは、生き物の体に取り入れられることによって蘇生《そせい》するのだ。

ウィルスは、それ自身では生き延びることができない。よってウィルスは他の動植物の細胞を乗っ取る必要がある。それが宿主動物となる。宿主動物が死んでしまったらウィルス自身も生きていけない。宿主動物に傷害を与えずに共生していくことは、ウィルスの自己保存と子孫繁栄のための戦略だ。

そうやって宿主の体の中に棲《す》みついたウィルスは、長い時間をかけて変異する。あるいはまた別の動物の体に移って交雑ウィルスとなる。やがて動物世界だけで感染を繰り返していたウィルスは、人間にも感染し、人から人への感染を繰り返すようになる。

今回中国で発生したウィルス性感染症も、人間が気がつかないうちに、そんな過程を経て密《ひそ》かに生まれていたのだ。タルバガンが媒介したウィルスということで、タルバガン・ウィルスと呼ばれるようになっていた。

新疆ウイグル自治区政府はタルバガンを捕獲して、片っ端から駆除しているとのことだった。

今までおざなりに聞いていたこの中国由来のタルバガン・ウィルスのことに、なぜ航が耳を傾けだしたかというと、ガオがこの新興感染症のウィルスでひと儲けしようと画策していると知ったからだった。

その話を、航は六本木《ろっぽんぎ》にあるガオのマンションで聞いたのだった。一等地に建つタワーマンションの一室。『フォーバレー企画』とは違い、目を見張るような豪華な住まいだった。

「タルバガン・ウィルスは金になる」

イタリア製のソファセットに座って、ガオは言った。

「どうだ？　俺の手伝いをしないか？　航」

まったく気がそそられなかった。ガオの住まいにも興味はなかった。ここに来たのは、満里奈のことがあったからだ。

満里奈のマンションへ行った翌日、ガオから電話があった。

「まずいな、航。成瀬は会社を辞めると言ってる」

「え？」

「航、女をくどくならもっとうまくやれ」黙り込んだ航にガオは畳みかけた。「成瀬はお前を怖がってるよ。いきなりマンションに押しかけたんだろ？　会社を辞めたいと言いだしたのは、お前のせいだ。彼女、航と顔を合わせるのが苦痛なんだ」

「そんな――。くどいたわけじゃない」

「でも成瀬は気味悪がってる」

その気持ちは理解できた。何も知らない満里奈には、航はただ訳のわからない話を突きつけてくる輩《やから》に見えたに違いない。しつこく言い寄ったとガオに勘違いされても仕方がない。妹に会えたという気持ちが先走ってしまい、唐突な訪問と支離滅裂な会話をしてしまったことを悔いたが、もう遅い。

「まあ、何とか説得して思いとどまらせた。成瀬のような優秀な人材はなかなか得られないからな」

その代わり、お前のところから弁当を取るのはやめるしかないな、とガオは続けた。

「成瀬には、俺と航とはそう深い関係ではないから気にするなと伝えた。成瀬につきまとうなと忠告しておくと」

「そうか」

それは事実だ。航がガオと知り合ったのはただの偶然だ。あの時、ガオの財布が抜き取られるところを目撃しなかったら、言葉を交わすこともなかった。その後の展開も、ガオの気まぐれから出たものだ。なくした自転車は弁償してもらえたし、神楽坂の居酒屋で食事もおごられた。財布泥棒を追いかけた挙句、家に泊めた礼としては充分だ。

だが、満里奈を見つけた今となっては、ガオと『フォーバレー企画』から離れるわけにはいかなくなった。それでまたガオの誘いに乗って、彼のマンションを訪ねたというわけだ。

夜景を見下ろす広々としたリビングで、ガオはタルバガン・ウィルスがどうして金儲けにつながるのか説明した。

彼はこのウィルスの感染力は相当に強いと言った。へたをすれば、過去に大流行を起こして多くの人の命を奪ったコレラやスペイン風邪に匹敵するほどの規模で全世界に広がり、多くの人の命が犠牲になるだろうと。

「まさか」

「本当さ。あのウィルスは危険極まりない。甘く見たらひどいことになる」

どうして医療関係者でも学者でもないガオにそんなことがわかるのか。これもこの男のはったりの一つだろう。今の航の関心は満里奈のことだけだ。

「これは従来の治療が効かない感染症なんだ」

航の気持ちなどおかまいなしにガオはまくし立てた。

タルバガン・ウィルスの特徴もしだいに明らかになってきていた。感染の経路は接触感染と飛沫《ひまつ》感染が中心だという。タルバガン・ウィルスの怖いところはそこだ。飛沫は空気中に漂う。発病して、あっという間に重篤な病状に陥るのだが、その間、近くにいた者に感染を広げているという具合だ。

エボラ出血熱は接触感染のみで、感染した人や動物の血液や体液に触れないかぎり、感染はしない。それに比べてタルバガン・ウィルスは、くしゃみや咳《せき》によって空気中に漂い出たウィルスが感染を広げるので、より厄介だった。二次感染、三次感染と広がり、感染経路をたどるのは困難を極めているようだ。

ガオはSNS上にアップされた患者の写真や動画を見せてきた。熱に浮かされて、異様にギラギラした目を向けている者、体の痛みに耐えかねてもだえ苦しむ者、ミイラのように骨と皮だけになった体を、奇妙に曲げて横たわっている者。どす黒く変色してしまった遺体まで、どの画像も目を背けたくなるようなものだった。

有効な治療薬がないのだから、対症療法で様子を見るしかない。

致死率も高い。暫定的だが、症状を呈した患者の半数近くが死に至ると報告されているらしい。これは強毒性のエボラ出血熱が出現した時の五割から九割という数値に迫る。幸運にも回復したとしても、筋肉や筋の硬化、皮膚の黒ずみは元にもどらない。視覚、聴覚に異常が見られるという報告もある。しかしまだ感染は始まったばかりで詳しい研究はいき届いていない。医療者は、治療に追われているというのが現実だ。

とにかくわからないことがまだ多いのだ。そんな未知のウィルスのことを、確信を持って語るガオこそ、信用できなかった。

「俺は製薬会社や研究機関にも投資している。新薬開発に優れた力を発揮するところだ」

上目遣いで航を見るガオの瞳に、冷たい炎が燃え盛っているようだった。この自信はどこから来るのだろう。背筋がすっと冷えた気がして、航は身を引いた。

「もしガオが言うように全世界にこの感染症が広がったりしたら、どこの製薬会社も血眼になって治療薬を開発するだろうな。投資先がどんなに優れたとこか知らないけど、あんまり勝算はないと思うな」

努めて冷静に、そう告げた。こんなとんでもない話を真に受ける人物はいないだろう。ガオは、航の言葉を聞くと、にやりと笑った。

「俺は切り札を持っているんだ。絶対に勝てるカードを」そしてソファの背もたれから引き剝《は》がすように身を起こした。「それにはお前の協力が必要なんだ」

この男に深入りしてはならない。そう本能が警鐘を鳴らした。

「訳がわからない」航は詰めていた息を吐いた。「そんな雲をつかむような話には乗れない。なんだって僕なんだ。僕はしがない惣菜屋の店員なんだ」

ガオはソファから立ち上がった。

「航、お前、もっとうまく世渡りをしろよ。女に言い寄るにしても。金儲けにしても。どうしてそんなに臆病《おくびょう》なんだ」

向かいのソファで身を固くした航に近寄ってきて、彼の頭にどんと片手を置いた。そして乱暴にくしゃくしゃと髪の毛を混ぜた。

「愚かな人間が足踏みしているうちに、運はするりと逃げていくのさ」

なぜだろう。こんなふうに髪の毛を搔《か》き混ぜられる感触に覚えがあった。どこをどう探っても、ガオのような風変わりな男と過去に交わった記憶はなかった。

だが、記憶は時に手ひどい嘘をつく。

第四章　緩慢な生は、緩慢な死と同じくらい耐えがたい

『フォーバレー企画』に弁当を届けることはなくなった。ガオからも連絡はない。彼が持ちかけた途方もない儲《もう》け話に乗らなかったので、見切りをつけられたのかもしれない。それはそれで有り難かった。航はまた惣菜《そうざい》屋で働く日常に戻った。

ガオとは縁が切れたが、満里奈のことは諦《あきら》められなかった。仕事が終わってから、『フォーバレー企画』に出向いて、満里奈を見張るということをした。彼女はたいてい真っすぐに一人暮らしのマンションに帰っていった。たまに本屋で本を買い、喫茶店でそれを読んだりしていた。

親しい友人や付き合っている男もいないようだ。その生活は、自分に似ていると思った。心を殺して日々を送る。感情に流されることなく、孤独を苦にせず、ただ流れる時に身をゆだねている。そんな生き方だった。話したいとは思ったが、素直に聞いてくれるとは思えなかった。こうして後をつけていることを知られたら、さらに警戒されるだろう。

おずおずと女性の後をつける不審な男が人目について、通報されるかもしれないと怯《おび》

えたりもしたが、道ゆく人々は、他人のことなどには無関心だった。

タルバガン・ウィルスがじわりと世界に広がりつつあった。中国政府が団体の海外旅行を禁止しても、個人的な旅行は野放しだった。ちょうど中国は春節を迎え、大型連休が始まった。何億もの人々がこぞって海外へ出た。

初めはそんな中国人旅行客が、海外で発病した。感染の拡大は、南半球で顕著だった。暖かな地方でウィルスが活発になるとは、今までの常識を覆すことだった。オーストラリアやニュージーランドで患者が爆発的に増えていると報じられた。ヨーロッパやアメリカ大陸、東南アジアなどでも散発的に感染者が見られた。

日本でも中国人観光客が発病したのをきっかけに、数人の患者が出た。また日本に住んでいた中国人が、春節で郷里に帰り、戻って来て感染を周囲に広めたということもあった。感染の事例が出るたび、厚生労働省は躍起になって囲い込みを行った。患者はすぐに隔離されていると政府は説明し、国民に落ち着いて日常生活を送るよう呼びかけた。しかしそのすぐ後で、患者を診た医療機関でスタッフの感染が認められた。伝えられた通り、感染力は相当に強いようだ。

日本政府は中国との間の行き来を禁じた。二月末には、タルバガン・ウィルスは、ほぼ全世界に広がっていた。日本国内では、諸外国に比べると、患者数はさほどでもなかったが、衛生観念の発達した民族ゆえに神経質にならざるを得ないようだった。

そうは言っても、まだ市井では切迫感はなかった。航の生活も特に変わりはなかった。

平沼精肉店で淡々と仕事をこなしていた。毎日でも満里奈のところに行きたかったが、そうもいかない。会社の周りをうろつくと、勘のいいガオに見咎《みとが》められる恐れもある。『フォーバレー企画』は土、日が休みだった。平沼精肉店も日曜日が定休日なので、日曜日にマンションの方へ行くこともあった。たいてい満里奈は一日中部屋から出てこなかった。

ある日、満里奈が珍しく四谷からJRに乗った。急いで同じ電車に乗る。もしかしたら、どこかで声を掛けるチャンスがあるかもしれない。満里奈は中野《なかの》駅で降りた。少し間を取って、後ろをついていった。駅から西へ向かう。満里奈は幹線道路からひょいと横道に入ってしまう。くねくねと曲がる狭い路地だ。住宅街の中、おかしな曲がり方をしているから、元は細い川だったのかもしれない。

あまり人通りもなく、彼女が振り返れば、ついていっているのがばれてしまいそうだった。だが満里奈は確かな歩調で先へ進む。目指す場所があるのだ。両側にコインランドリーやら小さな児童公園やらが現れる。明るい色に塗られた車停めが、唐突に行く先を遮ることもある。

車の入って来られない細い路地に面して、木造平屋の棟割《むねわり》長屋が建っていた。相当古い建物のようだ。板張りの壁が反り返っている。四つの引き戸が並んでいた。それぞれの玄関口には、自転車やシルバーカーが停めてあった。一戸の玄関前には、色とりどりの花が植わったプランターが出ていて、ジョウロで水をやっている人がある。

背を向けているのは、年配の女性のようだ。その背中に向けて、満里奈が声を掛けた。

「お母さん」

その言葉に、航は硬直してしまった。身を隠すことも忘れて、その場に立ちつくす。振り向いた女性は、満里奈の顔を認めると、明るい笑みを浮かべた。その笑みは、背後に立つ航を見た途端、潮が引くように消えていった。満里奈が女性の視線を追って振り返る。航の姿を見て、青ざめた。

女性は江里子だった。髪には白いものが交じり、痩《や》せてひと回り小さくなったように見えたが、そこに立っているのは、紛れもなく子供を捨てた愚かな母親だった。江里子が手にしたジョウロからは、まだ水が垂れ続けていた。

「わたる……」

声は出なかったが、口の動きでわかった。

江里子はジョウロを足下に投げ出すと、大急ぎで引き戸を引いて家の中に入ってしまった。満里奈がつかつかと航に近づいて来た。

「ちょっとここで待っていて。すぐ戻って来るから」

それだけを言い残して母親の後を追って家に入った。そしてものの十分ほどで出て来ると、路地を逆の方向へ歩きだした。事態を呑《の》み込めない航が茫然《ぼうぜん》と立っていると、振り返って目で促す。迷いながらも妹の後を追った。満里奈は迷うことなく細い路地を抜けていく。この場所に何度も足を運んでいるのだ。母のところへ。航の心はざわついていた。

満里奈は成瀬亜沙子という偽りの名前で生きていた。けれども自分の本当の名前を知っているのだ。母とも会っていた。それなのに自分が兄だと名乗っても、拒絶した。妹の真意がわからなかった。それと同時に腹立たしい気持ちにもなった。あの母親がどんなことを満里奈にしたか、知りもしないで会っていることに。そして江里子がしゃあしゃあと我が娘と相対していられることに。

この世のどこかで妹は生きているというささやかな希望が、自分を支えていたと思っていた。だが、もう一つ支えがあったことに思い至った。母、江里子に対する憎悪だ。二つの相反する感情に揺さぶられることを嫌い、無理やり抑えつけてきたのだった。特に江里子のことは考えないように努めてきた。平板で安易な日々を送るためには、そうしなければならなかった。長い間に身につけた悲しい生きる術《すべ》だ。

なのに、満里奈を見つけた途端に、母にも出会ってしまった。殺していたはずの醜い感情が、彼の中でむくりと頭をもたげるのがわかった。

比較的広い道路に出た。そこに小ぢんまりした喫茶店があった。

満里奈はガラス扉を押して入っていった。一番奥のテーブル席に着く。仕方なく航もその前に座った。客は他にカウンターに座った老人がいるきりだ。似たような年の夫婦がやっている店らしく、注文を取りにきたのも七十がらみの女性だった。二人ともホットコーヒーを注文した。女性が行ってしまうと、満里奈は航に向かって頭を下げた。

「ごめんなさい。私には、航っていう名前のお兄さんがいるってお母さんから聞いてた」

「お兄さん」という言葉に含まれるよそよそしさに戦慄《せんりつ》する。それに対して「お母さん」には、親しみが込められている気がする。

「でもこの前マンションで声を掛けられるまで、あなたがどこにいるのか、どんな顔をしているのかも知らなかった。本当よ」

今度は「あなた」だ。満里奈が赤ん坊の頃、おしゃべりができだしたら、自分を何と呼んでくれるだろうと想像していたことを思い出した。つい感情が昂《たかぶ》った。

「でも母さんとは会っていたんだ」

あの女を「母さん」と呼んでしまう自分にも失望する。

「会いたかったから。私を産んでくれた本当のお母さんに」急に心細げな少女に還《かえ》ったような口調で、満里奈は答えた。

「あなたが私のマンションに来て、私のことを妹だと言った時は気が動転した。まさかあんなふうに出会うと思っていなかったから。で、すぐにお母さんに確かめた。お母さんは古い写真を出してきて見せてくれた。あなたが小学生だった時の写真。あれを見たら、あなたの言っていることが本当だとわかったわ。面影があったもの。それに私のことを満里奈と呼んだ。そんなこと知っているのは、兄であるあなたしかいないわよね」

膝《ひざ》の上で拳《こぶし》を握りしめた。航自身は子供の頃の写真は一枚も持っていない。あるのは児童養護施設に入ってからのものだ。

たぶん数枚しかないだろう我が子の写真を、母は大事に持っているというのか。満里奈の写真はあるのか。あるとすれば『至恩の光教』で撮られたものだろう。あの呪わしい場所で。

コーヒーがきた。心を落ち着けるために、香り高い温かなコーヒーを口に含んだ。湯気の向こうで同じようにカップに口をつける妹を見た。この子はどれだけのことを知っているのだろう。何もかもわからないことだらけだ。

「もちろん、あなたのことをお母さんには話したわ。でもお母さんは今さら航には会えない。どんな顔をして会えばいいのかわからないって泣いた」

当然の反応だ。誰かに頼らなければ生きていけない生活能力のない女だった。そして頼った先が、よりにもよってあんな胡散臭《うさんくさ》い新興宗教だった。『至恩の光教』にいたせいで、航は学校で惨《むご》い虐《いじ》めにあった。そして満里奈は殺されて川に流された。あそこにさえ行かなければ、親子三人で暮らしていけたはずなのだ。

すべてはそれを選んだ母の過ちだ。成長するにつけ、航は母を絶対に許せないと思うようになった。児童養護施設にいる間、母からの働きかけを全身全霊で拒んだ。自分が息子から憎まれていることは、江里子には容易に伝わったに違いない。

なのに、満里奈は実の母を見つけ出して寄り添おうとしている。血のつながりなんて何の意味もないのに。この子は、自分に為された恐ろしい行為のこと、それを黙って許した母のあり様を知らないのだ。憐《あわ》れで切なかった。

死んだはずの娘が目の前に現れた時、江里子はどう思ったのだろう。恐れ戦《おのの》き、悔悟に苛《さいな》まれることはなかったのか。それとも愚昧《ぐまい》な母は、深く考えもせず喜んだのか。川に流されて死んだと思っていた子が誰かに拾われて生き延びたと、都合のいい解釈をしたのだろうか。満里奈がここにこうして生きている理由を知っているのは、航と蒼人の一家だけだ。

だが、もうそんなことはどうでもよかった。

「いったいどうして満里奈は、他人の振りをして暮らしているんだ？」

あの遠い春の晩、別れたきりの妹のことをすべて知りたかった。

「だってもうこの世に長谷部満里奈はいないんでしょう？　私は死んだことになってるんだもの」

「それ、母さんに聞いたのか？」

怒気を含んだ低い声で尋ねた。

満里奈は首を振った。くるんと巻いた髪の毛が顔の周りで揺れた。あの癖のある髪の毛を撫《な》でた感触をまだ憶《おぼ》えている。

「いいえ。そうじゃない。アルベルトに聞いた」

「アルベルト？」

「日本では、蒼人って名乗ってたんだって」

カップを取り落としそうになった。

「蒼人に？」

かすれた声が喉《のど》の奥からやっと出た。やはり満里奈は蒼人たちと暮らしていたのだ。

「彼は言ったわ。あまりにひどい環境で育てられていた私をあなたが救い出して、蒼人たち家族に託したんだって。もう日本では私は死んだことになってる。だから他人として生きていかなければならないって」

「じゃあ、ドイツでずっと蒼人の家族と暮らしていたのか？」

また満里奈は首を振る。

「そうじゃない。私は六歳の時、アルベルトの家族から、ドイツに永住すると決めた日本人夫婦に養子に出されたの。とてもよくしてもらったわ。新しい名前は彼らからもらった」

そこでやっと満里奈は微笑んだ。頬にくっきりと二つのえくぼが浮かぶ。

かなり年がいった夫婦だったから、もう二人とも亡くなってしまったらしい。

「十九歳の時、私はドイツで独りぼっちになった。でもしばらくはあっちで暮らしていたの。寂しくはなかった。また時々アルベルトの家族と会うようになっていたから」

「喜連は？　蒼人にはお祖父《じい》さんがいたんだ」

二十二年前も相当の年齢だった。もう生きてはいまい。

「キレン？　そうね。彼は私を可愛がってくれた」

ゆっくりとコーヒーカップをソーサーの上に戻した。手で土をこねてこしらえたような、どっしりとした温かみのあるカップだった。それでも手が震えて、ソーサーにコーヒーが少しだけこぼれた。

満里奈は、自分のカップを手でそっと脇に滑らせた。そしてすっとテーブルの上に身を乗り出した。

「アルベルトに——いえ、蒼人に会いたい？」

満里奈は謎めいた微笑みを浮かべる。浮かんだえくぼに、航は目を凝らした。確かに自分の妹だという証《あかし》に。六歳まで彼らと暮らしていたのなら、満里奈はあの人たちが持つ特殊な能力のことを知っているのではないか。

「兄さん」はっと満里奈を見返した。「兄さんと呼んでいい？」

「ああ」

さっきはその言葉に違和感を抱いたのに、率直にそう言われるとふと胸が熱くなった。すっかり妹のペースに巻き込まれている。彼女は今から重大なことを口にするのだ。その予感に震えた。

「蒼人はね、まだ八歳のままよ。彼らは年を取らない。なぜなら——」

全身の産毛がぞわりと逆立った。

「あの人たちは私たちとは違う。まったく違った種族なの。彼らは——魔族なのよ」

周囲の音がふっつりと消えた。

それから先の話は満里奈のマンションで聞くことになった。

入った喫茶店が混んできたこともあるし、満里奈が、動揺した母親が心配だと言ったからだ。航自身も混乱していた。心を鎮めるための時間が必要だった。満里奈の部屋に行く約束を取り付けたが、その日が待ち遠しいのか怖いのか、それもよくわからなかった。


目的もなく自転車を乗り回していた。頭を空っぽにするには、最適な乗り物だった。

ガオからひょっこりと連絡が来た。

「気が変わったか？　航」

何のことかわからない。少し黙り込んで考えた挙句、ガオの投資話のことだと思い至った。タルバガン・ウィルス感染症の治療薬を作る研究機関のことをぼんやりと思い出した。ガオは研究機関の名前を言った。

「もう研究に着手しているんだ」

まるでピンと来なかった。暖かくなるにつれ、タルバガン・ウィルスは、今度はヨーロッパや北アメリカで患者数を増やした。感染者の数はうなぎ登りに上昇している。各国は、発生初期に有効な防疫対策を取らなかった中国政府を非難した。かなりヒステリックに非難する政府もあった。感染者が呈する劇的な症状と致死率を見れば、そうならざるを得ないだろう。

ＷＨＯはタルバガン・ウィルス感染の現状を、六段階に分けた流行フェーズのうち、

のに当たる。

「フェーズ5」に指定した。「フェーズ5」とは、パンデミックアラート期の一番高いも
「俺たちに運が向いてきた」

ガオが言う「俺たち」に自分が含まれていないことを祈った。この強引で自由勝手で大胆な男の性向が何となくわかってきた。これに振り回されている人々は多いだろう。その中には入りたくなかった。

「言ったろう？　ガオ。君には協力できない。第一、僕にはそんな力はない」

「自分で気がついていないだけだ。俺の計画には、是非とも航が必要なんだ」

「だめだよ。悪いけど」

うまい言葉も見つからず、困惑するばかりだ。

「おい、航」ガオは声に力を込める。「よく考えろ。世界には未知のウィルスが蔓延《まんえん》している。南半球だけでは収まらず、ヨーロッパやアメリカも悲惨な状況だ。もう何千人もの感染者が出ている。死者だってどんどん増えている。このままだと、医療機関もひっ迫する。手が回らなくなる。治療薬の開発につながるとっかかりを見つけるだけで、どれだけの金になると思う？」

莫大《ばくだい》なものになるだろうなとは思ったが、口にはしなかった。なぜガオは自分を執拗《しつよう》に誘うのだろう。その方が気になった。乾いた唇を舐《な》めた。ガオは勢いづいてまくしたてる。

「このままだと葬儀屋ばかりの懐があったかくなる」

胸が悪くなった。つい強い言葉が出た。

「治療薬ができたら、それはいいことだ。そういう意味で、投資によって君は全人類を助けたことになる。それでいいじゃないか。金儲けはその次だ。本当はそう思っているんだろ？」

そう言いながら、この男には家族や大切に思う人はいないのだろうかと考えた。

「ふん」ガオは鼻で笑った。「全人類を助けるだと？」

スマホを耳に当てて浮かべているだろうガオの表情が、手に取るようにわかった。きっと片頬を持ち上げて、気味の悪い笑みを浮かべている。

「そんなものはクソくらえだ」

それから低い声で囁《ささや》く。「俺の目的は金さ。これほど確かなものはない」

「金は――」むきになって反論を試みた。「金は何に使う？　もし君の計画が成功したら、途方もない利益を生むだろうな。それで何をする？　自分だけでは使い切れない」

ガオの住まいは、彼が住むにふさわしい冷たくてドライな場所だった。そのことを思い浮かべながら、言葉を続けた。

「家族を作る？　大事な人を幸せにする？」

弾《はじ》けるような笑いが伝わってきた。

「人に期待するな、航。人はいつか裏切る」

ぎくりとした。その通りだ。それを自分はよく知っている。

「金は裏切らないぜ」航の心情を読んだみたいにガオは言った。「金で何かをするなんて考えなくていいんだ。そこがいいところだ。それを所有することに意味がある。どうだ？」

すべてを見透かされている気がした。

「前に言ったろ？　愛だの信頼だの情けだのそんなものにとらわれるな。カタチのないものは、ないのと同じだ。そう思えばこれ以上、楽なことはないよ。気楽で自由で強くなれる。早くその境地に至るんだな」

頭の芯《しん》が痺《しび》れた。何十年ぶりかに見た母の姿が蘇《よみがえ》ってきた。それができないゆえに、自分は苦しんでいるのだ。あんな親にまだ縛られているなんて、まったくばかげている。

「僕に何ができる？」

ついそんなことを言ってしまった。ガオには人を巻き込む天性の力がある。

「いいぞ！　航」

舌なめずりする獣を想像した。また連絡すると言って切れたスマホを、しばらく握りしめていた。

ざらりとしたものを抱えたまま、満里奈の部屋を訪ねた。

前は手痛く追い返されたマンションだったが、すんなりと五階の部屋へ招じ入れられた。よく片付いていたが、女性が住む部屋にしては、ものが少なく素っ気ない気もした。だが標準的な女性の部屋がどんなかを、航は知りもしないのだ。

「お母さんは、あれから取り乱して大変だった」

ココアの入ったマグカップを差し出しながら、満里奈が言った。その一つの動作にも心が動いた。こんなふうに大人になった妹と向かい合うことがあると、あの頃は思いもしなかった。自分たち家族の物語に続きがあるとは。

「どこまで聞いた？」

冷徹な声で尋ねた。

「何を？」

無邪気に問い返す妹の真意が測れない。ココアの甘さが舌の上を転がっていく。

「僕らが別れて暮らすようになった理由を、母さんは――」

淡い青色の水玉模様が入ったカップを、満里奈は口に持っていった。

「母さんは、父さんに浮気された挙句追い出されたんでしょ？　それで頼った先が新興宗教の施設だった。あそこがなかったら、野垂れ死にしてたって」

「ひどいとこだったよ」

「そう？　私は憶えていないけど」

マグカップの取っ手をぎゅっと握った。

「兄さんがそう言うのなら、そうだったんでしょうね。兄さんが私をあそこから連れ出して、アルベルトの家族に託してくれたんだから」

「その後、母さんは子供の虐待に加担したと判断され、僕は養護施設に入ることになった」

極力感情を抑えたつもりだったが、言葉尻《じり》が震えた。もう一口、ココアを飲んで心を落ち着かせた。

「で？　蒼人たちとどこへ行った？」

「私がものごころ付いた時にはドイッにいたの。ドイツの街を転々としていた」

「どうしてその、蒼人たちが――」

「兄さんも気がついていたんでしょ？　とても親しくしてたんだから。あの人たちにしては珍しいことよ。魔族はどこに住んでも誰とも懇意にならない。どうしてかって言うと、年を取らない異形のものだとわかってしまうから。だから、一つところにも留《とど》まらない。あの人たちは、永遠にさまよう種族なの」

子供の頃の航には、不思議な能力を有した家族だという認識しかなかった。子供の知識ではそこまでが限界だった。ただ本能的にそのことは秘密にしておかねばならないのだと悟っていた。

「きっとアルベルト、いえ、蒼人はなぜだか兄さんにだけは心を開いたんだわ。本当なら、人間の子供を預かるなんて、そんな危険なことするわけないもの」

食べる物がなかった時、森の中でクルミを探して歩いたと言った蒼人の言葉を思い出した。あれはどの時代のことなのだろう。蒼人たちは、戦争や飢餓の時代をも生き抜いてきたということか。彼らが悠久の命を有する種族だと聞いて、ようやく腑《ふ》に落ちた。

「私が六歳になっても蒼人は八歳だった。だんだん大きくなって知恵もついてきた私を、フランクは手放さなければならないって決心したのよ。もうこれ以上は一緒にいられないって言われた時には本当に悲しかった」

フランクとは康夫のことだろう。彼は確かな夫婦を探し出してきて満里奈を預けた。そして一家で姿を消した。

「それもフランクの力。どこかへするりと潜り込んで、怪しまれない環境を整えるのが。戸籍を手に入れ、飢えない程度に仲間を養う」

「仲間？」

満里奈は、目を伏せて微笑んだ。長い睫毛《まつげ》に湯気がかかる。そして上目遣いに兄を見た。

「そう。仲間。あの人たちは家族じゃない。ただ異能の人たちが寄り集まっただけ。自分たちを守るために」

だから――似ていなかったのか。ようやく合点がいった。

蒼人の青い目は、誰からも受け継いでいなかった。受け継ぎようがなかった。康夫は中東の人種のような濃い顔つきをしていたし、友子は抜けるような白い肌に、漆黒の髪の毛を持つ東洋美人だった。喜連は年を取り過ぎて判別がつかなかった。ピンクがかった肌に光る産毛が生えていた。体はがっしりしていて、指も太かったように思う。強いていえばロシアの農民のような風情だった。

家の中では喜連のことを、誰もが「キレン」と呼び捨てにしていた。あの当時は、あの人たちは家族だと信じていたから、奇異に感じたものだった。

航は、フランクは康夫と名乗っていたと満里奈に教えた。友子や喜連のことも。満里奈は、その名前を復唱して憶えた。

「キレンはどこに行ってもキレンなの。もう名前を変えるのが面倒なんだって」

いかにもおかしそうに満里奈は笑った。鮮やかに浮かぶ二つのえくぼに、航は目を奪われる。昔も今も変わらず同じところに現れる奇跡の刻印。

満里奈が日本人夫婦の養子になっても、ごくたまに蒼人は様子を見に来ていたと満里奈は言った。子供のままの蒼人は、もう満里奈に関わろうとはしなかった。言葉を交わすこともなかった。

「ただ遠くから、私を見てる男の子がいるの。それがアルベルトだとわかってた。近寄ろうとするとすっとどこかへ行ってしまう」

それが蒼人が持つ能力なのだ。ほんのちょっとの距離を瞬間的に移動する力。あれを駆使して菊池たちから逃げていた頃を思い出した。北千住にはいい思い出はないが、蒼人の家族だけは懐かしかった。

「あの人たちはあんなふうに、世界のどこかでそれらしい顔をして生きていく。不死ではないって言ってた。年を取るスピードが恐ろしく緩慢なんだって」

「驚いたな。不思議な人たちだとはわかってた。でもなんだってそんなに長く生きられるんだろう」

「生きられるんじゃない。生きさせられているんだって」それから満里奈は、ちょっと顔を引き攣《つ》らせた。「彼らは呪いをかけられたのよ。はるか昔に。もう千年以上も前のこと」

呪い？

満里奈の口から語られる事実をうまく自分の中で咀嚼《そしやく》できない。

にわかには信じられないことだが、実際に蒼人たちと接した航には、なんとなく得心がいった。あの人たちのたたずまい、個々が持つ不思議な能力を目の当たりにしたせいだ。

ガオのような男なら、一笑に付してしまうだろうが。

子供の蒼人はどれくらい生きているのだろう。そしてこれからどれだけ生きねばならないのか。もし呪いによってもたらされた寿命なら、苦痛そのものだろう。ある一定の年齢で成長を止められ、その先は気が遠くなるほど長い。緩慢な生は、緩慢な死と同じくらい耐えがたいものだ。

小学生なのに妙に達観し、諦念《ていねん》のようなものに包まれた蒼人が頭に浮かんだ。道理だ。彼は今生きているどの大人よりも長く生きてきたのだから。つまらない虐《いじ》めを繰り返す菊池兄弟などは、取るに足りない憐れな生き物に見えただろう。

ただ「生きさせられている」と言った満里奈の言葉が気になった。呪われた挙句にそんな運命を背負わされたというのか。それはどういういきさつなのだろう。そんな運命を担わなければならない罪を犯したということか。満里奈もその事実を告げられただけで、詳しい背景については説明されなかったと言った。

「私は六歳であの人たちとは別れたのよ。あの年齢で理解できることは、多くはないわ」

幼い満里奈も、小学三年生だった航と同じように、柔軟な子供の感覚で、すべてを受け入れていたのだろう。つまらない常識や分別にとらわれる前の柔軟さで。

大人になった今も、航は彼らを異端だと忌避することはなかった。魂はつながっているという気がした。彼らと過ごした濃密な時間。蒼人やその家族と近しく深く関わり、彼らも自分を慈しんでくれていた。とりわけ喜連は。彼が満里奈にしてくれたことを思えば、異形の者であろうが呪われていようが、感謝しかない。

満里奈は、自分が喜連によって生き返らされたとは知らないのだ。そしてあの術を施されるに至る理由――自分の身に何が起こったかを理解していない。だからこそ、生みの母恋しさに日本に戻ってきて、江里子を捜し出した。

「独りぼっちになった私に、蒼人はそっと寄り添ってくれた。彼の仲間ともまた会えた。ほんのちょっとの間だったけど。フランク、いえ康夫は、私が日本に帰ってお母さんに会いたいって言ったら、お母さんに会えるようにしてくれた」

「蒼人は言わなかった？」

「何を？」

「母さんに会うべきじゃないって」

ずぶ濡《ぬ》れになり、赤ん坊の満里奈を抱いて蒼人の家に駆け込んだ時、蒼人たちには話したはずだ。自分の妹が命を落とした理由を。『至恩の光教』で何が起こったか。母は自分の娘を守ろうともせず、ただおやかたさまのすることを見ていただけだったことを。

あの夜の水の冷たさ、夜の闇の深さを思い出して、航は震えた。

お前が会うべき家族は僕だったのに。たった一人の兄である僕を捜すべきだったのに。

その言葉を呑み込んで、妹を射貫《いぬ》くように見詰めた。今、目の前にいる満里奈は、無邪気に首を振った。

「いいえ、そんなことは言わなかった」

事情を知っている蒼人が、満里奈の願いだけをかなえたことにもショックを受けた。子供じゃない蒼人。呪われた種族の一員。自分にとってはかけがえのない友人だった。でもやっぱり彼らのことはよくわからない。

航は腹にぐっと力を入れた。江里子の犯した間違いを、どうしても許すことができなかった。あの母に満里奈が寄り添っていることにも怒りを覚える。

「母さんとはもう会わない方がいい」

「どうして？」

まだ満里奈は母を慕っているのだ。それがはっきりと見て取れた。長く外国で暮らし、二つの家族を渡り歩いた満里奈にとって、血のつながった母は、そんなに大切なものなのか。

「母さんはもう僕らの母親じゃない。あんな女は――」

感情が昂って言葉に詰まってしまう。

カップに添えられた満里奈の右手。火傷《やけど》の痕《あと》。

――神の子には、徴《しるし》が必要だ。この子が確かに選ばれた子だという徴が。

じゅっと押し付けられた焼け火箸《ひばし》。肉が焼ける臭いが、鼻腔《びこう》に蘇ってきた。体を反らせて泣いて抗議していた赤ん坊。

――満里奈はおやかたさまに祝福してもらっているの。

あまりに愚かな母。そしてその愚かさは、やがて取り返しのつかないことを我が子の身の上にもたらすことになる。

一度目を閉じて気持ちを落ち着かせた。努めて穏やかな口調で、火傷の理由を語って聞かせた。

「母さんは力もなく、お金もなかった。子供を育てる資質に欠けていた。だけど、あんな宗教に頼るのは間違っている。他にいくらでも選択肢はあったはずなんだ。路頭に迷った母子を助けてくれる機関だってあった。思いつかなければ区役所や警察に駆け込んだってよかった。そのすべてを避けて、新興宗教なんかに――」

下高井戸の駅前で、母が小山から受け取ったチラシのことを思い出した。あんなものになぜ心が動いたのか。たった一枚のチラシで自分や満里奈の運命が変わったことを思うと、歯嚙《はが》みをしたい気持ちだった。

だがもう過去は変えられない。今の自分たちに向き合うために、航は言葉を継いだ。

「あれが母さんの一番の罪だ。まだ僕らを捨ててくれた方がましだった」

「そんなこと！」思いもかけず満里奈はいきり立った。

「そんなことはもういいの。私は、本当はずっと寂しかった。蒼人たちも、養子にもらってくれた日本人の夫婦も優しかった。でも私は自分のことが知りたかったの。自分のルーツがわからないなんて耐えられなかった。どんな人から生まれてどんなふうに愛されていたか」

「愛したりしていないよ。あの女は――」

自分でもぞっとする言葉が口からこぼれ出た。満里奈は、はっと目を開いて兄を見た。マグカップをつかんだ手が震えている。冷めたココアがかすかに波立つのを、航は冷たく見下ろした。

「教団が僕やお前にしたひどい行いはたくさんある。それも許せないよ。確かに」

満里奈のことを、「お前」と呼んでしまう。どうしても母から引き離さねばという焦りがそうさせる。一度言葉を切って大きく息をした。

「お前は血のつながりに意味を見いだそうとした。じゃあ言うけど、お前を産んだ女は、子供がどんな目に遭わされても黙って見ていたんだ。狂った教団から逃げ出して、子供を安全なところに連れていくこともできたのに、それをしなかった」

くっと喉の奥が鳴った。せり上がってきた熱く苦いものを飲み下す。

「あの女はただ見ていただけじゃない。喜んで差し出したのさ。何もわからず、泣くことしかできない自分の赤ん坊を」

「やめてよ！」満里奈は声を荒らげてカップをどんとテーブルに置いた。「しばらく私たちが暮らした新興宗教のこともお母さんから聞いた。お母さんは、私に謝ってくれたわ。あんなところに連れていって悪かったって。自分はどうかしてたんだって。大きなお腹を抱えてお父さんと別れて、まともな判断ができなかったんだって」

「どうかしてた？」

妹の言葉尻をつかまえて咆《ほ》えた。

「どうかしてたから、あいつらがお前を殺すのを黙って見てたのか。殺して荒川に捨てるのを――」

「殺して――？」

満里奈は両手を口に持っていった。

本当はここまで言うつもりはなかった。だがあまりに満里奈が母を庇《かば》うから、真実を告げるしかないと思ったのだ。あの女の本性を正確に伝えるために。

「そうだ。蒼人はこのことをお前には伏せていたんだな。でもそうなんだ。お前はあそこの教祖におかしな薬を飲まされて命を落とした。奴らはそれを隠すために、死んだお前を荒川に流したんだ。小さなプラスチックケースに入れて。まるでいらなくなった物を捨てるみたいに」

「うそ」

「本当さ。それを僕が川の中から拾い上げた。死んだお前を抱いて蒼人の家に駆け込んだ。そして、喜連に頼んだんだ」

「生き返らせてって――？」

満里奈の声は囁くほどの小ささだった。満里奈も喜連の能力のことを知っているのだ。それなら話は早い。勢いづいて航は続けた。

「そうだ。喜連は僕の頼みを聞いてくれたよ。彼の力で――」

わっと満里奈は泣き伏した。何が何だかわからなかった。

「どうした？」

カーペットの上に放り出されていたクッションに顔を埋《うず》めて、満里奈は泣き続ける。

「でもうまくいった。お前は生き返った。そうだろ？　だから今ここにいる。大人になって日本に帰ってこられた」

がばっと満里奈は身を起こした。濡れた青白い頬に、髪の毛が一筋貼りついていた。血走った目に見据えられて、航は怯《ひる》んだ。

「あなたは何も知らない」

「何？」

「それで蒼人と友だちだって思ってたの？　お笑いだわ。あなたは何もわかってない。あの魔族のことを何も」

満里奈の開きかけた心の扉が、自分の前でぴしゃりと閉じられたのがわかった。

「帰って」

「待てよ、満里奈」

「もうここには来ないで」

「どうして？　せっかく会えたのに」

立ち上がった航を、満里奈は玄関まで追いやった。

「会うべきじゃなかった」

ドアの前で向き合った満里奈の頬を、また涙が流れた。

「何で泣くんだ。理由を――」

満里奈はドアを開いた。背中を押されて外廊下に出る。満里奈は力任せにドアを閉めようとする。かろうじて手で押さえ、航は隙間に顔をつけた。

「お前は生き返った。喜連のおかげで。だから僕らは会えた」

隙間の向こうの満里奈は激しく首を振った。

「生き返ったんじゃない」

ドアは閉められた。鍵《かぎ》をかける重々しい音がした。ドアを叩《たた》いて名前を呼んでも、もうそこが開くことはなかった。満里奈は部屋の奥に行ってしまったようだ。部屋でまた泣いているのだ。まったく訳がわからない。

しばらく立ちつくした後、諦めて外廊下を階段の方へ歩きだした。見上げた空に白い月が出ていた。

満里奈を抱えて走ったあの晩にも、こんな月が出ていた気がする。

蒼人――。

月に向かって呼びかけた。答えはなかった。妙に冴《さ》え冴《ざ》えとした月の下を、航は背中を丸めて歩いた。

生き返ったんじゃない――満里奈が投げた最後の言葉が心に引っ掛かっていた。

三月に入ると中延商店街の人通りは、少しずつ減っていった。免疫力の低い高齢者が消え、神経質なファミリー層が消えた。

タルバガン・ウィルス感染者が、日本でもじりじりと増え始めたせいだ。政府は、発熱や体の痛みなどの体調の変化が現れたら、すぐに医療機関にかかるようにと訴えた。ただ、ヨーロッパやアメリカのように感染が爆発的に広がるということはなかった。あの特徴的な病状が現れた患者は、すぐに特定病院に隔離された。懸命に治療が施されているとは思うが、国内での初めての死者も出た。相手は目に見えない未知のウィルスなのだ。治療薬もない。マスクをすることである程度感染を予防できると言われたり、効力はあまりないと言われたり、情報も錯綜《さくそう》していた。

タルバガン・ウィルスが世界中に広がったのは、交通網の発達による人の移動が原因だと考えられていた。ペストやコレラが流行した時代とは違い、物流の量、速度、距離が飛躍的に発展した現代では、感染症の伝播《でんぱ》速度や感染者数はけた違いだ。航空機、高速鉄道、自動車などの高速大量輸送システムにより、人の動きは大きく速い。一つの地域で発生した感染症は、瞬く間に世界中に広がる。

今回も、中国からの人の移動で感染が広まったと思われていた。ウィルス保持者が出かけた先で発病し、飛沫《ひまつ》感染、接触感染を起こしているという見方が主だった。

しかしアメリカの研究機関が、新たな運び屋を見つけた。渡り鳥だ。中国新疆ウイグル自治区の草原に流れ出した永久凍土の水を飲んだのは、タルバガンだけではなかった。北半球と南半球を行き来する渡り鳥、オオハクチョウやガン、カモ、ツルなども氷河湖《あずか》から溢《あふ》れ出た水を飲んだ。温暖化が進み始めた近年、ずっとそういうことが人間の与り知らぬ間に行われていた。

そして鳥かタルバガンの体内で、人に感染しやすいウィルスに変異したのではないか。ウィルスがこうして顕在化した時には、すでに人から人への伝播力を獲得していたのだ。

「いったん人に感染するウィルスに変化してしまうと、人と人との間での伝播力は飛躍的に上がるのです」

アメリカ人の学者が、ニュースでそんなことをしゃべっていた。とび色の目をした学者が、顎《あご》を引いて言葉に力を入れた。

「これは予測されていたことです。未知のウィルスに免疫を持たない人類が遭遇するということは。そしてそれは現実になった。もう我々はスイッチを押してしまったのです」

日本政府は、タルバガン・ウィルスが大流行しているすべての国からの入国を許可しない方針を打ち出した。相手国はかなりの数に上る。航空機の便数は激減した。しかしこの対策にどれだけの効果があるかは疑問だ。渡り鳥には国境はない。海に囲まれた日本に新型ウィルスを持ち込んだのは、翼を持つ運び屋だったわけだ。

航は悶々《もんもん》としながらそのニュースを見ていた。満里奈がなぜあんなに気持ちを昂らせたのか、皆目見当がつかなかった。ただ、彼女は兄を拒否し、母には会いに行っているのだ。その事実が航を混乱させ、持っていきようのない憤りで苛んだ。江里子が満里奈にどんなことをしたか、どれほど愚かな女か、あれほど説明してやったのに、それでも満里奈は頑《かたく》なに母親の肩を持った。その事実に打ちのめされる。

本当はずっと寂しかったと言った満里奈の言葉が頭にこびりついていた。彼女は長い間真の家族を求めていたのだ。航も長い間、家族とは疎遠だった。それに慣れてはいたが、普通の家庭で育っていたらどうだろうと想像することはあった。

母を憎みながらも、安らげる場としての「家」を無意識に求めていた。だからこそ、平沼精肉店の夫婦を、疑似家族のように思い込んでいたのではないか。ご主人が死に、実の息子の利幸が現れた今、自分は子供っぽく拗《す》ねていたのだ。

しかし血のつながった母や妹だろうと、心が通うものではないという事実を今、航は突きつけられた。赤ん坊の妹を川から救い上げ、魔族の老人に懇願して生き返らせてやった兄よりも、自分を殺すことに加担した母親に寄り添おうとする満里奈の気持ちが理解できなかった。もどかしくやりきれなかった。

こんなことなら、出会わずにいた方が楽だったかもしれない。家族や愛情に飢えていたからこそ、思い入れは大きかった。だがそれらはつかもうとしてもつかみきれない。これといった形がない。曖昧《あいまい》でやっかいで理不尽なものだ。それが初めてわかった。

航は、身の内側からじりじりと焼き焦がされる思いで過ごした。かつてなかった感情を持て余し、翻弄《ほんろう》されていた。

仕事にも力が入らなくなった。パートさんたちは、調理場でも店でも専らタルバガン・ウィルスのことばかりしゃべっていた。

「病院に行くのが怖くて」

稲田さんが新しく入った福岡《ふくおか》さんに話しかけていた。福岡さんは、でっぷりと太った四十代の女性で、離婚して実家に戻ったのだということを、もう稲田さんは聞き出していた。

「だってさ、待合室に座っている人が皆タ、バルガン・ウィルスに罹《かか》っているような気がしてさ」

稲田さんは、何度訂正されても「タルバガン」を「タバルガン」と言った。福岡さんは、黙ったまま木べらを使い、鶏肉と玉ねぎの炒《いた》め物をこしらえていた。大きな中華鍋《なべ》の中は、こっくりとしたいい色合いになってきた。出来上がった炒め物を、福岡さんはバットに広げて冷ましていく。

「咳《せき》をしている人がいたら、もう最悪」

黙々と作業する福岡さんに焦《じ》れて、「あんたはそんなことないの？」と稲田さんは畳みかけた。

「私、あんまり病院行かないから」

素っ気ない福岡さんの返答に、稲田さんはむっとしたように頬を膨らませた。後で向井さんに「あんなだからあの人は離婚されるのよ」と陰口を叩くのだろう。未知のウィルスのせいで、社会はぎすぎすしたものに姿を変えようとしている。

「今日は弁当の配達はないのか？」

利幸が大きなザルを流しにどんと置いた。

「今日は注文がないので」

航が答えると、舌を「チッ」と鳴らした。会議や集会がなくなってきている。商店街で買い物をする人も激減したので、惣菜も売れない。売れ残りが出るのを避けるために、作る量も減らしている。

「今までは不景気だって、おかずだけは売れたんだけどねえ」

たまに店に下りて来る女将《おかみ》さんも、諦めたように首を振った。店の様子を見には来るが、もう調理を手伝うことはない。しばらく見ないうちにすっかりやつれてしまった。調理場ではちきれんばかりの元気を振りまいていた女将さんは、ひと回り小さくなったようだ。店の様子をざっと見ると、すぐに二階に上がってしまう。その足取りもおぼつかない。

「こんなんじゃあ、やっていかれないな」

利幸もずっと不機嫌だ。ザルの中身を鍋の中に空ける。

「作ったところで売れないんだから」

イライラしながらやるから、手元が狂って白い里芋がゴロゴロと流しに落ちた。利幸はまた舌を鳴らす。航が急いで手を出すと、そのままぷいと外に出ていってしまった。おおかた外で煙草を吸ってくるのだろう。拾い集めて洗った里芋を鍋に入れて下茹《ゆ》でを始めた。

一通りの惣菜が出来上がって店に並べたが、やはり売れ行きは悪かった。

午後二時頃までに店頭に並べた弁当は、大方はけた。惣菜のパックはいくつか残っているが、よしとすべきだろう。

「お、よかった。まだ一個残ってた」

聞き覚えのある声がした。ガオだった。稲田さんに代金を払っている。奥の調理場を覗《のぞ》いて航と目が合うと、「よう」と言った。

「ちょっと出られないか？」

ガオが以前に弁当を取ってくれた人だとわかっている稲田さんが、目で頷《うなず》いた。利幸はまだ帰って来ない。パチンコにでも行っているのかもしれない。仕事を抜けて気晴らしにパチンコを打ちにいくことが、最近多くなった。

航は白衣を脱ぎ、帽子とマスクを取ると、裏口から外に出た。やはり利幸の姿はどこにも見えない。弁当入りのポリ袋を提げたガオについて歩いた。

「あんなしけた弁当屋、さっさとやめたらどうだ」

前はそう言われると、むっとしていたものだが、今はたいして心は動かなかった。平沼精肉店にしがみついている理由が自分でもわからなくなっている。以前は、家も家族もない自分には心地よい居場所だと思っていたのだが、その感覚はもう失われた。

商店街から出た道路沿いに、テイクアウト専用のコーヒー屋があった。ガオは小さな窓越しに、ホットコーヒーを二杯注文した。カップの一つを受け取った航は、そのままそばのベンチに腰掛けた。ガオも隣に座り、弁当を脇に置いた。これを買いに来たのは、航と話すためだろう。なぜこの男はしつこくやって来るのだろう。

「成瀬は仕事に没頭しているよ」聞きもしないのに、そんなことを言う。

「そうか」

口をつけた紙カップ入りのコーヒーは、思いのほか美味《おい》しかった。

「まあ、それはいい」

ガオも一口コーヒーを啜《すす》る。コーヒーが冷めないように、航は両手でカップをくるみ込んだ。

「タルバガン・ウィルスが渡り鳥によって運ばれていることを解明した研究機関は、なかなか有望だ。早速投資するようにした」

うつむいたまま答えない航にはおかまいなしに、ガオは続けた。彼はかなり博学だった。投資をするためには、深い知識を得ることが重要なのだろう。絶対に失敗をしないために。

ウィルスは、この地球上で最も小さな生命体だ。ひっそりと三十億年以上も生きてきた。人類が二十万年前に出現したことを思えば、ウィルスの方がはるかに先住者だ。宿主動物に傷害を与えず共生し、より遠くへ運ばせる。それがウィルスの賢明な生存戦略なのだ。そういうことを、ガオは平明な言葉で説明した。

「ウィルスは、動物の体を渡り歩くうちに変異を繰り返す。早いうちにワクチンを開発する必要があるのはそのためだ」

ガオの頭の回転の速さと行動力には舌を巻く。

「面白いベンチャー企業があってさ」

小さな子の手を引いた若い母親が通っていく。母親も子供もマスク姿だ。まるで呼吸するたびに毒素を吸い込んでいるとでもいうふうに眉《まゆ》をひそめた母親は、真っすぐ前を向いて歩いていく。子供は遅れまいと必死の形相だ。

「東大の医学部を出て、医者にならずに会社を起《た》ち上げた男と知り合った。そいつは世界中の学術論文をＡＩを活用して読み込んで、有望な研究を探し出す。最新の研究から古いものまで。彼が開発したＡＩは、関連する研究を結びつけることまでする。学者は案外視野が狭いのさ。それにおかしな意地も張る。協力して研究開発をすればうまくいくのに、そうしない。この男は、そういうのをうまくくっつけるんだ」

何の意図があってこんな話を始めたのか。ガオはいつもこんな調子だ。

「つまり、それぞれ独立してやってた研究をくっつけて成果を生むように仕向ける。あるいは過去になされて忘れ去られていた研究を掘り出してきて提供する。だけど、奴のやり方はへたくそなんだ。そいつも実務には長《た》けていないからな。まだたいした成果は挙げられないでいる。俺がそこに加われば、実現してくれる技術を持った企業、資金を提供してくれる投資家を代わりに見つけてマッチングさせる。そういうノウハウはいくらでも持ち合わせているんだ」

どうだ、面白いだろ？　と問いかけられても気持ちは動かなかった。ガオは悦に入って続ける。

「奴を説き伏せて、彼の会社をまるごと買収したよ。そいつは、これからは金の心配はしなくていいわけだ。小さな会社だが、そいつの目の付けどころがいいから、これから急成長すると思うな。奴は今、タルバガン・ウィルス感染症の治療薬開発に有効な研究を見つけようとしている。ウィルス研究は比較的新しい分野だが、過去の事例にもしかしたら今回のウィルスを撃退するヒントが見つかるかもしれない。たとえばウィルスを運ぶ渡り鳥の研究。それからだいぶ前に天山の永久凍土に眠るウィルスの調査をした機関もある。埋もれてしまったそういう研究が何かを生むかもしれん。発見したものを発表すれば製薬大手が注目してくれると思う」

航は、カップから顔を上げて隣の男を見やった。会社を買い取るとは、いったいどれほどの資産家なんだろう。ガオについては『フォーバレー企画』の経営者、タワーマンションに住む独身男という認識しかなかった。それでもう人生の成功者のように感じていたが、自分がぼんやりと想像していた範囲をはるかに超えているのではないか。

ガオは自分の肩で航の肩を突いた。

「俺たちは時代の寵児《ちょうじ》になれる。大金持ちというおまけ付きで」

航からすれば、まったく途方もない話だ。自分は目の前に現れた妹のことで精いっぱいだというのに、この中国系アメリカ人は、世界を変えるかもしれない薬の話をしている。いや、そこから生まれる莫大な儲けのことしか頭にないのだ。

ふと羨《うらや》ましいと思った。自分の思うようにならない曖昧なものには目もくれず、はっきりと計れるものを欲する態度は、いっそ潔いと思えた。

──俺は愛情だとか、絆《きずな》だとか、思慕だとか、そんなものは信じない。思いやりなんて虫唾《むしず》が走るね。

以前、ガオは言った。その時も、不敵なことを口走る男に反感は覚えなかった。今はさらに、それが真実を突いている気がした。そういう一切を切り捨てれば、この男のように強さと軽やかさを身につけることができる。

満里奈や江里子に対して感じるもやもやした感情が、鬱陶《うっとう》しいと思えた。知らずにいたら、穏やかに過ごせたものを、今は彼らのことを思うたび、心がささくれ立つ。こういうものから自由でいる男が眩《まぶ》しかった。ガオは結婚してもいないし、家族や友人すらも持っていないのではないか。孤高の中国系アメリカ人には、血縁も地縁も情も関係ない。それはこの男が自ら選んだ生き方なのか。どんどんガオに引き込まれていく自分を意識した。

ガオは、買収したベンチャー企業の話を熱心に語った。うまくいくかどうかは未知数だ。だがそこが、ぞくぞくするほど楽しいね、とガオは言った。そう言いながらも勝算があるようにも見受けられた。

「四谷の投資会社は？」

ふと満里奈のことが気になって尋ねてみた。

「『フォーバレー企画』はただの個人投資家のオフィスだからな。十人そこそこの社員もその認識しかない。俺が言った通りに動くしかないんだ。つまらない欲を出したり、先走って余計なことをする奴を俺は許さない」

ガオは飲み干した紙カップをぎゅっと握り潰《つぶ》した。

「俺が求めているのは、でっかいことをやる俺の片腕なんだ。どうだ？　航」

今度はどうして自分が？　とは思わなかった。

「絶対に大儲けできるって。航が見たこともない金額を口座に振り込んでやるよ」

人類を救うためとか、偶然出会ったお前を見込んでとか、情に絡めてこないところが好もしかった。金がすべてをかなえてくれるとは思わなかったが、はっきりと計れるものであるという考えには同調できた。想像や迷いの入り込む余地のない、明快なもの。そういう場に身を置いてきたガオの言葉は重かった。

何も答えなかったが、鋭利なガオは、航の心の動きを読み取ったようだ。満足そうに頷くと、「また連絡するよ」と一言告げて、去っていった。

弁当入りのポリ袋を提げた後ろ姿が、まばらな人混みに消えていった。

なぜあいつはあんなに自信たっぷりなんだろう。さっきの話も、他人が聞いたら詐欺師の誘い文句かなんかだと思い、警戒心を露《あら》わにするところだ。だが、ガオが自分を騙《だま》そうとしているとは思えなかった。第一、航には騙して得をする要素など一つもないのだ。財産も後ろ盾もない。これといった才能もない。

ガオが持っていると言った「切り札」とは何なのだろうと、航はぼんやりと考えた。その切り札を使うためには、「お前の協力が必要なんだ」と彼は言わなかったか？

やはり計り知れない男だ。だが、不気味だとはもう思わなかった。

ガオの話に乗るかどうか、決めかねているうちに、航の周囲は大きく変化した。利幸が通っていたパチンコ店の客からタルバガン・ウィルスの感染者が出た。間の悪いことに利幸の隣で打っていた客だった。店にいる時から具合が悪かったのだという。パチンコ屋を出た途端に高熱で倒れたそうだ。

利幸は濃厚接触者として検査を受けた。糖尿病の女将さんが心配だった。持病がある人が感染すれば、間違いなく重症化するということが広く知られ始めていた。ウィルス検査の結果、航たちも含めて陰性だった。しかし保健所からの指導で、利幸と女将さんは自宅でしばらく待機する羽目になった。

平沼精肉店は、営業ができなくなった。この店から感染者が出たという噂が、またたく間に広がったのだ。稲田さんと向井さんは、初めはそのデマを否定するのに心を砕いていたが、そのうち彼女らも感染者だと言われるにいたって口をつぐんだ。

女将さんの耳にもそのことが入り、打ちひしがれているという。利幸と二人、閉めた店の二階に閉じこもって鬱々としているようだ。やる気のなくなった利幸から、店を再開するにしてももう航を雇っておけないと言い渡されていた。

火の気のない調理場で、稲田さんと向井さんは途方に暮れていた。福岡さんは、別のパート先を見つけたようだ。

「もうお手上げだね」

ぽつりと向井さんが言った。誰も答えなかった。

「航君、どうするの?」

そう問われて返答に窮した。何も考えていなかった。

「この先、細々と商売を続けたってうまくいくとは思えないね」稲田さんは現実的なことを口にした。「ただでさえ売り上げがどうしようもなくなってたんだから」

「私たちはいいよ」向井さんが後を引き取った。「ここで働かせてもらって小遣い稼ぎにはなったし、体を動かせて健康にもよかったけど、営業できなくなったって何とかやっていける」

二人の視線が航に集まる。

「航君、どこか働き口を探しなさい。利ちゃんからもそう言われたんだろ？」

平沼精肉店のたった一人の従業員を、パートの老女が心配してくれているのだ。

何の結論が出ることもなく、言葉少なに解散した。

中国奥地から始まった感染症は、燎原《りょうげん》の火のように世界中に広がってしまった。世界の感染者は二万人に迫った。死者数は八千人を超え、とうとうＷＨＯは警戒レベルをフェーズ6、パンデミック期に入ったと発表した。

国と国の行き来は滞り、流通も製造も観光も打ちのめされた。どこの国もタルバガン・ウィルスの蔓延による経済的打撃は大きく、失業者が続出した。比較的感染者の少ない日本の先行きもわからなくなってきた。

この前、ガオが口にしたウィルスと人類との関わりのことは、何度もニュースやワイドショーで流れ、ネットでも情報提供されている。新興感染症の一つであるタルバガン・ウィルス感染症だが、未知のウィルスの出現はこれからも続くのではないかという見解が述べられていた。

　アメリカの学者が言った「もう我々はスイッチを押してしまった」という言葉をなぞるような見解だ。温暖化が進んで永久凍土が解ける。森林を伐《き》り開いて野生動物の生息域を狭める。氷河や野生動物の体の中でひっそりと息をひそめていたウィルスは、免疫を持たない無防備な人類に襲いかかってくる。

　どこかで聞いた話だと思った。何十年も前に。

　――今の暮らしが永遠に続くと考えてはいけない。やがて恐ろしいことが起こります。

　かつておやかたさまはそう言っていた。

　彼は信者の不安をあおり、お布施《ふせ》を集めるために、ことさら大げさに人間の愚かさを説いていた。森林伐採や環境汚染を持ち出して。皮肉にもあれが現実のものになったということか。

　――オンカリマーカリ、オンカリスメラ、トゾノリマスカリ、オンカリオンカリ。

　おぞましいお題目を忘れずにいた自分に慄然とする。

　そんな時、満里奈から連絡がきた。無理やり押し付けるように自分の携帯番号を伝えて別れていた。が、まさか満里奈の方からかかってくるとは思っていなかった。

　同時に憔悴《しょうすい》しきった妹の声に驚嘆した。まさかタルバガン・ウィルスに感染したのかと問う航の言葉を、力なく否定した。会って話したいことがあると言う満里奈の口調に不安が募った。あれほど兄を拒絶していた彼女に何があったのか。

「どうした？　母さんと何かあったのか？」

「今夜にでも来られる？」

航の言葉をろくに聞かず、思い詰めた様子なのが気になった。

夜になるのが待ち遠しかったが、怖くもあった。大事な者を持つという苦しみが、三十歳を超えてからわかった。自分の心配だけをしていればよかった今までとは、全く違う世界に足を踏み入れたのだ。もう戻れない。

満里奈の部屋を訪れてみて、さらに心が痛んだ。満里奈はやつれ果てていた。深い悩みがあるに違いない。この憔悴ぶりは職場でも目立つほどだったろう。ガオは何も言わなかった。言うはずもない。彼は満里奈が航の妹だとは知らないのだから。

「兄さん」

部屋に航を招じ入れて、満里奈はぺたんと床に座り込んだ。部屋の様子も、この前来た時とは微妙に変化していた。きちんと整えられていた前と比べて、どこか雑然としていた。生活が投げやりで乱れていることが窺《うかが》えた。

「母さんが——」

「いいえ、母さんとは関係ない」航の言葉をぴしゃりと遮る。

「あんまり母さんのところにも行ってないの。気持ちの整理がつかないから」

満里奈の視線が宙をさまよった。強い決意が垣間《かいま》見《み》えたが、まだ混乱のさなかにあるといった感じだ。

「何があった？　僕にできることなら――」

声が震えてしまった。満里奈は激しく首を振る。

「いいえ。何もない。兄さんにできることは何もないの」

無力感に襲われた。大人になった妹には、自分は何もしてやれないのか。赤ん坊だった満里奈は、全身全霊で兄に頼っていたのに。満里奈の笑い声、泣き声、えくぼ、ミルクの匂い。幻のように立ち上がってくる過去の映像に感極まる。

だが、目を潤ませているのは満里奈の方だ。

「ただ聞いてくれればいいの。魔族のあの人たちを知っている兄さんに聞いてもらいたい。ずっと迷っていたけど、言うべきだと思った」

心臓が早鐘のように打ち始めた。自分がまだ知らない事実を、満里奈は告げようとしているのだ。蒼人にまつわる不思議な物語の続きを。そしてそれはここまで満里奈を弱らせるものだ。いい話であるはずがない。

「あの人たちが、一人ずつ変わった能力の持ち主だということは、私も知ってる」

そろそろと腰を下ろして満里奈の視線と合わせた。

「そうだな。魔族という認識はなかったけど、並外れた優れた能力を持っていたな。蒼人には随分それで助けられた」

具体的な例を話そうかと思ったが、やめた。暗い目をした満里奈の様子が、それを許さなかった。

満里奈は床に放り出してあったクッションを、ぎゅっと抱え込んだ。ベージュのクッションに顎を乗せる。そうしていないと、今にも崩れ落ちるとでもいうように。

「あの人たちの力はね――」満里奈の瞳《ひとみ》が、ぐっと暗さを増した。

「全部目くらまし。まがいものなのよ」

意味がわからず、航は戸惑った。黙り込んでしまった兄に、満里奈は怒りのこもった言葉の礫《つぶて》を投げつける。

「常識では考えられない力はある。確かに。でもたいしたものじゃない。兄さんが思っているほどには」

クッションに回した手を口に持っていって、カリカリと爪を噛む。

「よくわからないな」

航は、ようやくそれだけを口にした。

「蒼人は、瞬間的に空間を少しだけ移動する力を持ってたでしょ。手をつないだ兄さんもろともね。それで虐めてくる子供たちから逃がしてもらえた」

「うん、そうなんだ。あれで――」

「だからって何？　ただその場からほんの少し遠くへ行けるだけ」

「でもそれで充分だった。僕には」

菊池たちの暴力から逃げおおせること。それはあの頃の航にとっては大きなことだった。抵抗できない年少者をいたぶることに、無上の喜びを感じている暴虐な奴らから遠ざかることは。あの頃、どこにも逃げ場がなかったのだ。航は学校と教団しか、居場所を持たなかった。蒼人の力で航は救われた。

満里奈だって――。

爪を噛み続ける妹を見返した。満里奈は動じない。

「蒼人はそうやって自分の身を守ってきたんでしょうね。兄さんはその恩恵にちょっと与らせてもらったのよ」

むっとした。異端と決めつけられた者が、子供社会で生き抜くことの困難さを、満里奈は何もわかっていない。

「康夫が売りさばいた宝石は、何十年もしたらただの石に還る。友子はただ鳥を呼び寄せるだけ。くだらない魔術よ。あの人たちが人間社会で生きていくための自衛の方策」

「そうじゃないよ。言ったろ？　喜連は――」

喜連が使う術のおかげで、満里奈は生き返ったのだ。あれは目くらましなんかじゃない。あれこそ、偉大な能力だ。

「ヘルト」さらにぞっとするほど暗い声で、満里奈は呟《つぶや》いた。「憶えてる？　キレンが生き返らせた犬」

「もちろん。あの術を、僕は目の前で見たんだ。だからお前を――」

「ヘルトがあの後どうなったか」

「え？」

「ヘルトは溶け崩れたわ」

「なんだって——？」

絞り出した声が震えた。

「生き返らせるなんて嘘。一度死んだものを、生きているように見せかけるだけなのよ。元通りになんかならない」満里奈はさらに力を込めてクッションを抱き締めた。

「ヘルトは死んでいた。死んだのに、死体のまま生かされていた。だから何年か後に、腐った体に戻ってしまった」

突然腐臭を放ち始め、くずおれるように倒れ込むと、四肢がもげ落ちた。首も取れた。あっという間に肉が腐敗して、醜い死体になってしまった。息を呑んだ満里奈に、喜連は言ったのだそうだ。

「ヘルトは、もう何年も前に死んでいたんだって。だからこうなるのは道理だ。自分にできるのは、死者を蘇らせることじゃなく、死者を生者のように見せかけることなんだと」

どれだけの期間、その術が効くのかはわからない。でも、いつかは元に戻る。死者は死の世界へ。ヘルトの死体を片付けながら、喜連は説明した。

「そのことがあってすぐ、私は彼らと別れた。康夫が養子先を見つけてきて、私はそっちに引き取られたの。あれ以上、一緒にいるべきではないと判断したんでしょうね。魔族たちは」

なぜなら――、満里奈もいずれヘルトと同じ運命をたどるからだ。死んだ彼女が喜連の術によって生き返らされたとは、本人に告げずに。

「ひどいわ。あんまりにも」

航は絶句した。頭の中が真っ白になる。

「私は教団で殺されて、川に流されたのよね？」

念を押すように言い募られても、答えが出てこなかった。

「どうして私を川から拾い上げたりしたの？　どうしてキレンのところに連れていったりしたの？　どうして死んだままにしておいてくれなかったの？」

「僕は……」

また満里奈は爪を噛み始めた。親指の付け根の火傷の痕が、てらてらと光って見えた。あそこから、溶け崩れてしまう満里奈の体を想像した。こんなに瑞々《みずみず》しく、生き生きとしているのに、いつかそういう時が来るのか。無理なことだったのか。死んだものを生き返らせるなんて。喜連は断れなかったのか。不幸な子供の願いを撥《は》ねつけるのが、あまりに不憫《ふびん》だったのか。

――生き返った子とそうでない子は、いずれ別れなければいけない。お前と妹もな。

あれは惨《むご》い姿に戻る満里奈を、航に見せないためのものだったのか。

「わかったでしょ？　私は生きているんじゃない。死体が口をきいているだけ」

「そんな。ヘルトがそうだったからって、お前がそうなるとは限らない」

手をついて、満里奈の方へにじり寄った。満里奈はクッションを掻《か》き抱いたまま、後ろへ下がった。

「近寄らないで。あなたはあの人たちと同類だわ。自然の摂理《せつり》に背いておかしな術を操る魔族とね」

それだけはきっぱりと満里奈は言った。月日の経過とともに体は成長するが、それはまやかし、魔術が束の間見せる幻なのだ。死神の長い爪によって引き裂かれる時は、必ずやって来る。

「待ってくれ。蒼人を捜すよ。喜連にも確かめる。だから――」

満里奈は激しく首を振った。

「もういい。私がこれからどんなになるか、いつそうなるか、知らない方がいいもの。それまで私はお母さんと一緒《いと》にいたいの」

助けたと思っていた。愛しい妹を。冷たい川の中を泣きながら追いかけていった時のことが思い出された。目を閉じてぐったりとした体を抱き上げた感触。蒼人の家まで駆けた悲愴《ひそう》な思い。何もかも、この子のためにしたことだった。だが、あれこそが満里奈にとって惨い仕打ちだったのか。

何度も何度も見た怖い夢は、本当に悪夢だった――。

それでも航は諦めきれなかった。

「いいよ。お前が僕から離れていたいというならそれでもいい。でも僕は蒼人に会って

れるわけがない」

「無駄よ。あの人たちはどこにいるのかわからない。この世の隙間に入り込んで、ひっそりと暮らしている。不老であることを隠すためにね。世界中捜し歩いても、見つけられるわけがない」

航が蒼人と一緒にいたのは、たった数か月だ。六年も共に暮らした満里奈の方が、魔族のことがよくわかっているだろう。きっと満里奈の言うことは合っている。満里奈は、憐れな妹は、たった一歳にもならないうちに死んでしまっていたのだ。

でも航も、このまま何もしないで運命にまかせているのは我慢ならなかった。

『至恩の光教』の施設の中で生を受け、狂った教義によって命を落としてしまった妹が、成長して今目の前にいる。それをまたみすみす手放してしまうわけにはいかない。

満里奈の両手をつかんだ。抱えていたクッションが床に落ちた。つかんだ手にしっかりした肉体を感じる。どうしてこれが幻なのか。満里奈は体をよじって兄の手を振りほどこうとした。それでも航は手を放さなかった。

夢の中では、毎回満里奈が入れられたプラスチックケースを見失ってしまう。そのまま目覚めた時の絶望感と喪失感をもう味わいたくなかった。

「いいな、満里奈。僕は何べんでもお前を助ける」

「放っておいてよ」

満里奈の両目からどっと涙が溢れた。温かな涙だ。死人のものではない。確かな体温を持っている。力を込めて両手を揺さぶった。

「放っておくもんか。いいか、僕は絶対に諦めないからな」

「何でよ」

満里奈の声はかすれている。

「妹だからだよ。お前は大事な家族なんだ。僕が独りぼっちじゃないって言えるたった一人の家族だ」

満里奈は泣きながら立ち上がり、兄を部屋の外に追い出した。

第五章　何もかもを知ることは、とてつもなく悲しいこと

「なかのぶスキップロード」は、シャッターが下りた店が目立つようになった。

　平沼精肉店の裏口から中に入る。ぷんと消毒薬の臭いが鼻を突いた。誰かが窓を破って汚水をぶちまけたのだ。風評に踊らされた暴漢の仕業だ。それで利幸が業者に頼んで、調理場を消毒してもらったらしい。

　薄暗い調理場の真ん中に、稲田さんがぽつんと立っていた。まだ隔離中の利幸に代わって、消毒作業の立ち合いをしたという。

「ご苦労様でした」

　ねぎらいの言葉に、彼女は弱々しく微笑む。

「作業員が三人で来てね、どこもかも消毒していったよ」

　パイプの丸椅子を出してきて、二人で腰を下ろした。

「なんかさ、もう息の根を止められちゃったって気がしたよ」

　稲田さんの言わんとすることはわかった。普通の消毒なのに、タルバガン・ウィルスに汚染されたというイメージがしっかりついてしまった。消毒液で念入りに拭《ふ》き取りを

された場所は、冷たくよそよそしく光っているだけだ。もう流しに水が流れたり、ガス台に火が点《つ》いたり、鍋《なべ》から湯気が立ったりしそうになかった。

いやがらせをした人物の目的は、見事に達せられたというわけだ。

「ハローワークに行ってみた？」

「いえ」

稲田さんは深々と嘆息した。

「じゃあ、どこか働き口に心当たりがあるの？」

ガオの誘いのことが浮かんだ。いったいあいつは自分に何をさせようとしているのだろう。何かに利用しようとしているのなら、それに乗ってしまってもいいという気がした。得体の知れない男の目論見《もくろみ》を見てみたいと、自棄になって考えた。

ゆっくりと首を振る航を、稲田さんはぼんやりと眺めた。

「私、帰るわ」

稲田さんは、夢から覚めたように立ち上がった。

女将《おかみ》さんが使っていた時のまま、小さな赤いダルマのキイホルダーが付いた鍵《かぎ》を、稲田さんは取り出した。裏口の鍵だ。稲田さんが裏口のドアを開けた。航はまだ丸椅子に腰かけたままだ。ドアの向こうで、稲田さんは誰かと話をしている。

「航君、あんたに会いたいって人が来てるよ」

満里奈だ。きっとそうだ。急いで立ち上がったので、丸椅子が倒れた。

外開きのドアを力任せに押し開ける。まだそこに立っていた稲田さんの背中に当たるところだった。イタリア製の自転車の横に、江里子が立っていた。

「ほら、この人」

燃えるような目つきになった航を見て、稲田さんは振り返って江里子を一瞥《いちべつ》した。それでも聡明な老女は詮索《せんさく》することなく、落ち着いた仕草で裏口の鍵をかけた。それから「じゃあ」と言って歩き去った。

「航」

まさか江里子がこんなところにまで来るとは思っていなかった。不意打ちを食らった思いで、航はその場に立ちすくんだ。

「満里奈がここだって教えてくれたんだ。あんたの仕事場」

江里子は手にした布バッグの口をつかみ、神経質に折り込んだり伸ばしたりを繰り返す。何年も使って擦り切れたものだ。着ているものも上等とは言い難かった。毛玉の目立つセーターの上に、安っぽいキルティングの上着を羽織っていた。首元に巻いた薄手のスカーフも色褪《いろあ》せている。

「何しに来た」

押し殺した声を、ようやくひねり出す。

「航、怒ってるんだろう？　仕方がないね。あたしはどうしようもない親だったもんね」

無視して自転車に向き直った。その背中に向けて、江里子はしゃべり続ける。

「あんたを施設から引き取ろうと思ったんだけど、あんたが嫌がるもんだから――」

自転車のキイを開錠した。カシャンと小気味のいい音がする。

「会いたいってずっと思ってたんだよ」

嫌悪感と怒りで、顔が熱くなった。自転車にまたがると、江里子はハンドルに手をかけた。

「あんたには謝って、それからお礼も言わないといけないね。満里奈を助けてくれたんだろ？　満里奈から聞いたよ。よその家に預けて育ててもらったって」

ことさら乱暴に自転車の向きを変えた。江里子は怯《ひる》む様子もなく、ハンドルをぐっとつかんだ。

「満里奈は死んだと思ってたから、あの子が訪ねて来てくれた時は嬉《うれ》しかった。あたしをお母さんて呼んでくれたんだ」

満里奈は、自分が一度死んで生き返ったことを母親には告げていないのだ。自分に背負わされた恐ろしい運命は、母には話さずにいようと決めたのか。すべての原因を作ったのは、この女だというのに。

「今、満里奈はうちにいるんだよ」うきうきした口調で江里子は続ける。「三日前からね。私と一緒に暮らすんだって言ってね、少しずつ荷物を運び込んでいるの」

漕《こ》ぎだそうと、ペダルに乗せた足から急速に力が抜けていった。

「長い間離れていたから、お母さんのそばにいたいって言うんだよ」

自分の行く末を理解した満里奈は、死にとらわれるまで母親のそばで過ごそうと決めたのか。それほど母親が恋しいのか。バカな満里奈。

「ねえ、だから、航も一緒に暮らさないかい？　せっかく出会ったんだもの。あたしたち家族がさ」

家族――この女にだけは、この言葉を使って欲しくなかった。

「あの家はオンボロだけど、結構広いんだよ。三部屋もあって――」

どこまで愚かで能天気なんだ。満里奈がどんな思いをしているか、どんな経緯をたどって、満里奈や自分がここにたどり着いたか知りもしないで。

「あたしら三人が一緒に暮らしたのは、ほんのわずかの間だったろ？」

『至恩の光教』の中の一部屋だ。あそこに落ち着いた途端、江里子は無気力で怠惰になり、子供のことにはかまわなくなった。航が学校でどんなに悲惨な目に遭っても無関心だった。そして生まれた満里奈を教団に差し出したのだ。あれが一緒に暮らしたと言えるのだろうか。江里子の家族は、教祖や信者だったのではないか。そういうことを言い返しても、この女には通じないだろう。

「僕らは家族じゃない」

その一言が江里子を黙らせた。ハンドルを押さえていた手が、そろりと離れる。

「あんたは満里奈と暮らす資格はない」

息子の顔に視線を留めたまま、江里子は一歩退いた。かさかさに乾いた薄い唇が細かく震えている。

「あんたは満里奈を見捨てたんだ。荒川に――」自分を抑えるために一度言葉を切って、息を吸い込んだ。「荒川に流されるのを黙って許した」

「そうじゃないよ。あたしは――」

「あんたは満里奈と暮らす資格はない。あんたは僕らの母親でもなんでもない」

江里子は口をつぐんで、また一歩後退した。

この女は、息をしていなかった赤ん坊がなぜ成長した姿で現れたか、そこに何の疑問も持っていない。のみならず、罪の意識も持たず、満里奈の苦しみを理解しようともしない。安易に「家族」と口にする江里子が憎かった。

目に見える幸せだけを享受しようとする態度が許せなかった。この世には、決して親になってはいけない人間がいる。それが目の前の女だ。

「満里奈には僕が言ってきかせるから、あの子に近づくな」

いきなり江里子は、膝《ひざ》を折って地面に正座した。両手を前について額を道路にすりつける。

「悪かったよ、航。この通りだ。だから満里奈を連れていかないで」

土下座して何やら喚《わめ》いている初老の女を、通行人がじろじろと眺めていく。上げた顔は、涙でどろどろだ。身に着けているものも年齢よりも老けた顔も、あまりにみすぼらしく、航は思わず顔を背けた。

「あたしはね、寂しかったんだよ。ずっと一人で。だから――」

満里奈と同じことを言う。

「あんただけじゃない！」

思わず大きな声で怒鳴ってしまった。通りかかった中年の夫婦が、ぎょっとして一瞬足を止めた。

「一人だけが不幸な振りをするなよ！　僕も満里奈も同じだ。いや、満里奈はあんた以上に寂しくて苦しい思いをしてきたんだ。それはこれからも続く。何もかもあんたのせいだ」

今度こそペダルに足を乗せ、思い切り地面を蹴《け》った。土下座したままの江里子を置き去りにして走りだす。

がむしゃらに走らせているうちに、自分が泣いていることに気がついた。

なぜ泣いているのか訳がわからなかった。左腕で両目をぐいっと拭《ぬぐ》い、さらにスピードを上げる。街の景色が極彩色の塊になって背後に流れていった。

涙が乾いても、航はいつまでも自転車を走らせていた。

棟割長屋の中から満里奈が出てきた。驚いたことに表情は明るかった。

「兄さん」

一度は拒絶した兄に、気楽に声をかけてくる。「入る？」と問われてそれには首を横に振った。家の中には江里子がいるのだろう。満里奈はさっさと先に立って歩いていく。迷いながらそのあとを追った。

「兄さんは言ったわね」

「え？」

「私が大事な家族だって」

「うん」

満里奈は嬉しそうに笑い、うつむいて自分の足先を見た。

「私もあれから考えたの。長い間離れ離れになっていた家族がここで出会えたことの意味を」

満里奈の言わんとすることがわからず、不安な気持ちになる。

「私は死んでしまったのに、ここにいる」

顔を上げて兄を見詰める満里奈の視線が痛かった。

「赤ん坊で死んだままになっていたら、お母さんにも兄さんにも会えなかった。でも、今はこうして兄さんの隣を歩いてる」

一言も答えられずにいる兄にかまわず、満里奈は続けた。

「それってすごく幸せなことだって思うことにしたの。キレンにも感謝することにした。私を生き返らせてくれた魔族に」

唖然《あぜん》と満里奈を見返した。彼女のマンションに行ったのは、ついこの前のことだ。あの時満里奈は、自分に降りかかった惨《むご》い運命に叩《たた》きのめされていた。あれから数日しか経っていない。その数日の間に、ここまで思い至ったのだろうか。気持ちの整理がつかないから、母のところにも行っていないと陰鬱《いんうつ》に言っていたのに、どんなふうに気持ちを収めたのか。

今は晴れ晴れとしている。その落差に、航は戸惑う。

きっとあれから思い悩み、泣きに泣いたはずだ。そして満里奈の出した結論は、江里子のそばにいることだった。何も知らない愚かな母の許《もと》に。

「だから、母さんのところに？」

努めて冷静に訊《き》いたつもりだが、うまくいったとは言い難い。今航を押し流そうとしている感情が、妹への憐憫《れんびん》か、それとも母親への怒りか、自分でもわからなかった。

満里奈は小さく頷《うなず》いた。

「家族って、長い間よく理解できなかった」自分に言い聞かせるように満里奈は呟《つぶや》いた。「私に優しく接してくれる人が周囲にいたから、それでいいって思ってた」

でも、と満里奈は嚙《か》み締めるように言った。

「でも寂しかったの」また自分の足先に視線を落とす。「どうしてかしら」

答えに窮した。

「それはきっと自分が何者かわからなかったからだわ」

答えは満里奈自身の口から出た。こういうことを、独りぼっちで考え続けていたのだと思うといたたまれない気持ちがした。

「ああ、きれい」

小さな公園の中に満開の桜の木が立っていた。花は盛りをやや過ぎていて、桜の木の下に立った満里奈の上に、しきりに花びらを散らせていた。その光景を少し離れたところから航は見ていた。夥《おびただ》しい花びらに埋もれて、大事な妹が消えてしまうんじゃないかと怯《おび》えた。春の日差しの中に立っている満里奈は、それほど儚《はかな》く見えた。つかまえたと思ったのに、これは幻なのだ。とっくに死んでしまった妹の幻影を見ているのだ。つい歩を進めて満里奈に近づく。彼の肩にも桜の花びらが降ってきた。

「蒼人の一家のことを考えた」

手のひらを上に向けて、満里奈はひとひらの花びらを受けた。

「私には比べるものがなかったから」

ふわりと笑った満里奈のえくぼが、花びらの向こうに見えた。胸が詰まった。

「血のつながっていない人たちが寄り添って暮らしている。もう気の遠くなるくらいの年月」

彼らは仲間ということだ。家族ではなく。でも彼らは幸せそうに労《いた》わり合って暮らしていた。血のつながりなど関係ないのかもしれない。

「あの人たちも寂しいのよ。私たちには計り知れないくらい」

航の心の内を読んだみたいに満里奈が言った。

年を取らず生きることを強いられた魔族と、死が間近に迫っていることをあらかじめ知らされた満里奈と。運命の圧倒的な力に、航は戦慄《せんりつ》する。

「だから私にもヘルトにも優しかった。あの人たちは、ほんとうの寂しさを知っているから」

寂しさ――それからは目を背けて生きてきた。ろくでもない家族と一緒にいるよりも孤独を感じている方がずっといいと思っていた。

子供の頃、菊池が教団にいる航のことをからかった時、そばにいた蒼人が言った。

――カミサマなんていないよ。

あれは、子供の言葉でき得る限りの絶望を表したものだった。

「私を養子に出してからも、蒼人が時々様子を見にきていたって言ったでしょう？」

「うん」

「あれは私のことを気にかけてくれていたんだわ。特に蒼人はね。子供の姿をしている蒼人は、やっぱり子供なの。彼が一番寂しい思いをしているのよ」

誰とも深く関わらず、ひっそりと生きることを常としてきた魔族だろうに、蒼人は友だちを欲しがった。クラスで孤立し、虐《いじ》めの対象となっていた航を助けてくれた。そして彼の家族も航を拒まなかった。彼の願いを聞いて満里奈を生き返らせ、連れていってくれた。いずれ満里奈に訪れる惨い結果を知っていたのに、航の願いを冷たく拒絶することをしなかった。

満里奈は手のひらの上のピンクの花びらをぎゅっと握り潰《つぶ》した。

「それが優しさ？」

これでよかったのか。優しい魔族の行為は、ただ航を満足させるためのものだった。やはりまやかしだった。それでも満里奈は迷わず頷いた。

「そう。私がお母さんに会いたいって言ったから、彼らは望み通りに日本に返してくれた。私の気持ちをよくわかってくれていたの。そしてそっと去っていった」

風が吹いて、桜の枝を揺らした。満里奈の上にピンク色の花びらを撒《ま》き散らす。

「私を家族の許に返してくれた。束の間の幸せに浸らせてくれることにしたんだわ」

束の間――それはどれくらいの時間なのだろう。十年だろうか。それとも十日？　そんな問いかけを、満里奈自身ももう何べんも繰り返したであろう。そしてその残酷な運命を彼女に知らしめたのは、自分なのだ。

いったい自分はどうしたらいいのだろう。

「ヘルトが死体に戻る前、ある兆しが現れたの。首から胸にかけて葉をたくわえた枝のような模様が浮かび上がった」

それはオリーブだ。喜連が儀式に使った緑の枝を思い出した。あの枝の生気は、そのままヘルトの命に変わった。だから枯れ果てた。あれは置かれた場所で、ヘルトの体に吸い込まれたのだ。死の姿に戻る時、それはまた体の表面に浮かび上がるのか？

「その模様が現れた後、あの子、だんだん虚《うつ》ろになった。反応が鈍くなった。元気いっぱいで利口な犬だったのに。それが死のサインね」

淡々と語る満里奈をまともに見ていられない。

「その兆候がもし、私の上に現れたら、兄さん」

その先の言葉を予測して、航は震えた。

「そしたら、私を連れてどこかへ行って。お母さんも誰も目が届かないところに」

満里奈はブラウスの襟をちょっとだけ広げた。白い喉《のど》から、航は目を逸《そ》らした。そこに死のサインが現れるところを想像した。あまりに恐ろしい光景だ。こうして会えた妹が、またいなくなってしまう兆候。

また風が吹いた。ピンクのカーテンを掻《か》き分けて満里奈に近づくと、航はおずおずと抱き締めた。満里奈はされるままになっていた。しっかりした肉体が感じられた。滅びゆくものだとは到底信じられない肉体が。

「僕は——、僕のしたことは——」

あまりに惨いことだった。それなのに、満里奈を助けたと思い込んでいた。

江里子以上に愚かで能天気だった。

「それでもいいわ」きっぱりと満里奈は言い切った。「生まれて一年も経たないうちに死んでしまうよりもずっといい」

だから母親のそばにいることにしたのか。寂しかったから、死ぬ前にその穴埋めをするつもりなのか。せつなくて憐《あわ》れで、航は泣いた。愛《いと》しい家族のために泣いた。

近くの小学校からチャイムが響いてきた。子供の頃聞いていた懐かしい音だった。苛《か》酷《こく》な環境を生き抜くことに必死だったけれど、まだ今よりはましだった。

大人になって何もかもを知ることは、とてつもなく悲しいことだ。


利幸は平沼精肉店の従業員たちを店に集めた。彼は白髪がやや増えているくらいで、見た目は特に変わりはなかった。だが、気力はすっかり萎《な》えていた。彼は平沼精肉店を畳むと宣言した。

稲田さんと向井さんは目配せし合った。それから二人の視線が航に移る。予期していたことだから、三人とも驚かなかった。店を開けても商売が成り立つとは思えなかった。利幸は今月分の給料は出すけれど、退職金のようなまとまったものは出せないと、航に言い渡した。それも予期していたことだった。

「女将さんの具合はどうなの？」

稲田さんの問いに、利幸はぶすっと「あんまりよくない」と答えたきりだった。それから背を向けて階段を上っていった。

「お母さんの病状が悪いので滅《め》入《い》っているのよ、利ちゃん。奥さんや子供とも別れて、女将さんだけがたった一人の家族だもんね」

調理場に残された三人は、同時にため息をつき、言葉もなく調理場を眺めて立っていた。シャッターが下りているので、薄暗い。

「もうここに戻ってくることはないんだねえ」

向井さんの言葉が合図になって、揃って裏口から外に出た。

「航君、何か困ったことがあったら電話しておいで。あたしの携帯番号、わかってるよね」

稲田さんが努めて明るい声を出し、向井さんが、航の背中をポンと叩いた。下町気質の老女たちは、並んで歩き去った。商店街は人通りが少ないので、遠くまで見渡せた。

振り返って自分の自転車を見た。二十四段変速、カーボンフレーム、黒く細いタイヤに見とれる。結局この自転車だけが残ったという気がした。上着のポケットからスマホを出してガオにかけた。

「航か」ガオは嬉しそうに言った。

「弁当屋は潰れた」

「へえ！」

これも嬉しくて仕方がないという様子が伝わってくる。

「今どこだ？」

「潰れた弁当屋の裏口」

電話の向こうから快活な笑い声がした。

「今から俺のマンションへ来いよ。乾杯しよう」

「何の？」

「お前が俺の相棒になった祝いだ」

行くと返事をした。電話を切る直前、ガオは思い出したように付け加えた。

「ああ、成瀬は辞めたよ。とうとう」

満里奈は、母親のそばにぴったりくっついていると決めたのだ。死んでしまった自分が本来の姿に戻るまで。

「残念だったな、航。でも今から起こることは、女なんかよりワクワクするぜ」

「あの子は、僕の妹なんだ」

「そうか」

もう興味もないのだろう。ガオの返事は素っ気なかった。

それでも航が自分の許に来たことは、手放しで喜んでいた。この男には、思い描く青写真があるのだろう。そこに巻き込まれてみようと思った。

満里奈が死に直面していくところなど見たくなかった。その後どんな姿になるのか、想像するだに恐ろしかった。だが、そんな運命を背負わせたのは自分なのだ。

——どうして死んだままにしておいてくれなかったの？

航にはそう詰め寄りながら、自分の命を奪う道筋をつけた江里子と暮らす選択をした妹の心情がたまらなかった。やりきれなかった。揺れ動く自分の気持ちを持て余した。

「寂しかった」と共に口にした母娘《おやこ》は、今は幸せなのだろうか。ばかげている。すべてが茶番に思えた。「家族」という名のもとに寄り添えば、何もかもが許されて、何もかもに救いがもたらされるのか。そんなのは幻だ。幻にすがりついて幸せ芝居を演じているのだ。そこに加わることを考えるとぞっとした。

　だから、冷酷なほど打算的で自分の欲望に素直に従うガオのそばにいるとほっとした。理由はわからないが、役に立つと踏んだ航を受け入れ、熱心に計画を語る男に、より近しさを感じた。彼のように割り切ってしまえば、何も思い悩むことはないのだ。妹を愛しいと思い、不憫に思い、そして母親を憎いと思う。だから苦しい。

　一時間後には、航はガオのマンションの部屋で、カーペットの上に直《じか》に座っていた。ガオは例によって、投資や買い取った会社、新薬開発の可能性の話をしている。その半分も頭に入ってこない。

　航は、さっきガオと乾杯したグラスを手の中で弄《もてあそ》んだ。ブランデーだかウィスキーだか、よくわからないが高価な酒なのだろう。味もよくわからない。それをガオは、二つのグラスにどぼどぼと注いだ。彼にも酒の値打ちなどわかっていないようだ。手にしたグラスを見ながら航は考えた。今はこうして歓待してくれているが、航に利用価値がないとわかったら、すぐに背を向けて一顧《いっこ》だにしないに違いない。

　そうなれば、航もさっさとここを去ればいいのだ。すこぶるわかりやすい関係性だ。その明快さに安らぎのようなものを感じた。家族などには、もう期待すまい。長い間、そうやって暮らしていたのに、つい感情を揺さぶられた。身勝手な母に怒りを覚えながらも、つい泣いてしまった自分が厭《いと》わしかった。

「さあ、これから忙しくなるぞ」

一通りの話を終えて、ガオが朗らかに声を上げた。確か例のベンチャー企業を起こした男に会わせるという話をしていたように思う。東大医学部卒の男と、児童養護施設で育ってようやく高校だけは卒業した自分とが会って、何か益があるのだろうか。航はぐいっとグラスの中身をあおったガオの白い喉を見詰めた。

だが、この男の経歴だって知れない。頭はよさそうだけど、育ちも学歴も身の上もわからない。そんな男に雇われようとしているのだ。今は自分のそんな無軌道さと無謀さに心地よさを感じた。ガオと一緒にいれば、自分を変えられるのではないか。何の根拠もなくそう思った。航も酒をあおった。熱い塊に喉が焼けた。

ガオが立っていき、奥の部屋から何かを持ってきた。航の前に置かれたガラステーブルの上に無造作にポンと投げ出す。裸の金だ。銀行の帯封《おびふう》の掛かった百万円が二つ。

「それで足りるか?」

きょとんとガオを見上げた。

「それでもうちょっとましなとこに引っ越すんだな。『フォーバレー企画』の社員に探させよう。その方が手っ取り早い。もし妹と暮らしたいんだったら、それなりの――」

「いや」急いで否定した。「あれはお袋と暮らしてるから」

そこまで言うつもりはなかったのに、言葉がすらすらと出てしまった。ガオは片眉《まゆ》をちょっと上げただけだった。以前、自分は児童養護施設で育ったと話した。家族はいないと。今になって妹や母の話が出てきても、ガオは特に問い返したりもしなかった。ガオにとってはどうでもいいことなのだろう。

今、この中国系アメリカ人は、航個人にだけ興味を持っている。ただ単に利用価値があると認めている。それなら、とことんそこに乗ってみようと腹を決めた。

航は二つの札束をつかんで、くたびれたリュックにねじ込んだ。ガオは満足そうにそれを見ていた。

「足りなかったらそう言ってくれ。家財道具や着るものも買え」

スーツなんか着ることはないけど、と自分の恰好《かっこう》を見下ろしてガオは笑った。得体の知れない男――彼に出会ったことに意味があるような気がしてきた。


航は江東区の南砂町《みなみすなまち》のマンションに引っ越した。

『フォーバレー企画』の若い社員が見つけてきたものの中から、自分に見合った賃貸マンションを選んだ。どこでもよかったが、江里子と満里奈が住む中野からも、嫌な思い出のある北千住からも離れていたかった。

「何だってそんな端っこに住むんだ」とガオは言ったが、それ以上、個人的なことを彼に告げるつもりはなかった。東西《とうざい》線で六駅、十一分ほどで大手町《おおてまち》へ行けるのだから、さほど不便な場所でもない。この一帯は、もとは団地だったところに大型マンションが建って、ファミリー層が増えたようだ。大型のショッピングセンターもあるが、そのファミリー層とやらの姿はまばらだ。タルバガン・ウィルスの蔓延《まんえん》のせいで、買い物客が減っている。中延商店街同様、シャッターを下ろして休業している店も多かった。

中延のアパートから、南砂町へ引っ越すのはわけもなかった。荷物など知れていた。ガオにもらった自転車が一番大きなものだった。自転車を部屋から出し入れすることを考えて、マンションの一階を選んだ。

ガオは四谷の『フォーバレー企画』とは別の会社を起こそうとしていた。例のベンチャー企業が水道橋《すいどうばし》にあるので、利便性を考えてその近くにオフィスをかまえるつもりのようだ。彼が丸ごと買い取ったと言ったベンチャー企業は、『パナケイア』という名前だった。ギリシャ神話に出てくる癒《いや》しをつかさどる女神のことだと、東大卒の創業者は言った。小太りで分厚い眼鏡をかけた、いかにも研究者然とした小池《こいけ》という男だった。ガオの資金と経営手腕、それと行動力のバックアップがなければ、とうてい企業人としてやっていけそうになかった。

会社経営どころか、生活者としてもどうかと思える人物だ。よれよれのポロシャツに膝の出たチノパンを穿《は》いていた。

「き、君のことは、ガ、ガオから聞いてる」

小池は吃音《きつおん》のあるしゃべり方で挨拶《あいさつ》した。医者になるのをやめたのはそのせいかもしれない。しかし、本人はたいして気にしていないようだった。

「もうすぐ俺たち三人で、世界があっと驚く成果を挙げるんだ。そして大金持ちになる」

ガオが上機嫌でそんなことを言うと、小池は小刻みな笑い声を上げた。笑い声まで吃音だ。

「そ、そうだな。そ、そううまくいくといいがな」

「大丈夫だって」

ガオは航の肩を抱いて揺さぶった。

「こいつがいれば運が向いてくる。たまたま俺の財布を盗まれるのを見かけたんだからな」

「でも財布は戻ってこなかった」

ガオは陽気に笑った。

「俺たち三人が出会った時にタルバガン・ウィルスが世に現れた。これはもう宿運だな」

小池が肩をちょっと上げる仕草で応《こた》えた。宿運などというものにこじつけて、行きずりの自分を仲間に引き入れたガオの気が知れなかった。しかし妙に納得もした。もしあの晩、航が大井町駅へ行かなかったら、ガオに出会うこともなかったのだ。

航は小池とガオの顔を交互に見た。この二人は本気で今、世界を席巻《せっけん》している恐ろしい疫病を駆逐する薬を発明できると思っているのだろうか。世離れした吃音の男は、天才なのだろうか。見ようによっては、まともでない人間とも取れる。一度は抑えつけていた不安と迷いが顔を出した。航は、大きく息を吐いた。

もういろいろと思い悩むのが面倒になった。ガオの船に乗ることに決めたのだ。小池もつかみどころのない男だったが、頭がよすぎるゆえの変人だと思うことにした。

差し当たっての航の仕事は、『フォーバレー企画』と『パナケイア』を行き来して、ガオと小池をつなぐこと、ガオに命じられるまま、新しい会社を起《た》ち上げる仕事にまい進することだった。忙しくしていたかった。

満里奈は江里子と中野のあのみすぼらしい棟割長屋で暮らしている。そして静かに死体に戻る日を待っている。そこまでわかっているのに、自分にできることは何もない。

中野に行って、ガオの許で働き始めたことを伝えた。その上で自分と暮らさないかと持ちかけた。自分なら、もし満里奈におかしな兆候が現れた時、何とかしてやれる。江里子では何の役にも立たないだろう。何より、妹と一緒にいたかった。

だが、満里奈は頑《かたく》なに母親の許にいることを望んだ。何度働きかけても無駄だった。そのことが航を苛立《いらだ》たせ、やるせない気持ちにさせた。それほど母親というものは愛しいものなのか。あんな母親でも？

どうしてなんだ。彼女が出した結論に虚《むな》しさが募る。自分は母親を憎み続け、それが生きる糧だった。逆に満里奈は、記憶にさえない母親を慕い続けていた。同じ母の腹から生まれた兄妹《きょうだい》の感情は、相反するものに育っていた。磁石のように引き合った母と娘の間に入り込む余地はもうない。

航は、自分を痛めつけるように働いた。満里奈の去った『フォーバレー企画』の中に、新会社設立のためのブースを設けてもらい、ガオに言われる業務をこなした。ガオの秘書のような役回りだった。元惣菜《そうざい》屋の店員をそんな位置に据えるとは、ガオも気まぐれとしか言いようがない。書類を一つ作成するにも手間取った。航がまともに仕事をこなせなくても、ガオはたいして気にしていない様子だった。

「そのうち憶《おぼ》えればいい」

ガオが財界人や医療関係者や政治家の秘書に会いにいく時は、車の運転をしてついていった。一投資家に過ぎない男が、いかめしい顔の男たちに、物怖《ものお》じすることなく会いにいき、また向こうもそれを受け入れるところに、ガオの素性の知れなさを再認識した。いったいどこでこの男は、こんな人々と顔つなぎをしているのだろうと不思議だった。

「そ、そんなことを詮索しない方がいい。あ、あいつはまともな奴じゃない。た、たぶんな。し、知ったら後悔するぜ」

小池はそんなふうに言った。それでも頼もしいビジネスパートナーという認識だ。たとえヤバイ奴でも、変人の研究者には好都合な相手なのだ。おそらくガオはとんでもない資産を持っている。名のある人々に会えるのは、金の力だろうと航は踏んだ。彼にとっては投資という名目だろうが、自分に有利にことが進むよう、金をばら撒いているのだ。小池も結局は、ガオの資金力を当てにして、目をつぶるところはつぶっているわけだ。

小池のアドバイスを受け入れたわけではないが、ガオの身上や本性などどうでもいいと思うことにした。彼に出会わなかったら、満里奈にも会えなかったのだ。

ガオからは、かなりの報酬を与えられた。平沼精肉店に勤めていた時には、考えられない額だった。『フォーバレー企画』では、特に親しく口をきく相手もいなかったから、自分が特別扱いをされているのかどうかもわからなかった。

初めて給料をもらった数日後、中野を訪ねていった。給料の半分を江里子に差し出した。彼女は目を丸くした。

「こんなこと、しなくていいよ」

江里子は清掃会社で清掃員として働いているのだと言った。それでつましく暮らせば、満里奈と二人でやっていけるのだと。

「いいんだ。使わなけりゃ、それでも」

不愛想に言って、江里子に押し付けた。満里奈が変わりないことを確かめる。江里子も満里奈も部屋へ招き入れようとしたが、それは頑なに拒んだ。

「それじゃあ、お茶でもおごって」

満里奈が明るく言って、カーディガンを羽織った。

「そうだね。行っておいで、行っておいで」

調子を合わせる江里子は無視した。

「時々、こうして様子を見にきてね」

幹線道路沿いのしゃれたカフェで向かい合うと、満里奈は言った。コーヒーカップを持ち上げようとしていた手が止まった。他人の耳には、ほほえましい兄妹の会話に聞こえるだろうが、そこに隠された真意を知ったら震え上がるだろう。満里奈は、自分の変巽を兄に見つけてもらいたいために言っているのだ。二十年以上前に死んだ、その時の姿に戻るための兆候を。

「ガオの下で働くのはどう？」

満里奈は悲劇的な話題から、さりげなく遠ざかった。

もうこれ以上話し合うこともないという拒絶の態度でもある。

「まったくわからない。あいつのやっていることは」

「それは誰にもわからないのよ。あの人はやりたいようにやるんだから」

「なんで僕を雇ったのかな？」

「気にすることないわよ。兄さんだけじゃない。ああやって気まぐれに人をスカウトしてくることもたびたびよ」

満里奈も別の会社で働いていたのを、引き抜かれたのだと語った。

「証券会社で働いていた人とか、個人的に投資をやっていた人とか、その方面に明るい人もいるけど、そうじゃない人もいる。中にはヤミ金で取り立てをやってたヤクザまがいの人もいた。でも不思議とうまくいっているの。『フォーバレー企画』は」

株や土地の売買に関しては、ガオは恐ろしいほどの勘が働いて、かなりの利益を上げているのだという。社員は、ただ彼を手続きや法的な面でフォローしていればいいのだと。そういえば、以前土地転がしをして儲《もう》けたのだとも言っていた。バブルの時代にはびこっていた手法だそうだが、今どき、そんなやり方が成立するのかどうか疑わしかった。

満里奈もガォの不思議な魅力と手腕は認めているというふうだった。要するに『フォーバレー企画』は風変わりだが有能な社長のワンマン会社ということだ。

「母さんと暮らして楽しいか？」

とうとうそれを口にした。

「楽しいわ」迷うことなく、満里奈は答える。

「何で？　何でそう思う？」

「私と暮らして、お母さんが楽しそうだから。だから私も嬉しい」

航は黙り込んだ。

「お母さんは、兄さんとも一緒に暮らしたいって言ってる。私たちが小さかった時の罪滅ぼしをしたいって」それにも答えなかった。「でもそれは無理ね。何もかもかなえられるってことはね。欲しいものは少しだけ手に入るからいいのよ」

満里奈の両頰に浮かんだえくぼを、航は寂しく見やった。

満里奈は多くを望むことをやめたのだ。「今」だけを見詰めて日々を過ごそうと。妹の小さな望みは、母親のそばで束の間の時間を過ごすことだった。それなら、その思いに寄り添ってやろう。今だけは。

航と満里奈は、カフェの前で別れた。時々、こうして会いに来ることだけは約束した。それだけしかできない自分が情けないと思ったが、そういう感情も、満里奈の前では抑えた。

満里奈のからし色のカーディガンが、通行人の中に消えていくのを、虚しく見送った。そして踵《きびす》を返して歩きだした。南砂町に越してから、自転車にはほとんど乗っていない。平沼精肉店に自転車で通っていた時は、パーカーにGパン、スニーカーという恰好だったが、今はジャケットにコットンパンツ、それに革靴というスタイルだ。

今まで着るものには無頓着《むとんちゃく》だったから、どんなものがいいのか皆目わからず、飛び込んだ店で選んでもらったものを全部買った。それをぐるぐると着まわしている。スーツを着なくていいとガオに言われたことは有難かった。ガオ本人も常にラフな恰好だ。ラフといっても高価なものなのだろうが、航には見当もつかない。

長い間変わらなかったものが、一気に動いた。そんな気がした。

タルバガン・ウィルスの世界的な流行も含め、ちょっと前までは誰も思いつかなかったことだ。世の中が大きく揺れ動くと同時に、航はガオと知り合い、満里奈と江里子にも出会うことになった。のみならず満里奈が背負った悲しい運命も、蒼人たちの正体も知った。これからどうなるのだろう。

あまりに目まぐるしく変化が起こったので、ゆっくりと考えることができなかった。

魔族――あの人々のことを思った。なぜ彼らは航に手を差し伸べたのか。この世でひっそりと息づいていくことを強いられた彼らは、誰とも親しくすることなく、それぞれの時代を生き抜いてきたはずなのだ。一人一人が持つちょっとした異能を駆使して。

蒼人の青い目を思い出した。授業では発言せず、クラスメイトに何を問われても寡黙《かもく》だった。そのうちクラスから弾《はじ》き出された。それをよしとしていたのだ。同じようにして、どこの学校でも社会でも、深入りせずにやり過ごすことが、蒼人たち種族の生き方だった。

なのに、蒼人は航と親しくなった。彼らの家にも招いてくれた。おそらくあまりにひどい虐めと身の上に同情し、彼らが守り通してきた掟《おきて》を破ったのだろう。優しい人たちだった。

しかし、事態は思わぬ方向に向いた。教団の中で殺された妹を、航が連れてきた。喜連に生き返らせてと頼んだ。航は喜連の大いなる力がまがいものだと知らなかった。ただ死体をしばらくの間、生きているように見せかけるだけの術とは。

必死の形相のかわいそうな子供を前に、喜連は困惑したに違いない。一度ヘルトにその術を使ったことを、あの老人は後悔したことだろう。蒼人に喜連。彼らに常とは違う行動を取らせるほど、航は切羽詰まり、惨めな子だったということだ。

――死んでも魂はまだここにあったのさ。

ヘルトを生き返らせた時に、喜連はそう言った。肉体から離れかけた魂を、死んだ肉体に戻すことが、彼のできる最善の策だった。たとえ長くは続かなかったとしても、子供たちを悲しませたくなかったのだ。

しかしその場しのぎに施した術で、満里奈は恐ろしい宿命を背負うことになってしまった。彼らの優しさが、逆に満里奈を地獄へ追い落とした。あの時、喜連が断ってくれていれば――自分勝手な考えだとはわかっているが、航はそう思わずにはいられなかった。小手先だけの術で、目の前の子供の心を慰めようとした魔族の心情が、わかるようで恨みたくもある。

なぜ満里奈にヘルトが死の姿に戻るところを見せたのか。同じ運命を負った満里奈にとっては一番残酷なことではないか。満里奈をもっと早くに手放すべきだった。ドイツで養子に出された満里奈の許に、蒼人が時々やって来て、遠くから見ていたというのは、彼女の体に異変が現れないか、見張っていたのだろうか。それなら、今も蒼人たちは満里奈の近くにいるのではないか。

航はそっと周囲を見渡してみた。電線にツバメが群れて止まり、しきりに囀《さえず》っていた。鳥を庭に呼び、たわむれていた友子を思い出した。あの時の友子は、限りなく優しい顔をしていた。魔族は優しいのか、それとも人の心を持たない冷たさを内包しているのか。彼らの本質は計り知れない。

魔族は緩慢な生を身に帯びて永遠を生き、満里奈は緩慢な死を体現しつつある。

赤ん坊の満里奈が息を吹き返した晩、魔族の一家に妹を託してあの家を去った。夜の戸口で黒いシルエットになって航を見送っていた彼らの姿は、一つのくっきりとした映像となって航の頭の中に繰り返し立ち現れる。

またあの夢を見た。

荒川の中で震えて泣きながら、航は流れていくプラスチックケースを追いかけている。波間でたゆたうケースに手を伸ばす。半分沈みかけたケースに手が届いた。角をつかみ、自分の方に手繰り寄せる。両手で抱え込む。

そのまま流れを掻き分けて岸へ向かって歩いた。ようやくしっかりした地面の上に、プラスチックケースを押し上げた。

「マリちゃん!」

冷たさにかじかんだ指で蓋《ふた》の留め具を外した。蓋を投げ飛ばす勢いでそれを取った。見憶えのある風船柄のタオル。水が入り込んでぐっしょり濡《ぬ》れたそれを手で撥《は》ね除《の》けた。

そこには、腐り果てた満里奈の小さな体があるのだった。どす黒い皮膚は破れて溶け、粘つく血液と体液にまみれた体は、もう形を失いかけている。頭蓋《ずがい》に生えた髪の毛も抜け落ちて、ぽっかりと開いた二つの眼窩《がんか》が、兄を見返していた。

「ヒッ」と小さく叫んだ自分の声で目が覚めた。

一瞬、どこにいるのかわからなかった。さっきまでとらわれていた夢の中の余韻がまだ去らない。殺風景な天井をぐるっと見渡した挙句、起き上がる。頭の芯《しん》に鈍い痛みが残っていた。眉間《みけん》をつまんで揉《も》んだ。口の中が粘ついている。ベッド横のテーブルに、水のペットボトルが置いてあった。蓋を取って一口飲んだ。ぬるい水に顔をしかめる。

今まで暮らした家の中で一番上等なのに、このマンションの2DKの部屋にはいつまで経っても馴染《なじ》めなかった。どこか自分からは乖離《かいり》した現実味のない暮らしのように思える。この違和感を覚えるたびに、ガオに雇われたことが正しかったかどうか迷う。どんどん自分が自分でなくなるような気がする。

日本でのタルバガン・ウィルスの感染者は三百人ほど。他国に比べたらごく少ない。医療従事者の対処法もいいのか、致死率も三割ほどに留《とど》まっている。それでもどこであの狂暴なウィルスに襲いかかられるかわからないと恐れる人は多い。そんな人々は旅行やイベント参加その他の娯楽を控え、慎重に暮らしていた。

しかしガオにいたっては、その新興感染症でひと儲けしようと目論んでいる。

水道橋の『パナケイア』が入っているビルの一室が空いたので、そこを借りて新しい会社のオフィスをかまえようということになった。ガオに呼ばれて、航は初めてそこに足を踏み入れた。そこも『フォーバレー企画』同様、特にどうということもない部屋だった。がらんとした空間に二人で突っ立っていた。

こんなぱっとしない部屋で、世界を救うような新薬へのとっかかりをつかめるとは思えなかった。窓際に寄ってじっと外の景色を眺めているガオの横顔を盗み見た。すっと伸びた鼻筋に、細い眉。その下の切れ長の瞳《ひとみ》。ほぼ毎日会っているせいで見慣れてしまったが、よく見ると、この男は常に眉根を軽く寄せていると気がついた。

何かに耐えているような、ストイックな修行僧のような容貌《ようぼう》だ。傲岸不遜《ごうがんふそん》でワンマンで、何を考えているのかわからない男だが、彼にも何か辛《つら》いことがあるのだろうか。

　廊下でドタドタと足音がして、開け放ったままになっているドアから小池が入ってきた。頭はぼさぼさで、眼鏡は脂《あぶら》で汚れている。

「ほ、ほんとに新しいか、会社を作るのか」

　呆《あき》れたようにそれだけを言って、そう広くもない部屋を見まわした。

「フォ、『フォーバレー企画』のままでもよ、よかったのに。お、俺が見つけた新薬のか、開発にと、投資をするだけなら――」

「いいや、これが成功すれば、天文学的な儲けを生むんだ」

　ガオはバンッと航の肩を叩いた。

「こいつがいい働きをするはずだからな」

　小池と航は同時に不安な表情を浮かべた。

「こ、こないだ説明した、し、新薬の論文は、まだけ、研究段階で」

「そんなら別のを探してこいよ。お前の自慢のAIのケツを叩いて」

　顔を引き攣《つ》らせた小池は、またドタドタと出ていった。

　ガオは、ドアに向かって「ふん」と軽く笑った。航はまだ不安な顔のまま、ガオに向き合った。いつものように自信たっぷりな男は言った。

「新しい会社の名前を考えた」

「うん」

「『クロマ』にする」

「『クロマ』？　どういう意味だ？」

　ガオはにやりと笑った。

「意味はない。俺の思いつき」

「ふうん」

「いい名前だろ？」

「まあ」

　ガオの考えていることを推し量るのは、難しい。好きにすればいいと航は心の中で呟いた。何といっても彼の会社なんだから。

「それから――」

　ガオの胸ポケットの中でスマホが鳴った。ガオは、片手でそれを取り出してちらりとディスプレイを見た。それからおもむろに耳に当てた。

「後で折り返す」

　相手は『フォーバレー企画』の誰かだったのか、素っ気ない返事をして切った。

「それからお前を取締役にする」

　スマホを胸ポケットに落とし込みながら、さりげなく言う。聞き間違えたのかと思った。

「何だって？」

「俺が取締役社長で、お前が平取《ひらとり》だ」

「何で――？」

二の句が継げない航を見て、ガオはさもおかしそうに体を折って笑った。

「俺とお前と小池の三人しかいない会社だ。そうびるな」

からかわれているのだと思った。気分のいいものではない。

「冗談だろ？」

「いや、本気だ」

ガオは、すっと笑いを引っ込めて真顔になった。くるくる変わる感情についていけない。航は、無軌道で気ままな社長を黙って見詰めた。ガオの方も瞬き一つせず見返してくる。ぴりっとした冷たい冬の空気を想起させる視線だ。ガオは時折そんな目で相手を見た。航は努めて冷静な声を出した。

「前から訊《き》こうと思ってたんだ」

「何だ？」

「何で僕を雇ったんだ？」

ガオはぷっと噴き出した。

「今頃何だ。お前はいい働きをすると踏んだからだよ」

「僕が？　いったいどんな働きをするっていうんだ。今だってまともに仕事なんかやれていない。右往左往しているだけだ」

一度言葉が溢《あふ》れ出すと止まらなかった。

「それを今度は新しい会社の取締役？　無能な僕をさらしものにするのか？」

「まさか」

ガオは腕組みをして落ち着いた声を出した。少なくとも、航をからかおうとはしていないようだ。だとしたら、大真面目にこんな提案をしているのか。

「前も言ったけど、僕はただの惣菜屋の店員だった。まともなキャリアもない。児童養護施設育ちで家族もいない。だから学校だってろくに行ってない。たいした知識も身についていない。君の仕事を手伝える能力なんてないんだ」

ガオは腕組みをしたまま窓に近寄っていった。しばらく外を眺めた後、窓枠にちょっと腰をかけて、航に向き合った。

「あー」とのんびりした声を出した後、「妹はいるじゃないか。成瀬が妹だって言わなかったか？　母親もいるんだろ？」

ガオの記憶のよさには舌を巻いた。航がこの前言ったことを聞き流したようで、ちゃんと憶えていたのだ。

「妹とも母親ともずっと離れて暮らしていた。両親が離婚して、いろいろあって……」

言葉は尻《しり》すぼまりになっていく。自分の生い立ちを話すつもりはなかった。ガオも聞きたくはないだろう。

「まあ、それはいい」案の定、ガオは話を切り上げた。「お前を雇ったのは、この会社を起ち上げるためだ。言ったろ？　俺の片腕が欲しいって」

「でも――」

「もう決めたんだ。お前は取締役になる。そうなった時には、今の報酬の倍は出す」

航は口を半開きにしてガオを見た。今だって驚くほどの給料をもらっている。とてもじゃないが、自分の働きに見合っているとは思えない。

「いいか」ガオは航に指を突きつけた。「ここのボスは俺だ。俺が決めたらその通りになるんだ。つべこべ言うな」

航はすっかり気を殺《そ》がれ、黙り込んだ。

ガオは再びにやりと笑った。今度は背中が冷たくなった。ただ考えていることがわからないだけじゃない。こいつはもしかしたらまともじゃないのかもしれない。初めて会った時に感じた薄気味悪さを思い出した。

ガオはさっと背中を向けると、部屋から出ていった。航は一人取り残された。振り向いた窓の向こうには、林立したビルが見えた。ビル群の上には青灰色の空が広がっている。その空を斜めに切り取るように飛行機雲が一筋伸びていった。

ガオから離れることを考えないでもなかった。別に金が欲しいわけじゃない。すっぱりと会社を辞めて、満里奈と江里子と暮らすということも考えた。江里子はいつまで経っても許せなかったし、許そうとも思わなかったが、余命が切られた妹のそばにいてやりたいと思った。バイトでも探せば、かつかつの生活費は稼げる。

だが、やはり航はガオの許で働いていた。

世界では、タルバガン・ウィルスは毒性と感染力を強めていくようだ。あっと言う間に症状が進んで、高熱で意識がなくなる。その頃から、全身に赤い湿疹《しっしん》が出始める。それを掻き崩してしまい、体液が滲《にじ》み出る。大量の発汗の後、消耗と虚弱状態に陥る。手足が縮みあがる。朝、普通にしゃべっていた患者が、夜には危篤状態になるということもあるとニュースのレポートが伝えていた。

体中を覆う防護服に身を包んだ完全装備の医療現場も伝えられた。エボラ出血熱など、遠い国での出来事と思っていた凶悪な病が、すぐ身近に迫ってきているという恐怖がひしひしと伝わってきた。

全世界での感染者は三万人を超えた。アフリカ大陸などの発展途上国や内戦が続く地帯では、充分な調査も医療も届かず、死者は増える一方だと報じられた。先進国も自国民の手当てで精いっぱいで、途上国を助けるところまでいかない。

日本でも感染者が出るたびに数が報道された。同時に感染予防の策も人々の間に浸透していった。感染者に近寄らない限りは、ウィルスに冒されることはない。飛沫《ひまつ》が浮遊する範囲も計算されて報道された。もともと肉体的な接触の少ない国民性が幸いして、日本では囲い込みに成功しているようだ。それでも報道を見る限り、感染者数は確実に増えていた。

反面、防御のしようがない目に見えないウィルスの前で開き直って生活する者も多かった。主に若い世代だが、ガオもそのうちの一人だった。航も同じだ。ただし、彼の場合は、満里奈のことに気を取られて、それどころではないというのが実情だった。この世のすべての人が死に絶えても、満里奈を助けてやりたいと思った。

だが、どうやればいいのかわからなかった。満里奈の意思はわかっている。彼女は母親のそばで時間を過ごしたいのだ。ただ産んだだけの女のそばで。航が訪ねていくことは拒まなかったが、もう一緒に住もうとは言わなかった。航は兄ではあるが、秘密を共有する仲間だと思っているようだ。満里奈の行く末をただ一人理解している人物として。

そんな役割を振られた航は、悶々《もんもん》と日々を過ごした。無力な自分を呪いながら。

一方でガオの新会社『クロマ』は、何の問題もなく設立へと至った。会社の起ち上げがこんなに簡単にできるとは思っていなかった。よく考えれば、ガオはもう投資会社を一度設立しているのだから、要領はお手の物だ。

資本金の心配もない。商号も所在地も決まっている。定款《ていかん》は投資会社のものを下敷きにして誰かに作成させたようだ。発起人には、ガオと航と小池が名を連ねた。ガオの「名前だけ貸してくれればそれでいい」という言葉に安心したわけではない。ただの社員から取締役という肩書を付けられて、嬉しいとも思わなかった。逆に抜けられない陥穽《かんせい》にはまり込んでしまったのではないかという気がした。

ガオは上機嫌だ。法務局での法人登記を済ませて、晴れて『株式会社クロマ』は成立した。がらんとしていたビルの一室も、オフィスとしての体裁が整ってきた。航は主にその仕事に没頭していた。スチール製の家具を入れ、電話、パソコン、ファックスなどの事務機器を揃えた。費用がいくらかかろうとも、ガオは気にしなかった。早速作成した法人口座には、かなりの金額が入っていた。

「会社としての恰好がつけばいいんだ。人間も会社も箔《はく》が肝心なんだ」

航が用意した社長の椅子は座り心地が悪いと廃棄させ、人間工学に基づいた高額な椅子にどっしりと座ってガオは言い放った。ハイバックチェアに沈み込んだガオは、様になっていた。

人の情や労《いた》わり合いや、思慕などは幻影だと切って捨て、常に冷めていて気ままで孤高。そこに魅力を感じていたはずなのに、今はぞっとする凄《すご》みを漂わせている気がする。

ガオに常軌を逸したものを感じ取ったのは、小池を煽《あお》り立て始めた時だ。

「おい、もうそろそろタルバガン・ウィルスを攻略する方法を見つけ出せ。とっかかりでいいから」

攻略法などと、まるでゲームを楽しんでいるような口調だ。

小池はゆっくりと首を横に振った。『クロマ』のフロア。デスクの向こうに陣取ったガオは、お気に入りのハイバックチェアにもたれかかって足を組み、航と小池は、来客用に用意したソファセットに腰をかけていた。むろん、出来たばかりの会社に、客など一度も来たことはない。適当に選んだ事務用デスクと椅子は、部屋の真ん中に集められていた。三人しかいないフロアは寒々しく、明らかに広すぎた。

もはや航にはわかっていた。医学の知識があるのは小池だけ。こんな小さな所帯の会社が、世界の救世主たりうる新薬や治療法を見いだせるわけがない。だとするとガオの目的は何なのだ？

さらにガオは狂った軌道を突っ走る。

「小池、今までお前にどれだけ援助をしてやった？　お前が必要とするものは何だって揃えてやったじゃないか。コンピューターも医療機器も人員も。あれは俺の先行投資なんだ。お前の選択肢は結果を出すか、それとも今まで『パナケイア』に投じられた資金を返すかだ」

それからハイバックチェアからおもむろに身を起こす。

「ああ、もう一つあった。お前を生きたまま海に沈めるっていう手もある。そういうことを請け負う組織があるのさ。どこの海がいいか、それだけは希望を聞いてやってもいいな」

小池は青くなった。

「ま、待てよ。い、今い、いろいろと手をつ、尽くしてるんだ」

彼の吃音はさらにひどくなる。

「こ、この前話したタ、タルバガン・ウィルスの正確なき、起源をつ、突き止めようと――」

汗だくで説明する小池の話は、聞き取りにくかった。

二十数年前、ロシアと中国の合同研究チームが、天山や崑崙《こんろん》山脈の永久凍土から採取した氷の試料から、いくつかのウィルスを解析している。それの中にタルバガン・ウィルスと同じものが含まれていたのではないかというものだった。それは航もガオから聞いた。

「で？　結果どうだったんだ？」

ガオはイライラと尋ねた。

「ディ、DNAの解析はしたは、はずなんだ。だ、だけど結果は公表されてい、いない。な、なんせロ、ロシアと中国だからな。そ、その時の資料をて、手に入れるのは、し、至難の業だ」

その研究成果がわかれば、タルバガン・ウィルスの起源の解明につながるだろうと小池は言った。

「その時に採取した試料はどこかに保管されているんじゃないのか？」

ガオはしつこく食い下がった。

「む、無理だ。どこかにあるかも知れないが、ち、中国政府がそんなもの出してくるわけない」

至極当然なことを小池は言った。

「その合同研究チームのことを調べろ」

「に、二十年以上も前のことだぞ。し、調べたって――」

「いいから調べろ」

ガオは有無を言わせぬ口調で小池に命じた。小池は首を振りながら、足早に部屋を出ていった。『パナケイア』に戻ってパソコンに向かうのだろう。

小池の背中から、ガオの顔に視線を移した航に、彼は不敵に笑ってみせた。

「共産圏の国では、案外金がものを言うんだ」

いったい何を企んでいるんだ？　航はその問いを呑《の》み込んだ。

その後、航はその件に関しては蚊帳《かや》の外に置かれていた。小池は『パナケイア』に閉じこもり、何かを見つけてガオに報告をしたようだったが、航の耳には詳細は届かなかった。聞いてもどうせわからないだろうし、興味もなかった。航はガオに言いつけられた雑用に専念していた。

その合間に満里奈に会いにいった。気を張って明るく振る舞う満里奈が痛々しかった。費用を負担するからもう少しましな住居に移るよう勧めたが、満里奈はここでいいと言い張った。すっかり覚悟を決めてしまったような妹の態度に、会うたびに虚しい気持ちになった。

もしかしたら、日本のどこかにいるかもしれない魔族たちを捜し出す術《すべ》もない。満里奈も心当たりがないと言う。彼らに会ってもどうしようもないと諦《あきら》めている。

ガオとはまた一週間ほど連絡がとれなくなった。自儘《じまま》で奔放な社長の居場所を探す気力も起きなかった。自分が何をすべきなのか、何をやりたいのか、考えることが億劫《おっくう》だった。すべてが目の前を流れるように過ぎていった。

『クロマ』に戻ってきたガオは、相変わらず自信満々だった。また小池を呼びつけて何かを相談していた。数日後、航に言った。

「我らが『クロマ』の旗揚げだ。派手に花火を打ち上げるんだ」

航に命じて都内の有名ホテルの大会場を押さえさせた。

「記者会見をやる」

「は？」

間の抜けた声を出した航の尻を叩く。段取りが決まったら、各報道機関に記者会見のファックスを入れるようにと畳みかける。

「記者会見――て」

「タルバガン・ウィルスの起源を解明した。これは重大な発表だ。治療薬の開発につながる大いなる一歩だからな」

彼の言うことはさっぱり理解できなかった。問いかける航に多くを語らず、ガオは忙しく出ていってしまった。呆気《あっけ》にとられた航は、すぐさま別階にある『パナケイア』の小池を訪ねた。渋って出てきたがらない小池を、パソコンの前から引き剝《は》がした。

ガオが記者会見を開こうとしていると話すと、小池は激しく動揺した。

「ま、まずいな。な、なんだってそこまでするんだ」

「知るか。お前が何か発見したんだろ？」

小池は、今度はしゅんとうなだれた。聞き取りにくい小池の話を、時間をかけて聞いた。天山の永久凍土の中から発見された未知のウィルスについて、小池は手を尽くして調べたのだそうだ。あれほどガオに脅されたのだから、必死で没頭する小池の顔が浮かんできた。

「と、当時はたいした価値がないと、す、捨て置かれたみたいだ。も、もともとは地下資源を発見するためのさ、採掘だったらしいから。ロ、ロシアの方もさっさと引き揚げてしまったし。ち、中国政府もちっぽけなウィルスなんかにきょ、興味がなかったのさ」

そこまでのいきさつはガオに報告しておいたと小池は言った。それで彼も諦めるだろうと。

「で?」

だんだん自分もガオに似てきたと思いつつ、先を急《せ》かした。後はAIに査読をまかせて放っておいたらしい。ガオも納得したのだろうと思っていた。彼は別の仕事にかかったのか、しばらく何の音沙汰《おとさた》もなかった。そのうちAIが小さな情報を見つけ出してきた。

「か、解散してしまった研究チームのウィルスに関する資料は、も、元研究員だった一人がも、持ち出してどこかに流したようだ」

「どこかって?」

「ど、どこかはどこかだよ」

当時の中国の地方新聞の記事に、流出させた共産党員は処分されたとあったらしい。彼はウィルスの研究資料を、欲しがる誰かに売り渡したのだ。「共産圏の国では、案外金がものを言うんだ」と言ったガオの言葉は正しかったということだ。

「そ、そこから先はお、追えなかった」

ぐっと小池は唾《つば》を呑み込んだ。貧相な喉ぼとけが上下した。まだ先があるんだなとわかった。

「だ、だけどどうしたことか、ガ、ガオはその研究資料を手に入れてきた」

「中国の大昔のウィルスの？」

小池はくしゃくしゃのハンカチを取り出して汗を拭った。

「ど、どうやったのかはわからん。わ、わかりたくもないね」

まともな筋から手に入れたのではないのかもしれない。目の前の小男を見ながら、航は考えた。小池を海に沈めると脅したことも考え合わせると、ガオの周辺にますます反社会的な匂いが漂い始める。

「そのことを発表するために記者会見を？」

「た、たぶんな。だ、だけどそれはまっとうなやや、やり方じゃない」

それは航にもわかった。そういう発表は一般人の与《あずか》り知らぬところで地味に行われるものだろう。研究者たちだけに注目され、検証が行われる。ただし、『クロマ』には研究者などいない。正規の手法を取る必要はない。なら、ガオの意図は何か。結局そこにいき着くのだ。

小池も同じ疑問を持っていただろう。だが、彼にガオの計画を拒否することはできなかった。『パナケイア』はもはや小池のものではない。ボスはガオという中国系アメリカ人なのだ。記者会見までに、さらにガオと小池は準備を進めていった。

「た、たぶんガオは派手な記者会見をひ、開いて、この発見にふ、付加価値を付けようとしてるんだろ」

小池は自分なりの結論を出した。

曲がりなりにも学術論文を読み解くことを専門にしている小池は、この発見がたいしたものではないと理解しているのだ。天山の永久凍土の中に眠っていた未知のウィルスと銘打てば、世界は注目するだろう。だが、それがタルバガン・ウィルスに関係しているとは限らない。ガオが手に入れた研究資料というのも、出所が怪しい信用のおけないものだ。

だが、欲しがる機関はあるかもしれない。タルバガン・ウィルスのDNAの解析も進んでいるだろうから、それと比較してみようと思う科学者か製薬会社が現れるかもしれない。WHOが、近々ウィルスの起源や感染症の発生状況を調べる調査団を中国に送り込むという。調査団が、その資料に注目しているという不確かな情報もある。

抜け目のないガオは、そういうところに先んじて手に入れて、値を吊《つ》り上げようと目論んでいるのかもしれない。実際に有用な資料かどうかは二の次だ。とにかく彼は思わせぶりな演出をかけたということだ。それは『クロマ』のようなちっぽけな会社が打つ大勝負で、ガオと小池と航はペテン師に近い役回りなのだ。

諦めきった小池は、ガオに言われる通りの説明をするようだ。

芝居がかった記者会見に同席するように言われて、航も腹を決めた。小池はこれで自分のキャリアは終わりだと嘆いていたが、航には失うものは何もない。特に感慨を覚えるということもなかった。

会場は都内の有名ホテル。各報道機関へは、ぬかりなくファックスを送りつけていた。今一番関心を持たれるタルバガン・ウィルス、それも特効薬に結びつくかもしれない方策を発見したという話題に、マスコミは飛びついた。

豪華なカーペットが敷かれた大広間は、取材陣で満杯だった。テレビカメラもたくさん入っていて、主催者が現れるのを待っていた。しかし、本格的な報道とは様相を異にしていた。ニュース番組の名前の入った機材も持ち込まれてはいたが、集まって来たのは、ワイドショーや週刊誌の記者やレポーターが大方のようだった。

要するにこの記者会見は、医療機関や学術団体、政府の関係者などには相手にされていないということだ。その雰囲気は会場に入らなくても、充分に伝わってきた。ガオの資金力があれば、はったりでもこんな記者会見を開くことは可能だろう。多くの警備員を配置し、ご丁寧に記者会見を仕切るために、まずまず名の売れた司会者まで雇っていた。

こんな大仰な舞台設定までするガオの目的は何なんだろう。会場に入るドアの前で不敵に笑う経営者の横顔を見やって、航は考えた。ますます底の知れない男だという感を強くする。視線を転じると、ガオの隣に立っている小池は、小刻みに震えて、立っているのもやっとという具合だった。

ホテルのスタッフが白い手袋でドアを開けた。相変わらずラフな恰好のガオを先頭に三人は会場に足を踏み入れた。カメラのフラッシュを一斉に浴びせられ、航は一瞬目がくらんだ。席に着くと、司会者が三人を紹介した。ガオが立ち上がり、落ち着いた口調で挨拶をした。

テレビカメラが、狙いをつけた砲身のごとく三人に向けられた。憐れな小池は、砲弾に撃ち抜かれたような顔をして震えていた。航は天井を仰いだ。高い天井には豪華なシャンデリアが吊り下がっていた。司会者が上手にその場を仕切り、今回の発表がどれほど人類のためになるかということを強調した。しかし彼自身、何一つ信じていないということは明らかだった。

プロジェクタースクリーンに、小池が苦労して作成したパワーポイントの資料が映し出された。ガオが横目で合図しても、小池はしばらく硬直したままだった。そもそも小池はこんな場に引っ張り出すべき類《たぐい》の人間ではない。子ネズミみたいに『パナケイア』の一室にこもって、パソコン相手に誰かが書き上げた論文を読み込むしか能のない男なのだ。目新しいものを発見するそこそこの才能はあるかもしれないが、人前で論じることなど、ましてそれで人々を納得させることなど到底無理だ。

立ち上がった小池は、壊れかけた操り人形みたいにガクガク揺れながら、スクリーンに近づいた。予測はしていたが、説明はひどいものだった。吃音は止めようとすればするほど、小池の意図を裏切って口から溢れ出た。彼が持つレーザーポインターの緑の光は、スクリーンの上をジグザグに走り回って、何を指しているのかさっぱりわからなかった。

タルバガン・ウィルスが初めて確認された新疆ウイグル自治区の背後に控える天山山脈は、南はパミール高原につながっている。どちらも五千メートル級の峰が連なる氷と雪に閉ざされた厳しい山岳地帯だ。そこに、伝染性の病原ウィルスが閉じ込められていたのだと何とか小池は説明した。

そこまで言うと、彼も少しは落ち着いてましな説明ができるようになった。聴衆も、小池の吃音混じりの言葉を聴き取ることに慣れてきたようだ。

詳細は伏せられたが、中国の環境ウィルス学者が率いる学術団体が、二十年以上前に永久凍土から採取した氷床コアから未知のウィルスを確認していたということ。それがどうやらタルバガン・ウィルスである可能性が高いということ。そして今、気温上昇によって、氷や永久凍土の溶解が進み、これが大気中に放出されるとともに、溶解水となって草原に流れ出していたという仮説を、小池はぶちあげた。

そこまでは航も聞いていたことだった。さらに小池は、文献を当たった結果、かつてタクラマカン砂漠の中に点在していたオアシス国の一つが、疫病の蔓延によって滅亡したことがあるのだと言った。この事実を記した文献は少ないが、病状などがタルバガン・ウィルスに似ていると発表した。その時ばかりは聴衆がややどよめいた。しかし、その出所を問われた小池は激しく動揺した。

「そ、そ、それはわ、私のせ、専門外だ。れ、歴史上のことはよ、よくわからないから」

会場を埋めたマスコミ関係者からは、冷笑どころか失笑を買う始末だった。

小池はますます焦って、支離滅裂になり、どこの国の言葉をしゃべっているのかも、もはやわからなくなった。残酷にもそんな小池をカメラは撮影し続け、モニターに映し出していた。その映像を、航はぼんやりと見詰めていた。

知識に乏しい航にも、この発表が破綻《はたん》しているのは察しがついた。本来科学的な発見は、こんなふうに公にされるものではない。何度も検証され、確たるエビデンスをつかんでから、学術誌などに発表されるものだろう。それをガオは芸能人の婚約記者会見よろしく、ホテルの大広間を借り切って行っている。

吃音の激しい小池にわざとその役をまかせたのも、演出のうちの一つだ。

小池が予想した通り、彼のキャリアはもう終わりだ、と思った。今日以降、どれほど素晴らしい発見をしたとしても、もう誰も彼を相手にしないだろう。それからガオの評価も地に落ちた。投資家として会社を率いるやり手の若き起業家は、これから世間の笑いものになる。どれほど成功して裕福になったとしても、売名行為を働いたいい加減なビジネスマンというレッテルを貼られたままだ。

静かな心持ちで、航はマスコミ関係者に向き合って座っていた。航の頭にあるのは、ガオのことだけだった。

汗みずくの上、息も絶え絶えの部下をかえりみることなく、泰然と座っているガオが漂わせている不穏な空気が、瘴気《しょうき》のように会場に広がっている。それに気づいているのは航だけだ。この頭の切れる男は、意図的に演出過多なイベントを催したのだ。

ガオの目的は、タルバガン・ウィルスに関する治療法を発表することではない。『クロマ』の旗揚げを世間に派手に印象付けることでもない。この男の目的は別にある。それだけははっきりわかった。かなり前から航の中で鳴っていた本能の警鐘が、また高らかに響いた。

この男に深入りするなと。

記者からの質問には、ガオが答えた。医学的な詳細に突っ込まれると、「そこはまだ答えられない」と突っぱねた。まったく人を小ばかにしたもの言いだった。あまりな対応に呆れて、退出するクルーもあった。

二時間にわたる記者会見が終わり、会場から出た途端、小池はその場に倒れ込んでしまった。その様子も撮影され、ワイドショーで流された。この話題を取り上げたのは、報道番組ではなく、トピックスを面白おかしく流すワイドショーやスポーツ新聞だった。それらは、SNSを通じて全世界に広まり、全世界から嘲笑《ちょうしょう》された。

そうなっても、ガオはどこ吹く風という様相だった。

満里奈が心配して連絡してきた。なぜあんな記者会見に同席したのかと問う。

「私のため？」満里奈は沈んだ声を出した。「私とお母さんの生活費を工面するため、ガオに言われるまま働いているの？」

そうじゃないと答えた。満里奈はしばらく考え込んだ挙句、「私は大丈夫だから」と短く告げた。生活の心配をしなくていいということか、それともまだ体に異変は起きていないということか。

「お母さんと買い物に行ったの」黙り込んだ航との間に、気まずい空気が流れた。江里子の話題を出すと、兄が不機嫌になるとわかっているのに、満里奈の話には、いつも母が出てくる。

「お母さんの手提げが古びてたから、新しいバッグを買ってあげたの。安物だけど」

遠慮がちにそう言った。

――航、これがいいね。これにしな。黒い色でいいだろ？

売れ残った展示品のランドセルを手にして振り返った母の顔が浮かんだ。あの時は、幸せだった。背中にランドセルを背負わせて、「かっこいいね、航」と笑った若い母の顔は鮮明に憶えている。しわくちゃのお札を出して一枚一枚数え、支払いをしていた母の手つきも。値下げされたランドセルを買うために、苦労してこしらえた金だった。

確かにあの瞬間、母は我が子を大事に思っていたはずなのだ。

あの後、何がどんなふうに作用して運命が狂ってしまったのか。

「ねえ、兄さん」

満里奈の声に我に返った。

「また会いに来てくれるでしょう?」

「行くよ」

短く答えて通話を終えた。やっと会えた妹が耐えている運命に比べたら、自分のつまらない意地なんて塵《ちり》のようなものだ。だが、やはり母を許すことはできなかった。

満里奈が目の前で死の姿に戻っていったら、あの女は後悔するだろうか。

自分はガオのそばにいるしかない。血のつながりやそれに伴う情愛などを信じず、不敵で冷酷無比。そのあり様は、時に揺れ動く航を奮い立たせた。

記者会見の後、『クロマ』への世間からの抗議、苦情、誹《そし》り、からかいの連鎖は止まらなかった。水道橋のオフィスでは電話が鳴りやまず、ウェブデザイナーに作らせたホームページの書き込み欄は炎上した。ガオは電話の線を引き抜き、パソコンは閉じたままで放置した。同じビル内の『パナケイア』も同じような状態だった。小池はどこかへ雲隠れしてしまっていた。彼の助手も出勤してきていない。訊きはしなかったが、『フォーバレー企画』も似たようなことになっているに違いない。

ガオのスマホも鳴り続けていたが、彼は出ようとしなかった。早々にペテン師とレッテルを貼られたガオを、カメラの前に引きずり出そうとするマスコミが、接触を試みているのだ。マスコミといっても、眉唾ものの話題を面白おかしく取り上げる格下の番組や雑誌類だ。

彼らはガオや航の自宅住所を調べ上げていて、そこへも押しかけてきた。それで二人で新宿の高級ホテルに逃げ込んだ。

「いつまでこんなことが続くのかな」

最上階のラウンジで、都会の景色を見下ろしながら、航はぽつんと呟いた。ここまでになるとは思っていなかった。こんなふうに閉じこもって、世間の目をやり過ごすことになろうとは。

満里奈に会いに行けないのは誤算だった。成瀬亜沙子として生きている満里奈が、自分の妹だと知られ、マスコミにさらされる懸念はなさそうだったが、用心のためだ。限られた時間の中で生きる妹と共にいたかった。

「面白い展開になったな」

ガオは例のごとく動揺する素振りはなかった。小池の尻を叩いて次の一手を打つ気もさらさらなさそうだ。鷹揚《おうよう》に構え、成り行きを見守っているというふうだ。

「世界中のネットニュースで『クロマ』の会見が流されたぞ」

タブレットでニュースを見ながら、ガオはクツクツと笑った。世界中に配信された会見の映像は、世界の注目を浴びた。ことタルバガン・ウィルス感染症の治療法に関するトピックなら、どこの国の報道機関も飛びつくはずだ。だが配信の数時間後には、ただ世間を騒がせるための悪意を持ってなされたインチキ会見だったという評価がついた。

暗澹《あんたん》たる気持ちで、航は奇矯《ききょう》なボスを見やった。ただこの男は、注目されたかっただけなのか。

ジェイソン・ガオ本人についての詮索もなされたが、世界のどの報道機関でも追いきれない素性の知れない人物ということで、さらなる胡散臭《うさんくさ》さが追加されただけだった。生まれたというアメリカでも、ルーツのある中国でも、彼の家族や親族にはたどり着けなかったし、生い立ちも判然としなかった。

「結局、小池の見つけてきた成果では、タルバガン・ウィルスには何の効果もなかったということだろ？　『クロマ』まで起ち上げたのに、とんだ大嘘を世間にばら撒いておしまいになったわけだ」

ついそんな言葉が口をついて出た。ガオを責めようとしたわけではない。破天荒で変人のガオには、世間一般の常識など通用しないとわかっていた。

「終わりじゃない」ガオは目を細めた。「これは始まりなんだ」

何の？　と問うのはなぜか怖かった。

「言ったろ？　お前を大金持ちにしてやるって。これはその始まりなんだ」

もう引き返せないところまで来たということが、航にはわかった。大きな渦に巻き込まれている。引き込まれ、底に押し付けられて仰向《あおむ》いた時、初めて全貌がわかるのだ。

第六章　血がつながっているからこそ、憎悪は募る

稲田さんから連絡がきた。

平沼精肉店の女将《おかみ》さんが亡くなったとの連絡だった。いつの間にかまた入院していたという。お世話になった女将さんなのに、疎遠になってしまい見舞いにも行かなかった。

そのことを悔いたが、もう遅い。糖尿病の合併症で亡くなったのに、タルバガン・ウィルスに冒された挙句の死だったという噂が近隣で立っていると稲田さんは言った。

そんな誹謗《ひぼう》中傷にさらされて、まともに弔いもできない。利幸もすっかり落ち込み、遺体は火葬場に直送してもうお骨になったのだという。

「お骨はおうちに安置してあるの。こんな時だから、葬儀もどうするか利ちゃん、迷ってね。お坊さんにお経だけ、今晩あげてもらうんだって。お世話になったからあたしと向井さんはお悔やみに行こうと思ってるの。航君、どうする？」

行くと即答した。ホテルのショップで、黒っぽいスーツを買って着替えた。香典を包んで、中延商店街へ向かった。

「なかのぶスキップロード」に毎日出勤していたのが、もう遠いことのように思えた。

児童養護施設を出た後、初めて腰を据えて仕事に励んだ場所だった。何もかも平沼精肉店の経営者夫婦のお陰だった。身寄りのない航を温かく受け入れてくれた女将さんと、こんな別れが来るとは思っていなかった。

見慣れていた商店街のカラー舗装も、連なる看板も、どこかよそよそしい感じがした。夕闇迫る商店街は、人通りも少なくて寒々しかった。平沼精肉店のシャッターは下りていた。女将さんの弔いなのに、こっそりと裏口から入らなければならない。身をかがめてドアを潜《くぐ》った。

がらんとした調理場を抜けた。二階への階段口に、何足かの履物が揃えて置いてあった。僧侶《そうりょ》のものらしい草履もあった。足音を殺して階段を上がる。一番広い畳敷きの間に、ささやかな祭壇が設けられていて、絹に包まれた骨壺《こつつぼ》が安置してある。祭壇に向かって僧侶や参列者が座っていた。参列者といっても、喪主の利幸と三人ほどの親戚《しんせき》、それに稲田さんと向井さんだけだった。

航が入っていくと、一同がちらりと振り返った。稲田さんが目で合図してきた。一番後ろにそっと腰を下ろす。その仕草をじっと目で追っていた利幸の顔には、はっきりとした怒りが現れていた。読経が始まった。

祭壇の上に飾られた女将さんの遺影に目を凝らす。こんな疫病が流行《はや》らなかったら、もっと温かな見送りができたのに。出汁《だし》の取り方を丁寧に教えてくれた女将さんの姿が蘇《よみがえ》ってきた。ここで憶《おぼ》えた味付けが、航にとっては「家庭の味」だった。読経に首を垂れて、そんなことを思っていた。

理不尽な運命に、ここにいる誰もが悲痛な思いを抱いている。タルバガン・ウィルスによる感染症が収束する見通しは立たない。参列者は、『クロマ』の記者会見を見ただろう。

あの場に航が取締役として同席していたことに仰天したに違いない。惣菜屋《そうざい》を辞めたと思ったら、いつの間にか会社の取締役に納まっている航を、どう思っただろうか。しかもあの会見は、どう見てもまともじゃなかった。取り方によっては、世間を愚弄《ぐろう》するものだった。注目度の高いタルバガン・ウィルスの起源の発見などと銘打った会見に、感染者本人や家族は望みを持ったことだろう。そして見事に裏切られたわけだ。

あの時、女将さんが重篤な状態にあったということを鑑《かんが》みると、胸が潰《つぶ》れそうだった。利幸に恨まれても仕方がない。それに値することを自分は為したのだと、航は思った。

人数が少ないので、焼香もすぐに終わった。利幸がぼそぼそと参列の礼を述べた。明日、納骨をしてしまうということだった。ささやかな会食が用意されていたが、航はお悔やみを述べて退席した。

裏口から外に出た航を稲田さんが追いかけてきた。

「航君、新しい仕事が決まってよかったね」

皮肉でも何でもなく、そう言ってくれているのはわかったが、いたたまれない気持ちがした。

「女将さんはあんたのこと、心配してたんだよ。店が立ちゆかなくなったら、あんたの行くところがなくなってしまうってね。せっかくうちで引き受けて、頑張ってくれているのに申し訳ないって言ってた。でも自分がこんなふうに寂しく死んでいくなんて思ってなかったんだろうね」

だからさ、と稲田さんは航に近寄ってきて手を取った。

「だから、ほんとにタバルガン・ウィルスの治療法を見つけてよ。ね？」

一言も答えることができず、ただ深々と頭を下げて背を向けた。

街灯の少ない暗い道を選んで歩いた。深く考えることもなく、ガオの隣に座って記者会見などに臨んだ自分に毒づきたい気持ちだった。『クロマ』は三人しか社員がいないのだから、全員で会見を開こうと言ったガオに同調したのだ。

そのことを今さら悔いても仕方がないが、あそこに自分がいた意味がよくわからなかった。しゃべったのは、ガオと小池だけだ。ただの付添人としてもあまり効果はなかった。ただ司会者に役職名と名前を紹介されたのみで、でくのぼうのように座っていただけだった。

駅も通り過ぎ、あてもなく歩き続ける。スーツと一緒に買った革靴の先が、どこかの家の窓からこぼれてくる照明を受けてかすかに光っていた。

「航」

名前を呼ばれた気がして、ふと顔を上げた。

少し先の街灯が作るわびしい光の輪の中に、子供が一人立っていた。

「蒼人」

喉《のど》の奥から熱い塊が込み上げてきて、同時に古い友人の名前が唇からこぼれた。

きっと自分は幻を見ているんだろうと思った。

女将さんが亡くなって気持ちが揺れ動くあまり、現実ではあり得ない映像を脳が勝手に浮かび上がらせたのだと。

一瞬歩を止めて、街灯の光の中に浮かんだ幻影が消えるのを待った。しかし、蒼人は消えなかった。青い目も、茶色っぽい髪の毛も、航の記憶の中の蒼人だった。

蒼人は、航が歩み寄ってくるのを待っていた。近づいても、友人の姿はそのままだった。

「蒼人」

もう一度、航は名前を呼んだ。それに蒼人は小さく顎《あご》を動かして応《こた》えた。昔も彼はこんな仕草をしたものだ。大人びた仕草だと思っていた。あの時のままの蒼人だった。

「君なのか？　ほんとに」

ようやく蒼人は微笑みを浮かべた。頭上からの明かりが、頬に睫毛《まつげ》の長い影を落とした。信じられないものを見ているはずなのに、懐かしさに感極まった。それほどまでにこの友人に会いたかったのだと、航は自分の心に気がついた。だからそのままの気持ちを口にした。

「もう二度と会えないと思ってた」

蒼人は、今度はいくぶん寂しげに微笑んだ。

「二度と会ってはいけなかったんだ」それから子供らしく、口ごもった。「キレンたちは会いに行くなと言った。でも来たんだ。どうしても伝えたいことがあったから」

「そうか」

かつて毎日聞いていた蒼人の声に、航は危うく涙をこぼすところだった。やはり夢や幻ではない。蒼人だ。

「満里奈から君たち一族のことは聞いたよ」

感情が迸《ほとばし》り、何から話せばいいのかわからなかった。

「その満里奈のことなんだ」蒼人は落ち着いた声で言った。

「満里奈は一度死んで生き返ったんじゃない」

「え？」

蒼人は表情を引き締めた。

「航にはちゃんとしたことを教えてなかった。あの日――」

洪水のように記憶が押し寄せてきた。あの日のことを思い出そうとすると、言葉よりも感覚や感情が先に立って、順序立ったものにはならない。

抱き締めた妹の体の冷たさ。濡《ぬ》れそぼった洋服が肌に張り付く不快感。夜の匂い。草いきれ。自分が吐く息と鼓動の激しさ。それらに翻弄《ほんろう》される。

「あの日、満里奈は死んでいなかったんだ。おかしな薬を飲まされた挙句、溺《おぼ》れて仮死状態だったんだって。後でキレンが教えてくれた。キレンが薬と水を吐かせた。キレンはただあの子に救命処置を施しただけなんだ」

「じゃあ……」

今度は蒼人は大きく頷いた。

「キレンは術を使ってない。だから心配することないんだ。満里奈はヘルトのようにはならないよ」

「ほんとに？」

航もだんだん子供っぽい口調に戻っていく。蒼人と北千住の街中を並んで歩いていた時のように。荒川の河川敷でヘルトと戯れていた時のように。

なぜあの時からこんなに遠ざかってしまったのだろう。蒼人の上で止まった時間は、自分の上では律儀に残酷に進み続けている。それがどうにも不合理に思えた。

航は一歩前に踏み出した。蒼人はじりっと下がった。

「キレンたちは会いに行くなと言った」蒼人はさっきと同じ文言を繰り返す。「僕らが変わらず同じ姿でいることを知られるから、二度と同じ人々とは関わってはいけないんだ」

「でも来てくれたんだ」

「うん。満里奈が苦しんでいるから、それだけを言いに来た。大丈夫だって伝えて」

「わかった。ありがとう。満里奈は喜ぶだろうな。すっかり落ち込んでいたから」

「悪かった。ちゃんと教えていればよかったんだけど……。満里奈は別れた時、まだ小さかったから」

「いいんだ。あれでよかったんだ」

あのひどい場所から満里奈を連れ出してくれただけでも、彼らには感謝しなければならない。

「蒼人――」ぐっと言葉に詰まった。「会えて嬉しいよ」

「僕もだよ」

すぐに力強い言葉が返ってきた。蒼人の顔が揺らいで見えた。航は拳《こぶし》で両目を乱暴に拭《ぬぐ》った。

「航と満里奈だけなんだ。こんなに深くかかわったのは」

街灯の橙《だいだい》色の明かりの下、色白の蒼人は言葉を紡ぐ。そして小さな蒼人はまたじりっと後退する。

何かを言わなければ。頭の中が混乱した。

「蒼人は一番の友だちだ。今も変わらず」少しだけ迷ったが、付け加えた。「魔族でも」

蒼人はにっこりと微笑んだ。

「どこにいるんだ？　君たちは。今はまた日本に――？　満里奈のことを気遣ってくれてたんだろ？　ずっと」

尋ねてはいけないとわかっていたけれど、訊《き》かずにいられなかった。このまま別れてしまいたくなかった。

蒼人はゆっくりと首を横に振った。さらさらした茶色っぽい髪の毛が揺れる。

「また会いに来てくれる？」

それにも答えなかった。その代わり、ぐっと目を見開いた。青い瞳《ひとみ》に吸い込まれそうになる。

「航」

「うん」

「忘れないよ、航のこと」

蒼人はさっと身をひるがえすと、光の輪の中から飛び出した。黒い小さな影が闇に溶けていく。

「蒼人！」

航は黒い影を追った。蒼人は一度も振り返ることなく、風のように走り去る。着慣れないスーツと革靴に手こずりながら、航も駆けた。黒い影は角を曲がって見えなくなった。

「待って！　蒼人」

小学生に戻ったような悲痛な叫びを上げた。

急いで曲がった角の先には、何もなかった。ただ真っすぐな道が伸びているだけで、人は一人も歩いていない。航は茫然とその場に立ちつくした。

忘れていた。蒼人のささやかな能力を。ほんのちょっとの距離を瞬間的に移動する能力。我に返った航は、その辺りを走り回って蒼人を捜した。道の向こう。路地の奥。街路樹の陰。建物と建物の隙間。コンビニの中。コインパーキングの車の後ろ。マンションのエントランス。

だが、どこにも蒼人の姿はなかった。航は息を切らせたまま、歩道の真ん中で辺りを見回した。明るい笑い声を上げながら、五人ほどの男女が追い越していった。前からは初老の夫婦が歩いてきてすれ違った。誰も航に注意を払わない。

そんな人々をやり過ごしてから、航は下を向いて歩きだした。

どこにも寄る辺のなかった八歳の少年のように。


「ほんとに？」

満里奈の両目に涙が盛り上がってくるのを、航は見詰めていた。

「本当だ。お前は死んだんじゃなかった。仮死状態だったのを喜連が蘇生《そせい》させてくれたんだ」

満里奈は、全身の力が抜けたようにテーブルに突っ伏した。久しぶりに訪ねていった中野の家から、満里奈を連れ出した。江里子は仕事に出て留守だった。川に蓋《ふた》をした暗《あん》渠《きょ》の上の細い道をたどって喫茶店に入った。

元は銭湯だった建物を改築したもので、タイル張りの浴槽や洗い場に、テーブルと椅子が並んでいた。満里奈は顔を上げて壁に描かれた富士山を眺めた。その頰を涙がつつーっと流れ落ちた。

「ほんとに？」

満里奈は、涙声で念を押した。

「そう言っただろ？　蒼人から聞いたんだ」

満里奈は「そうね」と言って、取り出したハンカチで涙を拭った。「信じる。蒼人は嘘なんかつかないもの」

隣の席に座った初老の男性が、文庫本の向こうから視線を投げてくる。別れ話をしている恋人どうしに見えるだろうか。そう思うと、航も晴れ晴れした気持ちになった。浴場だったドーム型の天井に、客のしゃべり声が反響して、やさしいくぐもった音楽のように降り注いでいる。

「きっとあいつは満里奈のことが気になってたんだろうな。だからずっと近くで見守ってたんだ」

「じゃあ、どこかにいる？　この日本で暮らしてるのかな」

「たぶんな」

「私をお母さんに会わせるために骨を折ってくれた時から、あの人たちもこっちに来たのかもね」

それはとても危険なことだったろう。年を取らない彼らが、短い周期で同じ場所に現れるということは。それを冒してまで満里奈のことを告げに来てくれたのだ。蒼人の言葉は真実に違いなかった。

「ただ仮死状態から蘇生させただけだって、もっと早くに教えてくれていたらよかったのに。私が兄さんに会って、一度は死んだと言われたらショックを受けるとわかってたでしょうに」

子供っぽく拗《す》ねた口調で満里奈が言った。ヘルトの身に起こった恐ろしい変容を目の当たりにした子には、酷なことになると、彼らには容易に推測できたはずだ。

そのことは、航も何度も考えた。

満里奈を川から引き揚げた時、満里奈は確かに息をしていなかった。航は喜連に生き返らせてもらおうと必死だった。満里奈は死んでいなかった、息を吹き返したのだと、どうしてあの場で喜連は告げなかったのだろう。

『至恩の光教』から救い出して、自分たちで育てるためか。それならそうと自分にだけは言ってくれてもよかったのに。兄妹《きょうだい》を引き裂くのが不憫《ふびん》だったのか。

でも――。あの時、喜連は言わなかったか？

――生き返った子とそうでない子は、いずれ別れなければいけない。お前と妹もな。

だから航は、満里奈は一度は死んで生き返ったと思い込んだ。

あの言葉は、何を意味していたんだろう。喜連は故意に満里奈が生き返ったと思い込ませたのだろうか。なぜ？

いくら考えてもわからなかった。

満里奈はアイスティーをストローでくるくる回している。右手の親指の根元の引き攣《つ》れにどうしても目がいってしまう。氷がカラカラと明るい音をたて、満里奈は幸せそうにストローをくわえた。いつかヘルトのように醜い死体に戻ってしまうのではないかという恐怖から解放されたのだ。母親のそばで暮らしてもいる。それはこの子が長い間熱望していたことだった。ありきたりな幸福に浸っている妹を、今はそっとしておいてやりたかった。

兄が自分を見詰めているのに気づき、満里奈はふっと笑う。えくぼが両頬に浮かぶ。この子はもう死とは決別した。右手の傷痕《あと》は、今や輝かしい未来を勝ち得た徴《しるし》だ。

江里子は愚かだが、もう娘に危害を加える気持ちも力もない。狂った教団『至恩の光教』は解体されて、教祖も信者も消え失せた。満里奈を傷つけるものは何もないはずだ。

「兄さんは、何でガオのところで働いているの？」満里奈がまたその話題を口にした。

「お母さんも心配してた」

「心配なんかすることないんだ」

「お母さん」という言葉が出るたびに、航の心は頑《かたく》なになる。

満里奈に、ガオとの偶然の出会い、職を失った後、ガオの下で働くようになったいきさつをかいつまんで話してやった。

「ふうん」満里奈はちょっと考え込む仕草をした。

「ああいう奴は、他人には誤解されるんだ。冷酷で非情で誰にも心を開かないというふうに。でもあの若さで起業して、事業をどんどん大きくしていくような人間には、そういう面が必要なのさ」

どうしてもガオの肩を持ってしまう。あの男が持つ孤高の精神が羨《うらや》ましかった。どこにもつながらず、誰にも期待せず、ただ己の力を頼って生きる強さが自分に備わっていれば、もっといい生き方ができた気がする。

航自身は、江里子を拒絶しながらも、本当は心の奥底で親族の温かさを求めていた。愚かな母と侮蔑《ぶべつ》しつつ、彼女とのわずかな幸せの思い出にすがっていた。

食べるものにも事欠くのに、航にランドセルを買い与えたあの時の母の姿が、真実だったと思いたかった。老いさらばえた江里子に会うたび、まだ心は揺れていた。ガオなら、そんな甘い感情を一笑に付すだろう。まだ自分はその領域まで到達できない。

「蒼人に会いたい。キレンにも。魔族だってかまわない。あの人たちは私を大事にしてくれたもの」

それは航も同じだった。もし近くにいるなら彼らに会いたかった。

「でもこっちからは見つけられないわ」沈んだ口調で満里奈は言った。「向こうから会いにきてくれない限り、会うことはかなわない。魔族はとてもうまく身を隠しているから。こちらから近づこうとすると、すっと遠ざかるの」

　そしてもう二度と出会えない、と満里奈は続けた。ひっそりと息をこらし、社会の隙間から隙間を渡り歩くように生きるのだと。それが半永久の命を背負わされた彼らの生き様なのだ。

　彼らにかけられた呪いとはどんなものなのだろう。なぜそんな運命を背負うことになってしまったのか。家族でもない一族が寄り添い、悲愴《ひそう》な身の上に甘んじているのはなぜなのだろう。その答えは満里奈も持ち合わせていなかった。

「働かなくちゃ」満里奈が明るい声を出した。「働く気力もなくなって、『フォーバレー企画』も辞めてしまったけど、お母さんだけを働かせるわけにはいかない」

「いいよ、働かなくて。僕が生活費は持つ」

「働きたいのよ」

　きっぱりと満里奈は言った。

「この先の――」前の通りを視線で示す。「パン屋さんでアルバイトを募集してたから、行ってみる」

「なんでパン屋？」

　満里奈はストローをくわえたまま、ふふふと笑った。

「パンを焼く匂いって、世界で一番幸福な匂いだと思うの。ドイツで育ててくれたママが、よくパンを焼いてくれたの」

　会ったこともない満里奈の養母に感謝した。薄幸の子を大事に育ててくれた人に。

親の愛に恵まれずにいた満里奈は、養母にパンを焼いてもらい、航は女将さんに出汁の取り方を教わった。そういう些細《ささい》なことで、人は力をもらうのだ。

満里奈がこれから生きていく世界が、そんな優しい仕組みで支えられていることに、航はまた感謝せずにはいられなかった。

日本人は細心の注意を払って生活していた。それなのにタルバガン・ウィルスは時々、ぽっと燃え上がる燠火《おきび》のように市中に現れた。そしてあっという間に犠牲者を見つけ出し、毒牙《どくが》にかけた。感染経路の追究はうまくいかなかった。きっと知らないうちにどこかでウィルスに触れているのだ。頭痛や筋肉痛だけしか自覚症状のない感染者が、医療機関にかかるまでにどこかで他人に感染させているということだろう。世界の研究機関は躍起になってタルバガン・ウィルスの構造の解明にかかっていたが、未《いま》だに治療薬もワクチンも開発できない。

日本政府は、他国に比べると日本の感染者数は少ないし、囲い込みも治療もうまくいっているとアナウンスした。その上で、落ち着いて生活するよう国民に呼びかけた。それでも死亡率の高さと、感染した後の病変の異様さが報道される度、人々は震え上がった。

一度NHKがタルバガン・ウィルスのドキュメンタリーを放映した。患者の対応に当たっている病院にカメラを持ち込んでのレポートも流れた。重篤な患者の画像には、さすがにぼかしが入っていた。

しかしSNS上では、その手の画像はいくらでもアップされていた。黒く縮みあがって死を待つだけの患者の画像は、かつてペストが黒死病と呼ばれて恐れられたことを髣髴《ほうふつ》とさせた。マスコミの報道は人々の不安を煽《あお》り立て、いたずらに恐怖の感情を掻《か》き立てるだけだった。

なす術《すべ》のない中、世界中に犠牲者が増えていった。

航はホテルを出て自分のマンションに戻ったが、ガオはホテル暮らしが気に入ったのか、そのまま住み続けていた。『パナケイア』には、いつの間にか小池が戻ってきていた。げっそりとやつれ果てていたが、奇妙な熱量でまた数限りない論文の渉猟《しょうりょう》に取りかかっていた。誰かの頭脳から吐き出された研究成果に埋没して、不用意な記者会見で受けた痛手を忘れようとしているようだった。

「なんだって確証のないオアシス国のことなんか持ち出したんだ？」

航は小池に尋ねた。

「あ、あれを付け足すようにい、言ったのはガオだ」

パソコンから振り向きもせずに小池は答えた。

「理由は？　ただ疫病で滅びた大昔の国をタルバガン・ウィルスにこじつけるなんて」

「し、し、知るか。ガ、ガオに聞け」

取りつく島もなかった。

航には、もうどうでもいいことだった。満里奈が死にとらわれずに済むと知っただけで、もう他のことには何の重みもなかった。これからも妹とともに歩む人生があると思うと、目に映るすべてのものが輝いて見えた。世界は得体の知れない疫病に席巻されているというのに。

ガオは新宿のホテルから、汐留《しおどめ》のホテルに移っていた。気が向くままに都内のホテルを転々としている。別にマスコミから逃げているわけではなかった。大ペテン師のレッテルを貼られたガオは、どこにいても堂々としていた。

壁一面ガラス張りのスイートルームからは浜離宮《はまりきゆう》庭園が見下ろせ、その向こうに東京湾の景色が広がっていた。

ソファセットで航とガオは向かい合っていた。ルームサービスで取ったコーヒーの味は上等過ぎてよくわからない。この男と同じだ、と航は上目遣いにボスを見ながら思った。ここにいる限り、タルバガン・ウィルスなど、どこ吹く風だった。そのウィルスをだしに大芝居を打ったということも、ガオは忘れたという風情だ。ブラックコーヒーのカップを口に運びながら、ガラスの向こうの景色を見やっていた。

「中国で手に入れた資料を、民間の遺伝子解析会社に持ち込んで、解読させている」

「それがタルバガン・ウィルスの遺伝子と合致すると？」

「さあな」ガオは熱の入らない様子で、ふふんと笑った。「合致するかもしれないし、そうならないかもしれない」

でも面白いことにはなるだろうな、と続けた。

「初めっからわかってたんだろ？」つい食ってかかった。「君は小池なんかに期待していない。出所のわからない資料もただの話題作りだ。この前の大げさな記者会見は何だったんだ？」

「成瀬はどうしてる？」

ガオは話をはぐらかした。

「元気にやってるか？　成瀬亜沙子に辞められて、不動産投資の方は痛手だ」

満里奈の話題を出されると、落ち着かない気分になる。

「本当は満里奈っていうんだ」

ガオは表情の一つも変えなかった。

「そうか」

「なんで満里奈を雇ったんだ？」

「いい人材を集めていた。だからスタッフが見つけてきたんだ。実際彼女は有能だった。ドイツ語をしゃべれたし」ガオは小さくあくびをした。

「『フォーバレー企画』であいつが働いていたから、僕らは出会った。子供の頃に別れ別れになったままだったんだ」

「俺のおかげで巡り合ったってことか。嬉しいね。偶然の出会いを演出できたわけだ」

航は目を細めてガオを見た。この男のどこまでが真実で、どこからが虚像なのだろう。

実像を捉《とら》えようとすると、するりと手の中から逃げていく。捕らえようとしているのか、捕らわれようとしているのかわからなくなる。

彼に近しさを感じると同時に、その裏にあるざらりとした違和感を意識してしまう。彼の強靱《きょうじん》さや冷徹さに倣おうとしても、この男は根本的に自分とは違う種類の人間なのだと思う。不思議な感覚だった。ガオが隠し持っている核は何なのだろう。なぜタルバガン・ウィルスに、そして自分に固執するのだろう。深まる謎が強い磁力を持って、航を『クロマ』に留《とど》まらせているのだった。

「これからどうするんだ？」

航は話を元に戻した。起《た》ち上げたばかりの『クロマ』が行き詰まってしまい、航にはすることがなかった。『フォーバレー企画』の方は変わらず営業を続けている。ガオはホテルの部屋からリモートで指示を出しているから、特に出社しなくても差し支えはないようだ。

「待ってるんだ」

つかみどころのないガオの答えに、「何を？」と問い詰める気力も失《う》せた。

一緒に昼飯を食おうとのんびりと誘うガオを断って、航はホテルを出た。どこへ行く当てもなく歩いた。ゆりかもめの高架に沿って歩いていると、竹芝《たけしば》ふ頭に出た。竹芝客船ターミナルのボードウォークに上がってみた。

目の前には東京港が見える。小笠原《おがさわら》諸島へ向かう純白のおがさわら丸が、停泊している。その向こうには、湾内や隅田川を遊覧する船が行き交っている。船の上を、白いウミネコが輪を描くように舞っていた。いつの間にか夏も盛りになっていたのだった。季節の移ろいを感じる余裕もない目まぐるしい数か月だった。

ぼんやりと立ってそんな光景を見ていると、自分は何でこんなところにいるんだろうと思う。平沼精肉店に雇われて働いていた穏やかな数年間からがらりと変わり、思いもしなかった場所に立っている気がした。

ポケットの中でスマホが鳴った。満里奈からだった。

「お母さんが倒れたの」

慌てふためいた声が聞こえてきた。

「何？」

「だから、お母さんが仕事先で倒れたのよ」

反応の鈍い兄に、もどかしげに訴えかけてくる。八王子《はちおうじ》市にあるビルの清掃途中に具合が悪くなって、救急車で病院に運ばれたという。

八王子？　そんな遠くまで仕事で出かけていたのか。初めて江里子の暮らしにまで思い至った。子供と離れ、たった一人での暮らし。それでも働かなければ生きていけない。

スマホの向こうでは、満里奈が病院名と住所を早口で告げている。これからすぐに駆けつけるからと言い、どれくらいで来られるかと問うてくる。当然航も飛んでくるものだと決めつけている。

「えっと……」竹芝にいると何とか答えた。

「わかった。じゃあ病院でね」

唐突に通話は切られた。航は、手のひらの中のスマホを見詰めて立っていた。海風に上着がはためいた。これが家族なんだろうか。誰かが倒れたら、何を措《お》いても駆けつけるということが？

家族を心配するという感情には馴染《なじ》めない。特に江里子の場合は。

だが満里奈にとっては、江里子は大事な家族ということなのだ。そして兄にもそれを押し付けてくる。抗《あらが》いたい気持ちはあったが、満里奈が告げた病院名が頭に刻みつけられていた。振り返ってガオが滞在しているホテルの方を見た。きっとあの男なら、これから航が取る行動を鼻で笑うだろう。

その想像を振り切って、海に背を向けた。

妹の感情に押されるように、浜松町《はままつちょう》の駅に向かう。新宿まで出て、八王子の病院まで行くのに二時間近くかかった。受付で江里子の名を出して尋ねた。

「ご家族の方ですか？」

太った中年女性の問いに、一瞬口ごもった。相手は細い銀のフレームの眼鏡を押し上げて、不審げな目を向けてくる。

「ご家族でないとお教えできません」

「息子です」

よっぽど具合が悪いのだろうか。その想像が言葉を押し出した。

江里子は救急治療を施された後、病室に移されていた。教えられた五階の病室へ急いだ。四人部屋の病室の窓際のベッドに、江里子は横たわっていた。満里奈が付き添っている。航に先に気づいたのは満里奈だった。ベッドのそばのパイプ椅子で、心細そうにうつむいていた顔を上げて微笑んだ。江里子は目を閉じている。救急車の中で江里子は、緊急連絡先として満里奈の携帯番号を告げたという。そういうことを満里奈が早口で説明した。

「どうなんだ？」

「倒れたのは貧血がひどいからだって。でも腎臓《じんぞう》も悪いかもしれないから、入院して検査をした方がいいだろうって」

「そうか」

なぜか安心する自分に戸惑う。向かいのベッドで半身を起こした老婆が、穏やかな笑みを浮かべてこちらを見ている。倒れて病院に担ぎ込まれた母親を心配する兄妹。どこにでもいる家族にしか見えないだろう。複雑な気分になる。

「苦労してきたのよ、お母さん。体を壊すくらい」

それには黙ったままだ。一心に母親の体を心配する満里奈を咎《とが》めたい気持ちはあったが、同時にそうしても何もならないということもわかっていた。ここに奇跡のように血のつながった三人がいる。ほんの数か月前まで、お互いの居場所も知らず、かけ離れて生きていた家族が、そのうちの一人の体の心配をしている。

向かいの老婆には、思いもつかない背景を持つ家族なのだ。

眠っている江里子は、頬はこけ、目が落ちくぼんでいる。額にかかる髪の毛も、細くて艶《つや》がない。実際の年齢よりもずっと老けて見える。航にとってこの母親を憎むことが、生きる証《あかし》だった。長年、記憶の中で作り上げてきた母親は、ふてぶてしく傲慢《ごうまん》で、蒙昧《もうまい》で頑なだった。

こんなに弱っていたなんて——。憎むに憎めない。

そう思った途端、込み上げてくる感情に押し流されそうになった。満里奈に知られないよう、ベッドに背を向けて窓の外を眺める振りをした。

「私ね、パン屋でアルバイトを始めたの。言ったでしょ？」

「うん」

雇われたその日に、弾んだ声で満里奈が電話をしてきたのだった。

「とてもいい人なの。パン屋のご夫婦」

満里奈は、眠る江里子を見詰めながら話している。それを航は背中で聞いていた。

「食パンの耳が余ったら、持たせてくれるの。日によっては、ビニール袋にいっぱい」

「うん」

「そしたらね、お母さん、パンの耳でラスクを作ってくれるの。お店で売ってるようなしゃれたものじゃなくて、ただ油で揚げてお砂糖をまぶすだけ」

満里奈はクスクスと笑った。

「それ、兄さんにもよく作ってやったって言ってた」

熱々の揚げたパンの耳を頬張った時の食感を思い出した。中には揚げ過ぎて黒く焦げたものもあって、苦みが混じっていたりもしたが、美味《うま》かった。貧しくて菓子もろくに買えなかったから、江里子がパン屋に頼んでパンの耳をもらってきたのだ。それをなんとか工夫して子供に食べさせていた。

――ほら、航、口のはじに砂糖がくっついてるよ。

夢中で食べる航を前に、江里子は嬉しそうに笑っていた。甘いものに飢えた子が、全部たいらげるのを、最後まで見ていた。自分は一本も食べなかった。

さっき何とか抑えつけたはずの感情がまた湧き上がってきた。一度仰向《あおむ》き、くっと喉を鳴らして飲み下す。満里奈には気づかれなかったが、向かいのベッドの老婆が不審げに目を細めたのがわかった。

「憶えてる？　兄さん」

「いいや」満里奈の問いは、即座に否定した。「憶えてないな」

「そう」

見なくても、ちょっと肩を落とした妹の様子が伝わってきた。

「お前はドイツの育ての母親に、もっとうまいパンを焼いてもらってたんだろ？」

意地悪くそんなことを言ってみる。満里奈がさっと振り向いたのが、気配でわかった。

「そうよ。あれもすごく美味《おい》しかった。でもお母さんが作ってくれるラスクは違う。全然違うの。本当のお母さんが作ってくれるものはね」

航はゆっくりと満里奈に向き合った。

「じゃあ、僕は帰るよ。ここの入院費用は僕が払うから、心配しなくていい」

満里奈の顔に、みるみるうちに失望が広がった。

「ええ」

それでも小さな声でそれだけを答えた。

もうこれ以上、江里子と満里奈のそばにはいられなかった。血がつながっているというだけで、何もかも帳消しにできるとは思いたくなかった。満里奈が母親を恋しく思うことまで否定する気はない。だが、自分は違う。

満里奈があの時死んでいたのではなかったとわかっても、赤ん坊の我が子の身を、危険な目に遭わせた母親であることに変わりはない。満里奈はたまたま喜連によって蘇生されたが、あの状況では死んでいても不思議ではなかった。

航は大股《おおまた》に病室を出た。

怒りにまかせて廊下を歩き、エレベーターも待たずに階段で一階ロビーまで下りた。ガラスの自動ドアを抜けて前庭を行く。八王子の駅からここまではタクシーで乗り付けたのだが、その気は失せていた。やみくもに歩いた。今日は歩いてばかりだ。さっきとらわれそうになったおかしな感情が霧散するまでは、足を止めたくなかった。

すぐに汗だくになった。

駅は病院からは離れている。到底歩いて行ける距離ではない。それでも歩を進めた。等間隔でバス停が設置されているから、バスの路線沿いではあるのだろう。通りかかったバスにうまく乗れるかもしれない。それまでは、頭を冷やしながら歩こうと決めた。

住宅地があるかと思えば、野菜畑が現れたりもした。神社や大学の前を通り過ぎた。山地が三方の周縁にあり、都心に向けて開けた方の景色はかすんでいる。ここが多摩《たま》丘陵の一部だと感じられる風景だ。

またバス停があった。一度もバスが走ってくるのを見かけないから、便は間遠なのだろう。バス停の向かいにベンチが置かれていたが、ペンキは剝《は》げ、下には雨で流されてきたのか土が溜《た》まっていた。ベンチには、老人が一人座っていた。布のソフト帽を目深に被《かぶ》って、両手を杖《つえ》の握りの上に重ねて置いている。その前を通り過ぎた。

少しだけ行って、航は立ち止まった。ゆっくりと振り返り、そしてバス停まで戻った。

老人は少しも動いていない。

「喜連」

恐る恐る声をかけてみた。老人は顔を上げた。そして言った。

「航」

記憶の中にあるままの喜連だった。がっしりした体も、優しい光をたたえた瞳も、たるむほど皺《しわ》の寄った肌も。金色の産毛の生えた手で、ベンチの隣をとんとんと叩《たた》く。

「座らんか」

　何も考えず、すとんとそこに腰を落とした。背後は公園になっていて、たくさんの樹木が植えられていた。ベンチの置かれた歩道部分は、公園の敷地に食い込むような形になっていた。剪定されずに伸び放題になった枝が、ベンチの上に気持ちのいい影を落としていた。時折、思い出したように蟬の鳴き声が降ってきた。ひんやりした風に、汗が冷やされた。

　喜連は、首を回して航の方を見た。

「蒼人がお前に会いに行ったろう？」

　ずっと耳に残っていたしわがれた声。

「ええ」

「行くなと言ったんだがな」

　のんびりとした口調で喜連は言い、かすかに笑った。分厚い唇の両端を持ち上げる笑い方だ。これも昔のままだ。

「お前にどうしても言いたかったんじゃろう。満里奈のことを」

「あれは——本当のことなんですか？」

　喜連が大きく頷いた。

「満里奈は死んではいなかった。ねっとりとした薬が気道に詰まり、その上に溺れて仮死状態になっていただけだ。液体を吐かせたら息を吹き返した」

「どうして……」

喜連は悲し気に目を伏せ、ソフト帽のつばをちょっと持ち上げた。

「悪かった。きちんと話しておけばよかったんだが」

「いいえ。あなた方が僕らを助けてくれたんですから。満里奈を連れていってくれなければ、また同じ目に遭わされていたかもしれない」

「急いで航の前からも姿を消してしまった。ちゃんとした別れができなかったことを、蒼人は辛《つら》がっていた。あれはまだ子供なんだ。どれだけ生きてもな、あいつはいつまでも子供のままだ」

この前に見た蒼人を思い出した。夜更けに、街灯の明かりの下でぽつんと一人立っていた子供。

「行くなと言ったんだがな」また同じ文言を喜連は口にした。そして前に向き直った。日傘をさした女性が前を通っていった。車道には車がひっきりなしに通っていく。歩行者は急ぎ足で通り過ぎる。

「わしらは世界中どこで暮らしても、ひっそりと息を殺すように生きていかねばならん。誰の記憶にも残らんように。誰とも深く関わらんように」

だが、と喜連はゆるりと首を振った。

「どういうわけか蒼人はお前に深入りした。なぜだか航が気になったんだな」

新興宗教の施設の中で暮らし、学校では壮絶な虐《いじ》めに遭っていたクラスメイトに、ふと心が向いたのか。

「あれは子供なんだ」喜連はまた同じことを繰り返す。

「本当は友だちが欲しかったのさ。それをわしらは禁じてきた」

——忘れないよ、航のこと。

あんなこと、誰にも言われたことがなかった。僕も子供のままだ。航は思った。蒼人とは寂しい心が引き合った友だちどうしだ。

「蒼人はどこにいるんです?」

喜連はちらりと横目で航を見たきり、何も答えなかった。

「どうしてあなたはここへ来たんですか?」

けたたましい爆音を響かせて、大型のバイクが通っていった。

「昔話をしに来たのさ」

「僕らが出会った時のこと? 北千住で」

「いいや」喜連は首を振った。「もっともっと昔の話さ」

ごつい手で、胸元をパタパタさせて風を入れる。涼し気な縞《しま》模様のシャツが膨らんだり萎《しぼ》んだりする様を、航はじっと見ていた。

「そうさな、ざっと千七百年ほど前のことだ。わしらがこんな運命を背負わされたのはな」

首を回らせて、隣の老人を見返した。彼は特に気負ったふうでもなく、ややうつむきがちにしゃべり続ける。

「この話を他人にするのは初めてだ」

「なぜ僕に？」

見返してきた喜連は、一瞬悲し気な顔をした。

「蒼人が選んだ友人だからな。千七百年も生きてきて、たった一人の」

アブラゼミが「ジジジジィ」と鳴いて、またぱたりと黙り込んだ。

航も口を閉じて、喜連の話に聞き入った。


「わしらは家族ではない。ただの仲間なんだ」

「魔族の？」

航の言葉に、喜連はふわっと笑った。

「そうだな。まあ、そういうふうにも言える」

本当はこんなこと、誰にも話したくないんだ。彼らの大事な秘密を。知らず知らずのうちに、体が強張《こわば》った。喜連は手を伸ばして航の肩をどんと叩いた。

「まあ、気楽に聞け。年寄りのとりとめのない話だ」

彼ら四人が出会ったのは、紀元三百数十年のタクラマカン砂漠だった。

「砂の海の中に小さなオアシス国が、島のようにポツンポツンと浮かんでいるのさ」

オアシス国？　何かが頭の中で引っ掛かった。とても重要なつながりが、これから語られるのだという気がした。やはり肩から力は抜けなかった。

「タクラマカンは、ウィグル語ではタッキリ・マカンという。タッキリは『死』、マカンは『果てしなく広いこと』を意味する。果てしもなく大きな砂の海。そこを何十頭、何百頭ものラクダを連ねた隊商が行く。命を落とすことも覚悟の上でな。島のように浮かぶオアシス国が駅亭のようにつながっていなければ、とても砂漠を旅することなどできん」

喜連は熱砂の広がりを見ているかのように、遠い目をした。目の前には、暑さに辟易《へきえき》しながら歩いていく歩行者と、排ガスを撒《ま》き散らしながら走り去る車しかいなかったが。

「砂漠の周囲の高山からの雪解け水が川を作る。その川に沿って緑の帯ができる。水のあるところには人が住む。それがオアシスだ」

時には川そのものが砂の下に潜り、地下水の上にオアシスができることもあると喜連は言った。それこそが砂の海の中の緑溢《あふ》れる島だ。人々は土地を耕して作物を作る。その耕地を草地や沼沢地《しょうたくち》が取り囲み、その外側に砂漠が広がる。交易が盛んになると、商人や手工業者が住みつき、王がそこを治めるようになる。城壁で囲まれた大きな都市国家になることもある。

あまりに現実から離れた気の遠くなるような話だ。夏の昼下がりにバス停のベンチで聞く話ではない。他の人が聞いたら、到底信じられない物語だろうが、航には疑念のかけらもなかった。これは紛れもない真実の物語なのだ。時にかすれてしまう喜連の声を聞き取ろうと、航は一心に耳を澄ませた。幸いにも、二人の頭の上に広がる緑の天蓋《てんがい》のおかげで、周囲の騒音から遮断されている。航は、喜連と一緒にベンチごとはるか中国の西域まで旅をしている気になった。

「わしらが連れて来られたオアシス国は、それほど大きなものではなかった」

「連れて来られた？」

「そうだ。わしらは皆別々の場所からキャラバンで旅をして来たのさ。オアシス国の王の命によってな」

砂漠の中のオアシス国は、たいして大きな規模の王国ではなかったが、豊かな国ではあった。途切れることがなく水が湧き出していた。砂漠の中ではそれがとても重要なことなのだと喜連は言った。

川の流れは砂漠の中では気まぐれに流路を変える。地下水が突然涸《か》れてしまうこともある。それはすなわち、国の死を意味する。人々は、新しい土地を探してオアシス国を後にする。

「だからそのオアシス国は安定していて、最高統治者である王は、何代も世襲で続いていた。国家自体がキャラバン交易にも関わっていて、大きな市も経営していた。そこからの収益もかなりなものがあったんだろうな。居城は立派なものだったよ」

だから、王の力も強大だったんだと言った後、喜連はしばらく黙り込んだ。

顎をシャツの襟の中に埋《うず》めた老人を、航はちらりと見やった。木漏れ日が、奇妙なまだら模様を老いた男の顔の上に落としていた。

この人は、どれくらい前から老人なのだろうと航は考えた。蒼人がずっと子供であるように、喜連もずっと老人のままで生きてきたのか。

一つ痰《たん》の絡んだ咳《せき》をして、喜連はまたしゃべり始めた。

「富み栄えた国の王というものは、高慢で尊大で絶対的だ。お前にはわからんだろうが」

それから少し声を落とした。道ゆく人々の誰一人として、くすんだベンチに並んで座る者に注意を払ってはいなかったけれど。

「満里奈から聞いただろう。わしらのちょっとした能力のこと」

心地よい老人の声色に聴き入っていた航は、背中を伸ばして喜連を見た。喜連の方も、見返してくる。重たい瞼《まぶた》の下からの鋭い視線を、航は受け止めた。

「ええ」喉の奥から言葉を引っ張り出す。「満里奈に聞く前から、僕は知ってたけど」

「そうか。そうだろうな」

喜連はまた道路の方を向いた。犬を散歩させる人が通っていった。犬は太ったパグ犬で、ピンク色の舌を長く垂らしていた。犬もまた、奥まったベンチの二人を無視して行ってしまった。

「そんなふうなことを、他人に知られるのはよくない。そうならないように細心の注意を払ってきたんだがな」

喜連はソフト帽を持ち上げてふっと笑った。航を特別扱いしたことを、特に気にしていないふうだった。喜連は笑い顔のまま「まあ、それはいい」と呟《つぶや》いた。

オアシス国の国王は、異能力の持ち主を見つけては手元に置きたがった。まるでペットを飼うように、と喜連は言った。

「抗うことなどできん。相手は一国の王だ。国の政《まつりごと》を一人で行い、大勢の兵も従えている。人の生き死にまで、王の思いのままだ」

タイールは、と言いかけて、それは航の知っている康夫のことだと付け加えた。彼のもともとの名前はタイールだった。彼らは世界中をさまよい歩き、その土地土地に見合った名前を名乗って生きてきたのだ。

タイールは隊商を組んで交易をしていたソグド人だったらしい。ソグド人は胡人《こじん》とも呼ばれ、今でいうイラン系の人々のことを指すという。そう言われると、康夫はいかにも中東の風貌《ふうぼう》をしていた。浅黒い肌とごわごわした髭《ひげ》の持ち主だった。

「シルクロードを行き来する商人は、ソグド人が多かった。商売に長《た》けていて、襲いかかってくる匈奴《きょうど》とも果敢に戦った。奴らは高級な絹織物や絹糸、毛皮、宝石、それから麝香《じゃこう》などの香料や薬類を取引していた」

そういえば康夫は、宝石商だった。

「あいつはただの石を玉《ぎょく》と偽って売りつけるんだ。いや、正確にいうと、石を玉に見せかける術を心得ていたのさ。そこに王が目をつけた」

「じゃあ、友子さんは？」

つい訊いてしまった。

「あいつは漢族なんだ。出会った時は雪華《シュエホア》と名乗っていた」

喜連は杖の先で、ベンチの下に溜まった土に「雪華」と漢字を書いて見せた。

緑のオアシス内に小鳥を呼び込む雪華は、王のお気に入りだったという。

そして子供の蒼人はたった一人でキャラバンにまぎれてやって来た。パミール高原を越えてヨーロッパから連れて来られたのだろうということだった。

「蒼人は何という名前で呼ばれていたの？」

「カエルラ。ラテン語で青という意味だ。キャラバンの誰かが付けた」

カエルラ——青い目の子供。

彼も異能力の持ち主であるとわかり、王のコレクションに加えられた。

「そしてわしはもうその頃から老いぼれだったのさ」

死んだ者を生きているように見せかける能力の持ち主。

「つまらん技だ」

喜連は吐き捨てるように言った。喜連はトルコ族だと言った。天山山脈の向こうの草原地帯を故郷とする部族だ。後に突厥《とっくつ》という遊牧国家を打ち立てる民族だという。

「オアシス国は、旅の商人が入り乱れ、あらゆる民族が住みつく場所だった」

そこの変人の国王が気まぐれに集めた異能の集団、それが彼ら魔族の始まりだった。

「わしらは宮廷楽士や軽業師《かるわざし》と同類だ。そんな不思議な術を、退屈した王に披露して喜ばせるつまらん集団だった」

王の慰みものとして、地位も低かった。

「千数百年もの命を持ち得たのはどうして？　それも能力のうち？」

喜連はゆるりと首を振った。

「いや、勢いのよかった王国も滅びる時がきた。わしらは王国から逃げ出した。その時に――」

やはり王に侍《はべ》っていた呪術師《じゅじゅつ》から呪いをかけられた。半永久的に生きるという運命を背負わされた。それはある意味、死ぬ運命よりも惨《むご》い罰だった。

「わしらの周りには時間が存在しない。いくら待っても何の変化もない。ただ漫然と生きていくしかない。人目につかないよう、首を縮めてな。今みたいに、来ないバスをバス停で待っているようなもんだ」

航はつくづくと老人の横顔を眺めた。信じがたい事実を本人の口から聞いても、慄《おのの》きも恐怖も嫌悪感も抱かなかった。その理由の一つは、子供の頃にその能力が発揮されるところを見たからで、もう一つは、彼らの心根を知っているからだった。

尋常でない成育環境に置かれ、孤独で追い詰められた子供時代を生き抜けたのは、蒼人とその家族がいたからだった。何より、妹をあそこから連れ出し、大事に育ててくれた。喜連によって生き返らされたのではないと知っても、そのことに変わりはない。あの狂った教団で「神に選ばれた子」として暮らしていれば、どのみち満里奈の命は奪われてしまっていただろう。

　そのことを伝えたかった。

「ありがとう、喜連」

　喜連は襟の中から顎を持ち上げて、航の方へ首を回《めぐ》らせた。

「それを言いたかった。言えずに別れてしまったから。蒼人にも誰にも」

　喜連の目に浮かんだ複雑な感情は、航が予期したものとは違っていた。悲しみとも、後悔とも、やりきれなさとも取れるものだった。それは彼らが背負わされた運命からくるものだろうか。つい深入りしてしまった子供に、真実を告げねばならない苦しさなのか。航の想像の域を超えた感情だった。

「蒼人に会えて嬉しかった。喜連にも」

「そうか」

　絞り出すような声で喜連は答えた。また悲しみのこもった眼差《まなざ》しを向けられて、何とも落ち着かない思いがした。

「僕や満里奈のことを気遣ってくれていたんだろ？　ずっと近くにいてくれたの？」

「いや」喜連は悲しい目のまま、首を振った。

「鳥だ」

「え？」

「雪華が操る鳥たちが、お前と満里奈の様子は伝えてくれた。だから、どこにいてもお前たちのことはわかった」

蒼人たちが去った後の荒れ果てた家を訪ねた時、庭の木にヨシキリがいて、航を見下ろすように鳴いていたことを思い出した。小鳥と交感する友子の能力で、別れた後も自分たち兄妹は守られていたのか。

あの優しい種族が、誰の記憶にも残らないようにひっそりとこの世で暮らしていると思うと、いたたまれない気がした。こうして束の間話した後も、喜連は彼の仲間と一緒にまたどこかへ去っていくのだろう。

そして蒼人はまた友だちも作らず、孤独な生活を強いられることになる。まだ子供なのに。ずっと寂しい子供でいなければならない。どうしてこんなことになってしまったのだろう。惨い呪いを解くことはできないのだろうか。

「どうしてなんだ？　どうしてこんなふうにしか生きられないの？」

つい声を荒らげてしまった。

「ひどすぎるよ。魔族だなんて、僕はそんなふうに思わない。ちょっとした能力のせいで、そんなふうに扱われるなんて」

「航」喜連は昂《たかぶ》った航の言葉を遮った。「もうそのことを言っても仕方がないんだ。もう我々は運命を受け入れている」

静かな喜連の声は、航を打ちのめした。喜連は「それより」と続けた。

「わしがお前に昔話をしに来たのは、別の理由があるんだ」

どこかの保育園の園児たちが、保育士に連れられて、ぞろぞろと歩道を通っていった。お揃いの水色の布帽子には、後ろにも日焼け防止の垂れがついていた。それがはたはたと風に揺れる様を、航と喜連は黙って見詰めた。

「わしらがとらわれていたオアシス国が滅びたのはな――」

園児たちのおしゃべりが遠ざかる。

「疫病が流行ったせいなんだ」

頭の中で何かがむくりと身を起こした。

中国西域、オアシス国、疫病――すっとつながっていく。それらが一つの絵を描き出す前に、喜連は言葉を継いだ。

「その国の名前は、『鳩呂摩《クロマ》』といった」

また杖の先で漢字を土に書く。その文字を航は凝視した。背中がすっと冷えた。蟬がまた「ジジジジジィ」と鳴いた。

「『クロマ』……」

茫然《ぼうぜん》とその名前を読んだ航に、喜連は身を寄せた。

「航」

ゆっくりと顔を上げた。

「ガオに近づくな。奴は危険だ。あいつはな――」

遠くの交差点で、車がクラクションを鳴らした。その先は聞くなというように。

「あいつもわしらと同族だ」

「同族――？」

意味がつかめない。

「つまり、それは――」

「あいつも魔族なのさ。共に呪術師に呪いをかけられたんだ。わしらは千七百年前の『鳩呂摩』で出会った。あの国が滅びてから、奴はわしらとは離れて行動している」

喜連はさらに身を寄せてきた。航の体は老人のごつい肩で押されて傾いた。異様な光を帯びた灰色の瞳がぐっと近づく。

「いいな、航。ガオとは手を切れ。あいつはお前を利用しようとしている。わしらをあぶり出すためにな」

喜連はそれだけ言うと、杖に体重をかけてのっそりと立ち上がった。

「それを言うためにわしはここに来たのさ」

バス停に向かって歩道を横切る喜連の後ろ姿を、航は眺めた。彼の言葉が自分の中で咀嚼《そしやく》できない。老人は割合しっかりした足取りでバス停に向かっていった。

そこへ車体の横腹に青い線の入った路線バスがやって来た。バス停で待つ老人の前で、扉が開かれる。扉が開く「プシュー」という音に、やっと体が反応した。航が腰を上げた時には、喜連は手すりにすがりながら、ステップを上がっていた。

「喜連！」

弾《はじ》かれたようにベンチから立ち上がり、バスに駆け寄った。

振り返った喜連は、航に向かって大きく頷《うなず》いた。

「また会える？　喜連！」

心細く不安だった子供の頃の心境に戻っていた。そこで出会った優しい家族に、再びすがりつきたい思いだった。

「会えるさ。もう一度、どうしてもわしらは会わねばならん」

喜連は運転手に合図を送り、航の前で扉は閉められた。

「ほんとに？」

泣きそうになりながら発した言葉は、老人の耳には届かなかったろう。無情にもバスは発車していった。ガラガラに空《す》いたバスの窓越しに、喜連がよたよたと後部座席まで歩いていく姿が見て取れた。

「待って！」

ウィンカーを出して本線に戻るバスを追いかける。スピードを上げるために、バスは思い切り排ガスを噴き出した。

喜連が一番後ろの座席に座っているのが見えた。老人の後頭部を見ながら、航はバスの後ろを走った。とても追いつけない。背後から車にクラクションを鳴らされた。遠ざかるバスのリアウィンドー。喜連は一度も振り返らない。その時、老人の隣から、ひょっこりと子供の顔が現れた。

「蒼人！」

それは紛れもなく航の友人だった。この世でたった一人の友人。蒼人はリアウィンドーに顔をくっつけるようにして航を見ていた。

「待って！　蒼人！」

蒼人は微笑んだように見えた。だが、遠くてよくわからない。

すると次の瞬間、蒼人と喜連の姿はリアウィンドーから消えた。まさに掻き消すように。道の真ん中で立ち止まってしまった航を、何台もの車が大回りをして追い抜いていった。蒼人はあの術を使ったのだ。喜連の腕をつかんで、どこかへ瞬間移動してしまった。かつて何度も友人を助けたあの術で。

航はいつまでも道路の真ん中に立ちつくしていた。


ガオの皿の上のステーキ肉から、赤い血が流れだしている。ガオはナイフをふるい、落ち着き払って肉を口に運んでいく。彼はいつでもレアの焼き加減で注文する。

「ほんのちょっと火を入れるだけでいい」と。

航の前のステーキ肉は、冷えて硬くなっていく。

「食わないのか？」

肉を咀嚼しながら、ガオは上目遣いで問う。ガオの顎の筋肉がたくましく収縮する様を、航は黙って見ていた。

「昼飯の誘いを断って出ていったと思ったら、今度はこんなにうまい肉を食わないとは」

ガオはまた切り取った肉を口に入れた。

「こんな肉はとてもじゃないが口にできなかった。特にこういうふうに血がしたたるようなやつはな」

それから軽い調子で続けた。

『鳩呂摩』では」

「ガオ！」

ガオはフォークを持った方の手を上げて、航を制した。

「ものを食っている時に、奴らの話をするな。まずくなる」

喜連から「ガオに近づくな」と忠告されたけれど、どうしても彼に会わずにはいられなかった。この男に感じていた違和感の理由がやっとわかった。ガオは人間ではなかった。彼の本質をとことん知りたいと思った。それほど不思議な魅力に満ちた男に深入りしてしまっていた。ここまで来て、この男に背を向けることはできなかった。魔族だと知らされたガオがどんな男で、どんなつもりで自分に近づいたのか。その謎を解きたいと思った。

たっぷり十五分かけて、ガオはステーキをたいらげた。彼がナプキンで口を拭《ふ》くのを、航はイライラした気分で眺めた。ウェイターがやってきて、皿を下げていった。まったく手をつけていない航の皿を見ても顔色一つ変えず、一応断って下げた。一流のホテルにふさわしいよく教育されたスタッフだ。

「コーヒーはあっちでもらうよ」

ガオは窓に面した席を指差して言った。

「かしこまりました」

ホテルの最上階のレストランは、適度に空いていた。斜め前のテーブルに座った親子連れが、静かに食事をしていた。若い夫婦と五歳くらいの女の子だ。髪の毛を美しく結い上げた母親の横で、おしゃれなドレスを着た子が行儀よく食事を取っていた。落ち着いたクラシックが流れていて、彼らが交わす穏やかな会話が、時折漏れ聞こえてきた。時々微笑み合いながら食事をする親子を、航はしばらくぼんやりと見詰めていた。

コーヒーがきた。

「あのじいさんが、とうとうお前に会いに来たわけか」

ガオはおもむろにカップを持ち上げて言った。いかにも嬉しそうに笑う。この成り行きに手をすり合わせそうなほどだ。

わしらをあぶり出すために、ガオはお前に近づいたんだと言った喜連の言葉を、ここへ来るまでずっと考えていた。新しく起ち上げた会社名を『クロマ』としたこと。突飛な記者会見。疫病で滅びたオアシス国の不確実な情報を持ち出したこと。すべては喜連たちの気を引くためだった。そう考えれば辻褄《つじつま》が合う。

この世のどこかでひっそりと息づいている魔族を、引っ張り出すためだった。そして航はそのための餌だ。なぜこの男が自分にしつこく付きまとったか、『クロマ』で取締役にまで据えて、あの茶番の記者会見に同席させたか。その理由がわかった。しがない惣菜屋の店員を彼の事業に引っ張り込んだことにずっと引っ掛かりを覚えていたが、ようやく腑《ふ》に落ちた。

——俺の計画には、是非とも航が必要なんだ。

ガオは、世界に向けて『クロマ』の業績を発信したのではない。彼にとってはタルバガン・ウィルスなどどうでもいいのだ。この男は——、航はガラスの向こうに広がる夜景を眺めながら、澄まして食後のコーヒーを啜《すす》る中国系アメリカ人の横顔を眺めた。同じルーツを持つ一族から離れ、そして今はなぜだか彼らを捜し求めているのだ。隠遁《いんとん》している喜連たちを、黙って捨て置くわけにはいかない理由がこの男にはある。

ガオがちらりと横目で航を見た。

「僕に近づいたのも、計算ずくのことだったんだな」

あの日、大井町駅の前で酔っぱらった態《てい》でベンチに寝ていた男。財布を盗んだのも、彼が仕込んだ輩《やから》かもしれない。そこまで推測すると、ぞっとした。

この男の底知れなさ、それは魔の一族だったからか。

航がガオに惹《ひ》かれたのは、彼の透徹した視線と、人の情愛を切って捨てる冷酷さに親近感を抱いたせいだ。孤独を苦にせず、強さに変える力を見習いたいと思った。だがこの男の孤独は、千七百年も続いている。その長さに眩暈《めまい》のようなものを覚えた。目の前に座って皮肉な笑みを浮かべ、コーヒーを啜っている男は、人ならぬ存在だった。出会った時に感じた、夜の闇から生まれた男という印象が蘇ってくる。ガオは喜連たちとはどう違うのか。なぜ彼らとは別の道をたどって今日に至ったのか。航は自分の前に差し出された謎の大きさにただ瞠目《どうもく》するのみだ。

「まあな」

やっとカップをソーサーに戻して、ガオは答えた。

「なぜ？」

平静を装おうとするが、うまくいかない。言葉尻《じり》が震えている。だが、そう問う権利が自分にはあると思う。問わずにはいられなかった。

「じいさんから昔話を聞いたんだろ？　年寄りはその手の話が好きだからな」

航は、喜連から聞いた話をガオにした。長い話ではない。まだ自分ではよく理解できないところもある。

ガオは唇を歪《ゆが》めて耳を傾けていたが、話が終わると「ふん」と鼻で笑った。

「都合のいいことばかりしゃべってるな」

あとは黙って腕組みをしたきり、横を向いてガラスの向こうに広がる東京湾の夜景を見下ろしている。

「否定しないんだな？　君が魔族だという部分は」

「ああ」

航はぐっと唾《つば》を呑《の》み込んだ。

「元は君も喜連たちと一緒に『鳩呂摩』の王に仕えていたんだな？」

「そうだ」

ようやくガオは航に向き直った。

「俺がどんな小細工を使うか知りたいか？」

また震えがきた。ガオは航の返事を待たず、しゃべり始めた。

「俺の能力はな――」自分でぷっと噴き出す。「時間を遡《さかのぼ》ることができるんだ」

「時間を遡る？」

航はガオの言葉をそのままなぞった。

「時間は過去から未来へ行儀よく流れていくものじゃない。時にたわみ、淀《よど》み、捻《ね》じ曲げられている。その隙を突いて、俺は時間を弄《もてあそ》ぶ。たわいのない遊びだ」

「それって――」

「陳腐な言葉で言うと、タイムトラベルだ。過去への旅行」

言葉を失った航に、ガオは首をすくめて見せた。

「そんなたいしたことじゃない。遡れるのは、せいぜい数十年というところだ。過去に戻って、ちょっとしたいたずらをして戻って来る」

「いたずら？」

ガオはまた自嘲《じちょう》する。

「自分の都合のいいように過去を書き換えるのさ。ただし、自分の都合だけだ。世界を変えるような大きな作為、あるいは社会情勢に介入するようなことは弾かれる。個人的なことだけに限られる。俺は様子を窺《うかが》って、そしてちょっとした手を加えるだけ。言わばズルさ」

テーブルの上に両肘《ひじ》を乗せて、ガオは身を乗り出した。

「こう考えるといい。過去に戻った俺は未来を知っているわけだ。だからちょっと過去の事実をいじる。自分にとっての未来が都合よくなるように。そういったズルのお陰で、俺は事業に成功し、大金持ちになれたわけだ」

航はほうっと息を吐いた。いつの間にか息を止めていた。謎が一つ解けた。ガオが株や投資で儲《もう》けた訳は、そういうことだったのだ。そうやって財産を増やせるなら、たいして労力を使うこともない。前に土地転がしで儲けたと言っていたガオは、今のままの風貌で、バブルの時代にも生きていたわけだから。バブルが弾けることを知っていたガオは、うまく土地を転がして売り抜け、さっさと未来へ戻っていったのだ。

「小池が見つけた永久凍土の中から見つけ出された未知のウィルスについての研究資料を手に入れたのは、君だったのか。過去に戻っていって」

「共産圏では金がものをいうって言っただろ?」

ガオは平然と言い放った。

ロシアと中国の研究チームが解散した後、ウィルスの研究資料を欲しがる誰かに売り渡したのだと小池は言った。あれを最終的に手に入れたのはガオだった。自由に現在と過去とを行き来する男。記者会見を開く前、一週間ほど行方が知れなかったのは、そういう訳だった。

「だが、俺の能力なんて知れている。ただ俺個人が裕福になったって誰も困らない。こんなちまちました術を使って生き抜いているのさ。もういい加減飽き飽きしたけどな。これが俺の生き方だから仕方がない」

せいぜいオアシス国の王を楽しませるだけの術だったと、ガオはうそぶいた。満里奈は、「あの人たちの力は全部目くらまし。まがいものなのよ」と言い、喜連は「わしらは宮廷楽士や軽業師と同類だ」と言った。

子供だった航には、輝かしい強大な力に見えた。だが、その術の使い手である喜連やガオにとっては、ただの生きる術でしかなかったのかもしれない。王の歓心を買うための道具だ。王国から離れてしまえば、その使い道も限られる。それでもそれに頼って、千七百年も生きてこなければならなかった。そしてこれからもずっと。

「奴らはまたお前に会いに来るだろうな」

「さあ、どうだろう」

「どこにいるか言わなかったか？　きっと近くにいるんだ」

航は首を振った。ガオの目的は何なんだろう。目の前の魔族は、クスクスと笑った。

「あいつら、肝を潰したろうな。航が俺の横に座って記者会見をした映像を見て」

眉間に皺を寄せた航を見て、ガオはまた笑った。もう我慢ができなかった。

「君と喜連たちの間に何があったんだ？　タルバガン・ウィルスと関係があるのか？　喜連は『鳩呂摩』が疫病で滅びたって言ってたが」

「大有りだ」即座にガオは答えた。「あのじいさんがしゃべらなかったことを教えてやろう」

ガオはウェイターを呼んで、赤ワインとチーズを持って来させた。銘柄を説明するウェイターを煩《うるさ》げに退けた。ボトルが一本テーブルの上に置かれている。グラスは二つ。

「飲むか？」と問われて「いらない」と答えた。

「つくづく付き合いの悪い奴だ」

自分のワイングラスにどぼどぼとワインを注ぐ。それを目の高さまで持ち上げて、光を透過する赤い色に見入った。

「鳩呂摩にもキャラバンが上等のワインを運んできた。王は血の色をした赤ワインがお気に入りだった。よく雪華を侍らせてワインを飲んでいたな」

「雪華？　友子さんのこと？」

ガオはぐびりとワインを飲んだ。

「そうさ。あいつは王の愛妾《あいしょう》だったのさ」

「愛妾？」

「オアシス国には、外来のキャラバンを目当てにした王が経営する女市《おんないち》があったんだ。要するに娼婦館《しょうふ》だ。そこに雪華は売られてきた。美しい女だったし、何より鳥を呼ぶ芸を持っていた。だから王が宮殿に囲った」

喜連が言った「雪華は王のお気に入り」というのは、そういうことだったのか。

「あいつは俺の姉なんだ」

「え？」

「子供の頃に砂漠の中に放り出された。おそらくは万里の長城の向こうから。俺たちは漢族だった。記憶はないが、中国のどこかの町からさらわれて来たんだろうな」

友子の風貌を思い出した。濡れたような黒い瞳に漆黒の長い髪の毛の持ち主だった。そう言えば、彼女も夜から生まれたような趣があった。

同じように王を喜ばせる術を使う姉弟。二人ともが宮殿で王に仕えていたわけだ。

「姉なら、なぜあの人と暮らさないんだ」

ガオは手にしていたワイングラスを無造作にテーブルに置いた。赤い液体がわずかに飛び跳ねた。白いクロスの上に、赤い染みができた。ガオはしばらくそれを見下ろしていた。

「お前はどう思ってる？　妹のことを」

航は、それには答えずガオを見返した。満里奈を自分のオフィスに連れてきたのも、計画のうちだったのか。偶然にしては出来過ぎている。

「満里奈は大事な妹だ。血のつながった家族だ」

かすれた声で答えた。

「家族ね」

ガオは、ボトルを持ち上げてグラスにワインを注ぎ足した。

「じゃあ、母親は？」

言葉に詰まった。この男は、どこまで自分のことを知っているんだろう。この魔族は？

「家族なんてものに惑わされるな、航。それこそ、俺たちが使う術より胡散臭《うさんくさ》い。血なんてものは――」

ガオはまたグラスを持ち上げて中身を見た。血の色の酒を。

「家族の振りをして生きている魔族たちにお前は出会った。孤独なお前は、奴らに心を開いた。心優しい家族だと思ったろ？」

何と答えたらいいのかわからなかった。ガオは顔の前でグラスを回した。そこに目をやったまま話し続ける。

「あの家族を統率しているのは喜連じゃない。タイールでもない」

「じゃあ――」

誰が？　という言葉が出てこない。その先は聞いてはならない気がした。だがガオの言葉は容赦なく耳に流れ込んでくる。

「あの仲間を率いているのは雪華なんだ。優しい母親役を演じている女。あいつこそ邪悪の権化だ」

「嘘だ」

友子が呼び寄せる小鳥たち。庭で弾いていたオルガネットの音色。

「あの女が王国を滅ぼした」

「嘘だ」

「お前の弱点は――」グラスの向こうからガオが語りかける。「寂しさに負けることだ」

その言葉は航の心臓を一気に貫いた。

千七百年もの孤独に耐えてきた男の言葉は、研ぎ澄まされた刃《やいば》となって突き刺さり、血肉をえぐり取る。

「そこに奴らはつけ入る。まさに魔族だな。芸当はたいしたものじゃないが、邪悪さにかけては人間のそれを凌駕《りょうが》している」

怯《ひる》んで固まった航を、ガオは面白そうに眺めている。彼の肩越しに、幸せな家族が食事を続けているのが見えた。女の子が笑うたび、髪の毛に結んだサテンのリボンが揺れている。

「なあ、航」

ガオはワインで口を湿らせる。唇がねっとりと赤く濡れた。その唇が紡ぎ出す言葉は、恐ろしい毒を含んでいる気がした。

「俺と組め。言ったろ？　大金持ちにしてやるって」

　――俺は切り札を持っているんだ。絶対に勝てるカードを。

　それは魔族をおびき出したことと関係があるのか？

「今、流行っている感染症がオアシス国を滅ぼしたのさ。高熱と湿疹《しっしん》、かさぶたに覆われた痛々しい体になり、苦しみ抜いて死に至る病。同じ症状だ。それはあっという間に王国の民を食い荒らした。感染力も致死率も今よりもっと高かったと思う。医療も発達していなかったし。奴隷だろうと平民だろうと娼婦だろうと王族だろうと関係ない。砂漠の中の一国の息の根を止めるのに、そう時間はかからなかったよ」

「ねえ、ママ、アイスクリームが食べたい」

　幼い声がガオの背後から届いてくる。母親が穏やかにたしなめるが、女の子のアイスをおねだりする声は止まらない。

　静かに流れるクラシック音楽と相まって、穏やかな幸福感を演出している。

「国中が死に絶えた」

　こんな場で、おぞましい話を聞いていることに実感がない。

「それは雪華の仕業なんだ。あいつは渡り鳥が運んできたウィルスを受け取った。あいつの体の中で、それを変異させた。殺人ウィルスに」

「嘘だ」

　最後に絞り出した声はかすれていた。

「いいか。雪華はただ鳥を呼び寄せるだけの能力を持っているわけじゃない。それは自分を無害に見せかけるパフォーマンスなんだ。本当の力は、病原体を自在に操って、それを武器に変えることだ。鳥を運び屋として」

「でも君の姉なんだろ？」

どうにか言い返した言葉は弱々しかった。

「そうだ」

急に熱を失ったみたいに、ガオは身を引いた。椅子の背もたれに体を預ける。

「ただの娼婦の身から王の寵愛《ちょうあい》を受けるようになって、あいつは増長したのさ。王妃の不興を買って、また女市に戻されそうになった。それで奥の手を使ったというわけだ」

時と空間を超えての壮大な物語に、航は幻惑される。

この物語が真実だと、誰が裏付けをするんだ？　ガオが自分を取り込もうとするための作り話ではないのか？　だが航の耳には、瘴気《しょうき》のように禍々《まがまが》しい物語が流れ込んでくる。

「魔族だった異能力者たちは病からは逃れられた。そのことからもわかるだろ？　雪華は国を滅ぼして自分だけは助かろうとしたのさ。俺たちはそれに便乗しただけだ」

「でも呪いをかけられた？」

ガオは、片肘を背もたれに預けて体をねじった。またしばらく夜景に見入る。

「あれは、さすがの雪華もしくじったな」

喉の奥でクックッといやらしく笑う。窓ガラスに夜と同化した男の顔が映っていた。

「王は病に倒れながらも、俺たちを憎悪した。当たり前だな。宮廷で飼い殺すつもりで手元に置いていた異能力者に裏切られたんだから。それで呪術師に命じて呪いをかけさせた。殺してしまうよりも苦痛を与える、半永久的に生きる運命を背負わせた。強大な力を持つ呪術師だったんだろう。だが、奴も結局は死んでしまったよ」

「それがタルバガン・ウィルスによるものだった？」

ガオはゆっくりと前を向いた。

「間違いない。雪華は王国が死の国になったのを見届けて、あれを鳥の体に封じ込め、天山の奥深くに葬った。それが今頃、また地上に現れた。温暖化によってな。いや、もしかしたらそれを現代に蘇らせたのは、雪華の仕業かもしれん」

一時に与えられた情報で、頭の中が混乱した。ガオはおかまいなしに続ける。

「な？　俺の言うことがわかったろ？　これは千載一遇のチャンスなんだ。雪華はあの殺人ウィルスをどうにでもできる。変異させることも消滅させることも。あの女をつかまえれば、タルバガン・ウィルスをこの世から駆逐する方法を手に入れられる」

ガオが言う「切り札」がようやく理解できた。

「じゃあ、君が雪華に頼めばいいだろ？　姉なんだから」

ガオは背もたれから、ぐいと身を起こした。

「雪華とあの家族まがいの仲間は、俺から逃げ回っているのさ」

「なぜ？」

「俺が雪華を憎んでいるから。俺は死んだ王の意を汲《く》んで、奴を狙っている。そもそも俺は『鳩呂摩』から出たくなかった。美しく平和なオアシス国だった。それをあいつはいとも簡単に滅亡させた。自分の利のために王もろとも、人民を殺した。あいつは傲慢で邪悪で権高な女なのさ」

柔らかなオルガネットの響き。見たこともない異国の料理を手早く作って食べさせてくれた友子。

——あら、お金がもうないわ。

——キレン！　大きな鯉がまるごと一匹手に入ったの。姿揚げにしてあんかけにするわ。

娘のように無邪気な声を上げる友子。

あの人がガオの言うような邪悪な人間だとはどうしても思えなかった。だが、ガオはさらに畳みかける。

「タイールの術のおかげで、奴らはどこにでもするりと潜り込んで、何食わぬ顔をして生活する。うまいもんだ。この千七百年というもの、俺はあの一家を捜し求めてきたが、なかなか見つけられなかった。時に尻尾《しっぽ》をつかみそうになったが、すぐに姿を消してしまう」

「なぜそんなにしつこく？　そんなにお姉さんが憎いのか？」

「まあな」ガオはにやりと笑った。「肉親だからって愛し合い、労《いた》わり合わなければならないなんて誰が決めた？　血がつながっているからこそ、憎悪は募る。お前ならわかるだろ？」

江里子——あの愚かな母親が犯した罪。

ガオの視線は、航のすべてを見透かしているようで、肌がちりちりと痛かった。

「お前に心を許した一時期、あいつらの警戒心も少しだけ緩んだんだ。それで俺は日本に来た。今は便利だよな。本人の意にかかわらず、ネット上にちょっとした足跡を残してしまう」

はっとした。満里奈が生まれた時、教団の部屋まで満里奈を見に来るよう蒼人を誘った。あの時、中野さんが満里奈の写真を撮って、教団の冊子に載せた。後で見たら、満里奈のバックに蒼人が小さく写り込んでいた。蒼人は写真に撮られることを嫌がっていたのに。あの時の写真が、今はネット上にアップされている。過去に耳目を集めた事件を報じるサイトで、事件の犠牲になった赤ん坊の写真が。それをガオが見つけたのだ。

愕然《がくぜん》とした航の横を、ウェイターが銀の盆を持って通っていった。

斜め前の席の女の子は、望み通りアイスクリームを注文してもらったようだ。薄いガラスの器に盛られた丸いアイスクリームに、上品にウェハースとミントの葉が添えられているのを、航は見やった。

「あいつらが日本にいると踏んで来たが、なかなか見つけられない」

「見つけて、そしてどうするつもりだったんだ？　自分の姉を」

「殺すつもりだったのさ。今もその気持ちは変わらない」すらすらと溢れ出してくる言葉に戦慄《せんりつ》する。「あいつを生かしておくわけにはいかない。あの力を放置しておくのは危険だ。死から見放された俺たちだが、魔族は魔族を殺せるんだ」

「何があった？　雪華とお前の間に？」

「さあな」ガオはとぼけた。

そしてまたぐっと身を乗り出した。

「想像してみろ、航。千七百年も生きてきて、俺はまだ少しも年を取っていない。雪華のせいでかけられた呪いのおかげで、これからも延々と生きなければならないんだ。こんな運命を生き抜くためには――」

ガオはワインのグラスを取り上げたが、飲むことなくまたテーブルに戻した。

「生きる指針が必要だ」

「それが姉を殺すこと？」

自分の口から出た言葉は、天山の永久凍土のように冷たかった。

「その目的と覚悟が俺を支えてきた」

今度こそ、ガオはワインを一口飲んだ。仰向いたガオの白い喉を凝視する。喉仏がゆっくり上下する様を。こうやってこの男は一人悠久の時を生きてきた。一人でものを食い、一人で眠り、誰とも笑い合うことも腹を割って話すこともなく。ただ憎しみだけがこの男の生きる糧だった。気が遠くなるほどの時間。底知れぬ恐怖に、芯《しん》から震えた。

「蒼人だけじゃなく、奴らはお前を受け入れ、寄り添った。珍しいことだよ。お前の妹も一時預かっていたんだろ？」

やはり成瀬亜沙子が満里奈とわかっていて、雇い入れたのだ。かつて深く蒼人たちと関わっていた兄妹を一緒にすれば、魔族が現れると踏んで。

「航にもちょっと興味を持ったな。魔族が深入りする孤独な子供に。だからお前の周辺をうろついてみた。航が狂った教団に連れて行かれたいきさつもわかったよ」

それなら、江里子に抱く複雑な思いも理解しているわけだ。現在と過去を自由に行き来して、他人の人生を観察することなど、この男にはさもないことだったろう。急に自分のひねくれた思いなど、ちっぽけなものに見えてきた。

ぼんやりと視線を移した先で、女の子がアイスクリームスプーンを、丸いアイスクリームに突き立てている。ふいにある情景が浮かんできた。過去に耳にした声も。

――コウちゃん、その子に何か飲み物をこしらえてやりなよ。

下高井戸の寂れた喫茶店。生き惑った母親が頼った以前の雇い主の店。

コウちゃんの「コウ」は、「高」ではなかったか。クリームソーダを作ってくれたバーテンダーの顔を思い出そうとした。おぼろな輪郭しか浮かんでこない。だが、初めてガオを見た時に感じた既視感。髪の毛を掻き混ぜられた時の感触には確かに覚えがあった。

おどおどとカウンターに座り、クリームソーダを飲んでいた航にバーテンダーは話しかけてきた。そしてろくに返事もしない男の子に、カウンターの向こうから手を伸ばして頭を乱暴に撫《な》でたのだった。あれは過去へ飛んで、航の様子を窺いにきたガオだった。

ガオは駅前で『至恩の光教』のチラシを受け取った江里子も見たのかもしれない。ランドセルを背負った航が母親に手を引かれて、新興宗教の事務長と一緒に歩いていく姿を見送り、皮肉な笑いを浮かべていたのだろう。

こんな子だからこそ、千七百年も生きてきた孤独な子供、蒼人と心を通じ合うようになるのだと納得しただろうか。

ガオは、またつまらなそうに首をねじって夜景を眺めた。闇の中に浮かんだ無数の明かりは、客船や貨物船のものなのか。それともそこは海でも何でもなく、ただ無限の黒が広がっているだけなのか。

果てのない黒の広がり――タッキリ・マカン。死から見放された種族が生きてきた世界。

第七章　目覚めよと呼ぶ声が聞こえ

ガオが、姉をそれほどまでに憎む理由をしつこく訊《き》く気はなかった。肉親の情は時に厄介で苦しく、切り捨てようとすればするほど絡みつく。そのことは、嫌というほど知っていた。

児童養護施設で暮らしていた時には、いろんな背景を持った子供を見た。生まれてすぐに捨てられて、親が誰なのかも、自分がどんないきさつで生まれて捨てられたのかも知らない子もいた。依《よ》って立つものもアイデンティティもない子は、情緒不安定だったり、乱暴だったりした。そんな子を、どうにかしてやりたいと児童心理士や保育士は心を砕いていた。

だが航は、そういう子が羨《うらや》ましいと思っていた。恨む相手もいない。心配する相手もいない。心を痛める相手もいない。すべての負の感情から自由でいられる。江里子のことを思って憎しみの念を募らせたり、どこにいるかわからない妹を思って泣いたりすることもない。

だからガオに惹《ひ》かれたのだと思う。そういった煩わしい感情を切り捨て、「金がすべてだ」と言い切る男に。しかし、彼を支えていたのは、肉親に対する憎悪だった。半端な憎しみではない。殺意にまで昇華した憎悪だ。

ガオと別れて自宅に帰り、久しぶりにイタリア製の自転車を引っ張り出して街中を走り回った。耳のそばを風がびゅんびゅんと唸《うな》って通り過ぎた。夜を切り裂く勢いでスピードを上げた。

この自転車を持ってきた時のガオを思い出した。ドアの向こうで自転車を携えて立っていた男を。あの時、自分のために自転車を品定めしている彼を想像したのだった。そして彼の誘導に乗ってしまった。今思えば、あれもガオの綿密な計画の一つだったわけだが、それがわかってもなぜか不快ではなかった。

すべてを知った後も、魔族の男を恐れて逃げ出そうとは思わなかった。のみならず、さらにあの男の核に迫りたいと思った。江里子は憎いが、殺したいとまでは思わない。ガオが抱いた殺意とはどういうものなのだろう。

彼が言うように友子はそれほど恐ろしい女なのか。一国を滅亡させてしまうほどの残虐性と独善性を併せ持った女なのか。それとも二面性を持っているのか。真実を知りたいと思った。千七百年前に何があったのか。魔族の本質は何なのか。ガオは姉を殺すのか。

ホテル最上階のレストランを出る時も、ガオは特に何も言わなかった。

また蒼人たちのうちの誰かが現れたら知らせろとも、タルバガン・ウィルスをネタに儲《もう》けようとも何とも。いつものように、出ていく航を見送っていただけだった。熱を帯びたかと思うと、すっと冷める。やはりつかみどころのない男だ。こんなふうに、気が遠くなるほどの年月をやり過ごしてきたのか。ただ姉の雪華を見つけて殺すという目的だけにすがって。

その一徹さ。潔さ。

——お前の弱点は、寂しさに負けることだ。

ガオから聞いた事実を、頭の中で整理しようとしたが、うまくいかなかった。あまりに多くの情報に混乱する。ガオに何を吹き込まれても、自分の感性でしか魔族を計れなかった。北千住の洋館で、去っていく航を見送ったシルエット。満里奈を引き受けてくれた家族。それがすべてだった。

一晩中、自転車を走らせた。がむしゃらにペダルを漕《こ》いでいると、自分が空っぽになっていくのがわかる。それが自転車で走る利点だ。無に還る感覚。持て余す感情も、混乱した思いも、後ろに置き去りにしていく。

どことも知れぬ公園で朝焼けに照らされた。しばらくぼんやりとブランコに座っていた。錆《さ》びた鎖がキイキイと鳴った。

どこからか蒼人が現れるんじゃないかと待ったが、新聞配達員のバイクが通ったきりだった。尻《しり》ポケットからスマホを取り出し、位置を確認した。驚いたことに、中野の近くまで来ていた。横倒しにしていた自転車にまたがり、満里奈がアルバイトをしているというパン屋まで行った。

もしかしたらバイトを休んで入院中の江里子に付き添っているかと思ったが、満里奈は出勤していた。道路を挟んだ場所から、店の中をガラス越しに見ていた。忙しく立ち働く満里奈は生き生きしていた。これからも妹の前に長い人生が続いていると思うと、航は幸福な気持ちになった。

通学や出勤前の人たちが立ち寄ってパンを買っていった。航はガードレールに腰かけて、レジ打ちをしたり、商品出しをしたりする満里奈を見ていた。朝の忙しい時間が一段落すると、満里奈がガラスのドアを押して外に出てきた。仕事中、航の方は一度も見なかったのに、兄が道路の向こうにいたのはわかっていたようだった。手にはパン屋の紙袋があった。車の往来を避けて、道路を渡ってくる。航の前に来て、黙ってパン袋を差し出した。

「今日、仕事は？」

航も黙ってそれを受け取った。

「いいんだ。あれから仕事はあってないようなもんだ」

そんなありきたりな会話ができることが純粋に嬉《うれ》しかった。満里奈は、航の隣のガードレールにお尻を引っかけた。ちょっとうつむいて迷った挙句、航の方に顔を向けた。

「頼んでいい？」

「何を？」

「兄さんに言おうかどうか迷ったんだけど……」

車がスピードを出して通り過ぎ、満里奈の髪が巻き上げられた。

「お母さんの病状の説明を一緒に聞いて欲しいの」

今日の午後、担当医から呼ばれているのだと言う。だが江里子と満里奈の親子関係が証明できない。親族ではない者には、病状の説明ができないと言われたという。そういうことに、航は今さら思い至った。満里奈は死んだことになっている。今は成瀬亜沙子という名で生きているのだ。長谷部江里子の子供は、息子である長谷部航だけだ。

「いいよ」

「よかった」

ほっとしたように満里奈は微笑んだ。航が同席するのなら、満里奈も一緒に説明を受けられるそうだ。医者との約束は午後なので、それまで家で待っていてと満里奈はポケットから鍵《かぎ》を出した。よく考えずにそれを受け取った。お昼まではパン屋の仕事があるという満里奈は、また道路を横断して店に戻っていった。

自転車を押して江里子と満里奈が住む棟割長屋まで行った。自転車を玄関横の板壁にもたせかけて、鍵を開けた。初めて二人の住居に入る。物の少ない室内は片付いていた。だらしなく散らかっていたかつての家の記憶しかないが、江里子は案外きちんとした性格だったのか。それとも満里奈が一緒に住み始めて整頓《せいとん》したのか。よくわからない。

どちらにしても他人の家という気がして落ち着かない。腹も減らない。パンの袋をさくれだった畳の上に置いたまま、ごろんと横になった。たちまち睡魔に襲われた。夢の中で、また航は荒川の流れの中にいた。やっぱり前を流れていくプラスチックケースがある。どうしてもあの悪夢からは逃れられないようだ。

夢だとわかっているのに、また航はプラスチックケースを追いかける。同じ夢の牢獄《ろうごく》にとらわれて、何度も何度も同じことを繰り返すしかない。ケースは重く、流れに乗らない。今度は容易に追いつけた。よく見たら、満里奈を入れたものより随分大きい。それでも岸に引き揚げるというういつもの行為を惰性で行う。

かなりの重さがあるというのは、夢の中でもわかった。渾身《こんしん》の力で岸に引っ張り上げた。留め具に手をかけた。濡《ぬ》れた手が何度も滑った。半透明のケースの中には、いつもと違うものが入っているような気がする。満里奈の死体にしては重すぎるし、透けてぼんやり見えるはずの風船柄のタオルも見えない。

留め具が外れても、航は開けるのを躊躇《ちゅうちょ》していた。このまま夢が終わってくれないかと考える。だが目が覚める気配はない。仕方なく大きな蓋《ふた》を取った。

息が止まるかと思った。プラスチックケースの中には、航自身が押し込められていた。体をくの字に曲げて目をつぶっている。触ってみなくても死んでいるのは明らかだった。

どうして――？

ぞわっと全身の産毛が逆立った。

「兄さん」

満里奈に揺り動かされて目が覚めた。薄ぼんやりとした視界に、合板の天井が入ってきた。

「どうしたの？　何かうなされていたみたい」

「なんでもない」

両肘《ひじ》をついて半身を起こした。壁の時計は一時前を指していた。

「パン、食べてないじゃない」放り出したままになったパン袋を見て、満里奈が言う。

「美味《おい》しいのに。特にシナモンロールが」

「ごめん。眠くて」

慌てて紙袋を引き寄せると、満里奈は「それは明日に取っておくといいわ」と手で制した。

「お昼はカレーがあるの。昨日作ったものだけど」

食べるでしょ？　と言いながら、もう流しの前までいってガスコンロに火を点《つ》ける。古びた流しだ。すぐにカレーの匂いがし始めた。満里奈に言われて折り畳み式の卓袱台《ちゃぶだい》を出した。二つの白いカレー皿と水のコップが並べられた。

満里奈と向かい合ってカレーを食べた。誰かの家でご馳走《ちそう》になるということは、長い間なかった。友子が作って食べさせてくれた変わった料理のことを思い出した。黙ってスプーンを使いながら、ガオから聞いたことは、まだ満里奈には言わずにおこうと決めた。まだ航の中でも整理ができていなかったし、それを聞いた満里奈がどう思うか想像もできなかった。

「美味しい？」

「うん」

「美味しいならそう言ってよ」ややふざけた口調で満里奈が言った。「言ってくれないとわからないわ」

友子の料理を食べた時、自分は美味しいと言っただろうか。そんなことを航は考えた。背中を向けてカレー皿を洗いながら、満里奈が言う。

「お母さん、きっとどこかがすごく悪いのよ。そうじゃなきゃ、家族を呼んで話なんかしないと思う」

「そんなことないさ」

根拠もないのに、そう答えた。

「お母さんが死んだらどうしよう」満里奈の肩が震えている。「せっかく会えたのに」

「そんなことないよ。考え過ぎだ」

そんなつまらないことしか言えない自分にうんざりした。こういう時、どんなふうに言えば家族は慰められるのだろう。経験がないのでよくわからない。今から家族然として親の病状を聞くのだ。そんな経験もない。どんな返答をすればいいのだろう。

「お母さんは腎臓《じんぞう》癌に冒されています」

何も答えられなかった。付き添い者として同席した満里奈の方がよっぽど家族らしい反応を示した。

「えっ」と言ったまま、固まってしまった。膝《ひざ》の上でぎゅっと握りしめられた手にさらに力が込められ、関節が白くなるほどだ。すぐさま言葉を継ぐ。

「治りますか？」

担当医ははっきりとは返答をしなかった。

「手術をしてみなければわかりません。手術は緊急を要します。右の腎臓のかなりの部分を癌細胞に冒されていますから」

「でも、右だけなんでしょ？　摘出してしまってももう一個の腎臓で生きられるんでしょ？」

「もしかしたら腹腔《ふくこう》内に転移があるかもわかりません。左の腎臓も細胞を採取して検査してみないと」

「そんな……」

医者は無反応な息子に向き合った。

「手術をなさいますか？」

体が弱っているから手術に耐えられるかどうかという問題もある。手術以外の治療法もないわけではない。そういう話だったと思う。担当医は江里子の腎臓のレントゲン写真やエコー画像を見せながら、丁寧に説明してくれる。そのいちいちに、満里奈は頷《うなず》いて真剣に耳を傾けている。

説明の途中で、医者はちらちらと航の方に視線を送ってきた。よく理解できているか確認しているのか。それとも反応の薄い息子に違和感を覚えているのか。満里奈はいつの間にかハンカチを出してきて、涙を拭《ぬぐ》っている。ショックを受けているのだ。ぼんやりした態《てい》の航は、医者の目には奇異に映るだろう。それとも衝撃を受けたあまり、没感情に陥っていると好意的に取ってくれただろうか。

やがて説明は終わり、手術の可否は家族で相談して決めるということになった。本人に癌だということを告げるかどうかも、家族にまかせるということだった。

「ありがとうございました。よろしくお願いします」

ドアの前で深々と頭を下げる満里奈の横で、同じように礼をした。

江里子の部屋に行くには、満里奈の気持ちを鎮める必要があった。二人で総合待合の隅のソファに腰かけた。満里奈は、ただ静かに涙を流している。

母が重い病にかかっていて、死ぬかもしれない。その考えが頭の中でぐるぐる回った。世の中はタルバガン・ウィルスによって命を落とす人が増えている。だが、どこか身近なものとしてとらえられなかった。さんざん泣いた後、満里奈は背を伸ばした。

「両方の腎臓が癌に冒されているようだったら、私の腎臓を一つ取って移植してもらう」

「バカなことを言うな」

「可能でしょ？　私は紛れもなくお母さんと血のつながりがあるんだから」

「どうして——」

どうしてそこまでするんだ、と叫びたかった。自分の子供が殺されるのを、看過した母親にそこまでする必要はないと言ってやりたかった。だが、その言葉は喉元《のど》に引っ掛かってしまう。

そんなことは、充分すぎるくらい満里奈はわかっているのだ。わかった上で、母親を慕っている。愛している。その愚かさと気高さ。強さ、純粋さ。航は慄《おのの》くしかない。

満里奈は航に畳みかける。

「お母さんには、病気のことは知らせないでおこう。ね？　お母さん、もう充分辛《つら》い思いをしてきたんだから、苦しむようなことは耳に入れたくないの。きっとよくなると思うし」

反論したい気持ちはあった。だがここで満里奈と言い争っても何にもならない。立ち上がった満里奈の後をついて母の病室へ行った。前と同じ部屋だった。向かいの老婆はいなくなり、ベッドは空いていた。

横になっている江里子は、この前よりもさらにやつれて見えた。目は開けていて、二人が近づくとふわりと微笑んだ。やはり満里奈と似ているなと航は思った。名前も変わって、長く離れていたが、紛れもなく親子なのだ。

「お母さん、どう？」

「だいぶいいよ」

いいようには到底見えない。顔色は相当くすんでいる。

「兄さんが来てくれたの」

「ああ、すまないね。忙しいんだろ？」

枯れ枝のような手が掛け布団の下から出てきて、ゆらりと揺れた。筋張った手を、航は黙って見下ろした。かつてはこの手に引かれて歩いたものだ。今はこの手を握ってやるべきなのかもしれないが、身動きができなかった。

満里奈は病状のことをうまくぼかして江里子に話して聞かせた。腎臓の具合があまりよくないようだから、もしかしたら手術をしないといけないかもしれない。だけどたいした手術ではないから、心配しなくても大丈夫というふうなことを。江里子は小さく頷きながら聞いていた。

「そうかい。よくわかったよ。ありがとう」

江里子は弱々しい声で言い、満里奈に一階の売店に行って、のど飴《あめ》と水を買ってきてくれないかと頼んだ。満里奈は他にいるものはないかと問い、財布だけを握って出ていった。江里子と二人だけで残されることに居心地の悪さを覚えたが、航は黙って立っていた。

満里奈の足音が遠ざかると、江里子は枕の上でぐるりと頭を回した。真っすぐに見詰められて、ますます落ち着きがなくなる。

「航」そう呼ばれるのも慣れていない。返事をすべきかどうか迷った。

「あたしは癌なんだろ？　腎臓癌」

満里奈のようにうまくごまかせない。きっと顔にすべてが出てしまっただろう。

「いや……」

そう言うのがやっとだった。

「知ってたんだ。いっぺん、病院で診てもらったから」

「いつ？」つっけんどんに問う。

「半年くらい前かねえ」

他人《ひと》ごとのようにのんびりと江里子は言った。

「半年前？　その時に癌て言われたのか？」

「ああ」

「治療は？」

「してないんだよ。もういいかって」

「もういいかってどういうことだよ」怒りと怯《おび》えが混じった声が出る。

「もうね、疲れちゃってさ。死んでもいいかって思ったんだよ。そしたら、その後にあんたと満里奈に会えた。もう思い残すことはないよ」

「そんなこと――」言うなという言葉が続かない。

「手術はもういいから」

航はぐっと拳《こぶし》を握った。

「あんたから先生にそう言ってよ。満里奈にも言い聞かせて」

「満里奈はそんなこと聞かないよ」

きっとよくなると自分を奮い立たせるように言った満里奈は、絶対に聞くわけがない。魔族に育てられ、ドイツで養子に出され、どこでも大事にされたのに「寂しかった」と言った満里奈から母親を奪いたくなかった。

「あんたの言うことなら聞くよ。お兄ちゃんなんだから」

喉の奥から熱い塊が突き上げてきた。満里奈が生まれた時、「お兄ちゃんだから」とよく言われた。母からも、教団の信者たちからも。言われるたび、誇らしい気持ちになった。

「満里奈のことを頼んだよ。あたしはダメな母親だったけど、いい子に育った。まさか会えると思わなかった。あの子を――」

また細い手を伸ばしてくる。

「あの子を川から助けてくれてありがとう。航」

母の手を避けて、航は一歩二歩と退いた。そしてさっと踵《きびす》を返すと大急ぎで部屋を出た。ちょうど戻ってきた満里奈と入り口のところでぶつかりそうになった。満里奈が驚いて何か言うのを無視して廊下を歩いた。

エレベーターで一階に下り、正面出入口の前に停まっていたタクシーに乗った。最寄りの駅まで乗り、電車で中野まで行った。電車の扉に向かって立ち、ガラスに映る自分の顔を見た。つまらない感情に溺《おぼ》れそうになった情けない自分を睨《にら》みつける。

——お前の弱点は、寂しさに負けることだ。

ガラスに映る自分に心の中で呟《つぶや》いた。

自転車は、板壁にもたせかけたままだった。近づくと、ブレーキの握りに小さな紙切れが挟まれているのに気がついた。風にパタパタと揺れている紙切れを、ゆっくりと引き抜いた。

子供の字だった。忘れもしない蒼人の文字だ。ぐっと力を入れて鉛筆で書いた文字に目を凝らした。ただ素っ気なく住所だけが書いてあった。埼玉県入間《いるま》市だ。ここに蒼人たち家族が住んでいるということだ。それを蒼人は知らせに来たのだ。

紙切れを丁寧に畳んでポケットにしまった。自転車をそのままにして歩きだす。

今度電車に乗ってガラスに映る自分を見たら、八歳の子供になっているのではないか。

そんな幻想にとらわれた。

西武池袋線《せいぶいけぶくろ》の入間市駅に下りた時は、夕暮れだった。スマホのマップを頼りに歩きだす。霞《かすみ》川という細い川に沿って行く。辺りには茶畑が広がり、こんもりとした雑木林もある。都内とはまったく違う空気が流れている。

目指す家は、製茶工場の隣にあった。工場の敷地も広いが、こっちの庭も広い。北千住にあった家とは違い、純和風の古い家屋だった。庭に樹木がたくさん生えているので、家の様子はよくわからない。門柱はあるが、表札は出ていない。もう一回マップを確かめるが、確かにここだ。

夕闇は静かに満ちてくる。庭木の陰から、軒の下から、灰色の暗がりが広がる。門柱の中に足を踏み入れようかどうか迷っていると、懐かしい音が聞こえてきた。エキゾチックで神秘的な音。オルガネットの音だ。

航は門から中に入った。庭の植栽は繁るにまかせている。モッコクやシイのような常緑高木の下の凝《こご》った闇が夕闇と溶け合って、広い庭はいっそう暗く感じられた。木々がふるい落とした病葉《わくらば》を踏んで、家屋に近づく。雑草も伸び放題で、その中にケシやキンケイギクの花の赤や黄色が見え隠れしている。

そうだった。友子はこんなふうに、自然に生えるがままの庭を好んでいたのだった。花も雑草も鳥が種を運んできたものだろう。オルガネットの音色は続いている。航は玄関までのアプローチから逸《そ》れ、庭の中に足を踏み入れた。手前に立派なチョウセンアサガオの木があって、たくさんの漏斗《ろうと》状の花を下向きに咲かせていた。その花の白が目に沁《し》みた。

広い庭だった。奥には竹林まであって、夕暮れの風に揺れていた。竹林の前に小さな椅子が置いてあって、友子が座ってオルガネットを弾いていた。どっしりとした楽器を抱える友子の白い指が、鍵盤《けんばん》の上を行き来し、左手が蛇腹型のふいごを操作している。何という曲なのかは知らないが、静かな、だが荘厳な曲だった。低音でゆったりと演奏されているが、暗くはなかった。どこか希望も感じられる曲だ。

しばらく聴いているうちに、少し離れたところに康夫がいるのが見えた。深緑の葉を密に繁らせたサンゴジュの木の下に座っているので気がつかなかった。タイールという名のソグド人の男が、平らな庭石に腰かけて、くつろいだ雰囲気で友子の演奏に聴き入っている。この二人は夫婦ではないのだ。蒼人が彼らの子でないように。気が遠くなるほどの時間を寄り添って生きる魔族の仲間だ。

子供の頃、生まれた満里奈を見にきた蒼人は、自分には弟も妹も決して生まれないと言った。それでも友子と康夫のことは、「パパ」「ママ」と呼んでいた。家族を装うためにそうせざるを得なかったという事情が今はわかるが、それだけだったのだろうか。千七百年も生きてきた彼らにとって家族とは何なのだろう。

演奏が終わった。友子と康夫は、同時に航の方を見た。

「航」友子が名前を呼んだ。昨日まで蒼人と遊んでいた子供の航に声をかけるみたいに。

「こっちへ来いよ」

康夫も言った。この人たちには、家族も時間も空間も特に意味がないのかもしれない。そんなふうに航は思った。彼らの前に数限りない人々が現れ、去っていく。そうしたことに心を動かすことはないのだ。彼らの周囲で起こる事象は、ただ流れていくだけ。数限りない月が満ち、欠けていくのを見るように。

それなのに、航と満里奈にだけは心を開いた。自分たちの秘密を明かした。なぜなのだろう。

航はゆっくりと二人に近づいた。踏みしだいた落ち葉が、靴の下でかすかな音を立てる。じっと見詰める二人に近づくにつれ、航の時間も巻き戻された。

「何ていう曲？　さっきの」

子供っぽい口調で尋ねた。

「『目覚めよと呼ぶ声が聞こえ』という曲なの。バッハの」

意味深い曲名を、航は頭の中でなぞった。

友子はオルガネットを膝の上から下ろした。細い友子には、重厚すぎる楽器だ。大事に草の上に置く友子の仕草を、航は黙って見下ろしていた。この人が、ガオの言うような邪悪な人物だとは考えられなかった。一国を滅ぼしてしまうほどの恐ろしい力を持っているとも思えない。

「これはね、イタリアの楽器なの。フィレンツェにいた時に手に入れて、それから我流で弾いているのよ」

それはいつのことだろう。五十年前のこと？　それともフィレンツェが栄えていた中世のことだろうか。

「習ったこともないから、いつまで経ってもへたくそなの」

無邪気そのものの友子は、はにかんだように笑った。

「いや、なかなかのもんだよ。なあ？」

康夫に水を向けられて、素直に頷いた。こんなふうなやり取りは、仲睦《むつ》まじい夫婦としか思えなかった。

「満里奈は元気？」

友子は足下に置いたオルガネットのパイプ部分を、指先でそっと撫《な》でた。

「ええ。とても」

「そう」

友子はふわりと微笑んだ。暗さが増した庭で、彼女の長い黒髪が夜に沈み込む。逆に白い顔は、ぽっと浮かび上がる。チョウセンアサガオの白い花のように。夜から生まれたと思ったガオとの相似を思う。魔族の中で、唯一血のつながりのある二人が離反しているという不思議も。

「あの子は本当に愛らしい赤ん坊だったわね」

「育ててくれて、ありがとうございました」

もっと早くに会っていれば、とうに言えていた言葉を口にした。

「放っておけなかったわ。満里奈はいい子だったもの」

康夫に視線を移すが、彼は黙って聞いているきりだ。

「あの子を抱いた時にね――」

家の中にぽっと明かりが灯《とも》った。喜連と蒼人は家の中にいるのだろう。老人と子供は、どんな話をしているのだろう。窓からの柔らかい光が届く範囲は広くない。それでもいくぶん庭は明るくなった。

「赤ん坊の満里奈を抱いた時、明貴《ミングイ》を思い出したわ。あの子も可愛い赤ん坊だったのよ。私の弟」

息を呑《の》んだ航の前で、友子は細い枝を拾って地面に「明貴」と書いて見せた。窓からこぼれてくる明かりで、ようやく文字が読み取れた。

「今はガオと名乗っているがね」

康夫が穏やかな声で付け加えた。ガオが航に近づいたこと、魔族の一家を捜し求めていることも知っているのだ。鳥たちの働きによって？　彼が姉を殺したいほど憎んでいることも？

「本当だったんだ。ガオとあなたが姉弟だということは」

「ええ」

友子は膝に手を置いて、航に向き合った。唇を固く噛《か》み締める。

赤ん坊の満里奈を初めて抱いた時の感触は、航も忘れてはいなかった。柔らかで、だがしっかりとした肉体の重みがあり、甘い匂いがした。ガオが赤ん坊の時も同じだったろう。弟を慈しむ姉の気持ちはよくわかった。

「本当はね、赤ん坊を育てたりしてはいけなかった。タイールも――」康夫に視線をちらりと送る。「キレンも反対したけど」

友子は膝の上で手を握りしめた。

「私が生まれたのは、万里の長城の西の端、敦煌《とんこう》の近くの小さな村だった。時は六朝《りくちょう》の分裂時代。いくさに明け暮れた時代だった。六つかそこらの時、戦乱の中、親とはぐれた。背中に明貴を背負って子守りをしていた時だった。いきなり騎馬軍団がやって来て、村は焼かれ、恐ろしい殺戮《さつりく》が始まったの。たぶん、両親はその時殺されたんだと思う」

友子は淡々と語った。千七百年前の物語を。あまりにかけ離れ、あまりに惨《むご》く、航には返す言葉もなかった。

「私は赤ん坊の明貴もろとも逃げたわ。そのうち、どこの民族とも知れぬ集団に連れていかれた。玉門関《ぎょくもんかん》から外の砂漠へね。楼蘭《ローラン》や米蘭《ミーラン》へと売られていった。明貴と別々にされそうにもなったけど、私は弟を絶対に離さなかった。私のたった一人の肉親だもの。あの子と離れたら、自分が自分でなくなる気がしたの」

康夫が小さく咳払《せきばら》いをした。友子は真っすぐに航を見た。

「だからね、あなたが満里奈を川から救い上げてうちに駆け込んで来た時、心が震えた。この兄妹《きょうだい》は、あの時の私たちにそっくりだって」

友子の視線に射貫《いぬ》かれて、航は身じろぎ一つできなかった。彼自身も震え上がった。あの時は必死だった。そんなふうに友子に見られているとは思いもしなかった。

「ぐったりして息をしていない満里奈を抱いて、びしょ濡れでぶるぶる震えているあなたと、騎馬軍団に追われて燃える村から脱出した六歳の私が重なり合ったの」

「だから？　だから満里奈を引き受けてくれたんですね？」

「ええ。どうしても放っておけなかったから。キレンが蘇生《そせい》させた満里奈は明貴そのものだったわ。自分の悲惨な身の上も知らないで、無邪気に笑っている赤ん坊──」

「俺たちの反対を押し切って、雪華は満里奈を育てると言い張った」

康夫が付け加えた。

自分と満里奈に救いの手を差し伸べてくれたのは、そういうことだったのか。航とつい踏み込んだ仲になった蒼人だけじゃなかった。友子にも、自分たち兄妹に深入りする事情があった。

友子は静かに話の続きを語った。

「砂漠の中の城市《じょうし》をさまよいながら、私たちは大きくなった。奴隷としてお金や物と交換されて。そのうち、自分たちのちょっとした能力に気がついた。ほんのちょっとしたことよ。でもそれが付加価値になるって私は知っていた。ちょっとでも高く売れたら、いい扱いを受けるってね。変に知恵のついた子になっていたのよ」

「鳥を呼び寄せること？」

友子は目を伏せてふっと笑った。

「そう。その特技は、村にいる時からあったの。たいしたことじゃない。でも『鳩呂摩』の王は喜んだわね。国の名前に『鳩』という字が含まれていたから、女市に売られてきた私を王宮に取り立ててくれた。明貴と一緒にね」

「ガオが過去に戻れることは？」

友子と康夫は顔を見合わせた。康夫は片方の太い眉《まゆ》を上げたが、何も言わなかった。

「そうね。あの子にはそういう能力が備わっていた。父から曾《そう》祖父がそんな人だったって聞いたことがある」

「広い中国にはいろんな人間が入り乱れていたのさ」康夫が軽い調子で言った。「とにかく俺たちはそこで出会ったわけだ。鳩呂摩王の自慢のコレクションとして」

ただの石を宝石に見せかける男。そして死んだ者を生きていた時の姿に見せかける老人。

どちらも幻術だ。中国の志怪《しかい》小説、伝奇《でんき》小説と言われる奇談怪談を記す文学が生まれたのは、そんな人々が存在する国だったからなのだろうか。

「奴隷としてこき使われて死んでいくより、その力を利用して王宮で仕えた方が、明貴にもいいと思ったんだけど……」

友子は言葉を濁した。オルガネットをまた取り上げて、膝の上に置いた。いつの間にか辺りはすっかり暗くなっていた。チョウセンアサガオの白い花が、風に揺れているのが、夜目にも鮮やかに映った。

「何が——」航は急《せ》き込んで尋ねた。「何があったんです？『鳩呂摩』で」

友子は弟を慈しんで育てたのに、ガオは姉を憎んでいる。一人で生きることを選んだのみならず、姉を見つけ出して殺すつもりなのだ。

「ガオは『鳩呂摩』というオアシス国をあなたが滅ぼしてしまったと言っていた」

「その通りよ」

さもないことのように友子は答えた。

「あなたが持つもう一つの能力で？　ウィルスを自在に変異させて？」

友子は楽器をかまえて、ちらりと航を見やった。答えはなかった。航は訊かずにはいられなかった。

「今はどうなんです？　タルバガン・ウィルスを世界に蔓延《まんえん》させたのもあなたの仕業なんですか？」

魔族の女は、白い指を鍵盤に這《は》わせた。

「ウィルスはいつでもどこにでもあるものよ。人類が生まれるずっと前からね」

鍵盤を見下ろしながら、そんなふうに答えた。同じことをガオも言っていた。

彼女はしゃべりながら左手でふいごを伸ばす。オルガネットのパイプが、風に似た響きを吐き出した。

「このオルガネットの元の持ち主はね、イタリア、フィレンツェの町角でこれを弾いていたの。毎日、私はそれを楽しみに聴いてた。一九一八年のこと」

ふいごが縮められ、オルガネットは低い重奏低音を出す。

「でもある日、音楽は途絶えたわ。スペイン風邪が猛威を振るい、その人も死んでしまった。その人が愛した楽器だけが残された。それを私が受け継いだ」

また重々しい音。

「そういうことはいつでも起こる。過去にも未来にも」

まるで歌うように続けた。

それきり黙って友子はオルガネットを弾き始めた。『目覚めよと呼ぶ声が聞こえ』という象徴的なタイトルの曲を。

「行こう」

すっと立ち上がって寄ってきた康夫に促され、航は家の方へと誘《いざな》われた。友子は去っていく二人の方を見もしなかった。戸口で振り返ると、夜の帳《とばり》が下りた庭で、友子の白い顔だけがぽっと浮かび上がっていた。もう少しで、夜に還っていくのではないか。次に見たら、オルガネットだけが椅子の上に残されているだけなのではないか。

不穏な想像を巡らせている航の目の前で、玄関の引き戸が開けられた。

そこに蒼人が立っていた。

「蒼人」

幼いままの友人は、上向いてにっと笑った。

「入って。キレンが待ってる」

かなり古い家だ。靴を脱いで上がり框《かまち》に足を置くと、板がみしりと軋《きし》んだ。

座敷に通された。畳の上に丸いペルシャ絨毯《じゅうたん》が敷かれ、低いガラステーブルとソファが置いてあった。床の間や欄間《らんま》のある純和風の部屋とはちぐはぐな感じがしないでもなかったが、そこに喜連が座っているのを見ると、なぜかしっくりして見える。

「やあ」

突き出したお腹の上に組んだ手を上げて、喜連は穏やかに微笑んだ。

開け放たれた窓から、オルガネットの音が流れ込んできた。喜連の隣に蒼人、向かいに康夫と航が座り、しばらくは黙って演奏に聴き入った。

「雪華と話したかね？」

「話したけど――」

喜連の眉が八の字になった。幼い子を見やるような優しい眼差《まなざ》しを向けられる。

「あれは頑固でな。まあ、それで子供の頃から生き延びてきたんじゃから仕方がない」

「喜連は知っているんだろ？　ガオと友子さんの間に何があったか」

「まあな」

喜連は康夫に目配せをした。

「不幸な行き違いさ」

「『鳩呂摩』に連れて来られた時、二人とももう大人だった」話し始めたのは、康夫だった。

「明貴は、『鳩呂摩』に惚《ほ》れ合った女がいたのさ。奴は女とあの国で暮らしたかったんだろうさ。その時、雪華が特殊な能力を使って国を滅ぼしてしまった。女も死んだ。我々は逃げおおせたが、呪いのために半永久的に生きるという運命を背負わされた」

「それで明貴は雪華を恨むようになった。『鳩呂摩』を出た後、奴はわしらから離れていった。以来姉への復讐《ふくしゅう》心だけがあいつを支えている」

「姉弟なのに？」

──人に期待するな、航。人はいつか裏切る。

──愛だの信頼だの情けだのそんなものにとらわれるな。

その答えはもう聞いていた。ガオ本人の口から。

「千七百年というもの、わしらはこんなふうに生きてきた。世界各地を転々とし、その土地の言葉を素早く憶《おぼ》え、目立たぬよう生活を成り立たせてきた。この子には──」

喜連は顎《あご》で蒼人を指した。

「社会に馴染《なじ》ませるため、不審がられないため、学校に通わせた。だが、誰とも親しくするな、心を開くなと教えてきた」

蒼人は青い目を瞬いた。

「ずっとその教えをこいつは守ってきたのさ。子供だからな、それは辛いことではあったろう。でもそうするしかないということもわかっていたはずだ。賢い子だから」

蒼人の引き結んだ唇、そばかすが散った白い肌、柔らかな茶色の髪の毛を、航は見た。

蒼人が転校してきた時、クラスの女の子が、あの子はハーフだと推測したことを思い出した。この風貌《ふうぼう》で目立たずにいることは難しかったに違いない。利発そうに見えたのに、先生に指されても発言しなかった。音楽教師に促されても歌を歌わなかった。やがて誰からも相手にされずにいるというポジションをさっさと作ってしまいたかったのだ。

誰とも交わらず、遊んだり楽しんだりすることもなく、異端を貫いた。老成した子供になった。それなのに、航にだけは心を開いた。家庭から弾《はじ》き出され、おかしな宗教施設で暮らし、母親からもかえりみられなかった同級生にふと心が動いたのか。それまで自分に禁じていたことに背いて航とは親しくなった。

大きな体の喜連のそばに座る小さな子供に、胸が熱くなった。蒼人は一人の友人に深入りし、友子は飛び込んできた一人の赤ん坊に深入りした。千七百年も不変だった魔族のあり様に、自分と満里奈は石を投げ込んだ。そして波紋を起こした。

その結果なのか。タルバガン・ウィルスが今世界を覆いつくそうとしているのは。

友子からは聞けなかった答えを見つけたかった。

「ガオは、僕があなたたちと特殊な関係を結んだと知って近づいてきたんです。僕のそばにいれば、あなたたちがいずれ現れると踏んで」

喜連は「ふむ」と頷いた。「そんなところだろうよ」

「彼は言いました。タルバガン・ウィルスを人に感染するよう変異させたのは姉なんだと。だから彼女を見つければ、この殺人ウィルスに有効な治療薬を開発する手がかりが得られる。そうなれば、とんでもない儲けが自分や僕に転がり込んでくると言いました」

「金なんかどうでもいいんだ。あいつは」

航と同じ意見を康夫は口にした。そうだ。ガオはただ姉を殺したいだけなんだ。航を利用して魔族をおびきだした目的はそれだ。

「魔族は魔族を殺せる？」恐る恐る尋ねた。

蒼人が不安げに喜連を見上げる。

「たぶんな。呪術師《じゅじゅつ》はそう言ったよ。いつまでも生きているのが嫌ならお互いに殺し合えって。そうしたら悪夢は終わるとな」

悪夢――航が繰り返し見る夢。あれ以上に恐ろしい夢を、この人たちは見続けてきたのだ。

「そんな惨いことをわしらにやらせるのが目的だったのかもしれんな」

「ユル・ハマルという名の呪術師だ。奴はもともとは祆教神殿《けんきょう》の祠の主《バギンパトゥ》だったのさ」横から康夫が口を挟んだ。「祆教とはイランから来たゾロアスター教が、中国の辺境で独自に変化したものだ。敦煌やその周辺の城市に広まっていた。ソグド人が持ち込み、城市の住民の多くは祆教の信者となった。だがユル・ハマルは祆教からも破門された」

「おかしな術を使って民衆をたぶらかしたということでな」

今度は喜連が補足した。

「ゾロアスター教の呪術に没入し、修行を積み、巧みに操るようになったせいだ。だが、それを鳩呂摩の王は面白がって重用《ちょうよう》した」

「魔族どうしで潰《つぶ》し合えば、半永久的な命を背負っても、早々にこの世から消えると思ったんだろう。ユル・ハマルの企図に沿うことを嫌って、わしらは気配を消すように生きてきた。雪華も明貴にそんなことをさせるのが嫌だったんだ」

「だから弟からも逃げ回っていた」

「千七百年も？」

つい訊いてしまった。喜連は深々とため息をつき、康夫は顎髭《ひげ》をごりごりとこすった。

蒼人も悲し気に青い目を伏せた。航は慌てて言葉を継いだ。

「ではタルバガン・ウィルスのことはどうなんです？」

喜連は顔をしかめた。

「確かに雪華にはそういった能力が備わっていたな。かつては」

「かつては？」

「雪華も言ったろ？　ウィルスはどこにでもあるものなんだって」

康夫に言われて頷いた。

「未知の病原体は、土の中、森の中、氷の中、動物の体の中、あらゆる場所に存在する。病原体はそれぞれの居場所で眠らせておけば、人間を脅かすことはない。特にウィルスはな。自分自身では生き延びることはできんのじゃから。うまくやれば地球の上で共存できるはずなんだ。ところが人間は病原体の領域にまで足を踏み込んだ。森林を伐《き》り開き、資源開発の名の下に土を掘り下げた。動物の住処《すみか》を奪って市中に飛び出させた」

——オンカリマーカリ、オンカリスメラ、トゾノリマスカリ、オンカリオンカリ。

——人は欲望と自己愛に溺れている。自分で自分の首を絞めている。

『至恩の光教』のおやかたさまの言葉は、正鵠《せいこく》を射ていたのか。不気味な呪文が頭の中に響き渡った。青白い顔で貧相な体つきのおやかたさま。

眩暈《めまい》に襲われた。ぐらりと部屋が傾く。欄間が歪《ゆが》んで見えた。

「大丈夫か？　航」

「ええ」

何とか体勢を整えて答えた。

「鳥はウィルスと共生関係にあった。鳥を操る雪華はそれを利用して、『鳩呂摩』に病原体をばら撒《ま》いた。それは本当だ。『鳩呂摩』の王から逃れるために。雪華は、鳥からウィルスを受け取った。それを自分の体内で、ヒトとの相性を獲得するように作り替えた。つまり、鳥からヒトへ感染力を持つよう変異させたんだ。民まで殺すことになってしまったがね。あの時の雪華は容赦がなかったし、その能力にも長《た》けていた」

砂の海の孤島であった『鳩呂摩』は、あっという間に恐ろしい病に舐《な》めつくされた。まさに今世界を震撼《しんかん》させているタルバガン・ウィルスと同じ症状だったと喜連は言った。患者は高熱に苦しみ、湿疹《しっしん》に覆われた痛々しい姿になり果てる。泡を吹いて痙攣《けいれん》が始まる頃には、意識が混濁している。そうなったらもう逃れる術《すべ》はない。呪術師の祈禱《きとう》も効かない。最後にはミイラのように干からびて死に至るのだ。古代国家の民は、恐ろしい病になす術もなく震え上がった。そして指弾した。

「魔族の仕業だ。魔族が砂漠をさまよう死霊を呼び寄せたのだ」と。

魔族の仕業という部分は合っているわけだ。病を呼び込んで国を滅ぼしてしまったのは、雪華なのだから。

「それを明貴は許せないでいる」

「死の病に取りつかれたユル・ハマルが、逃げていく魔族たちに、最後の力を振り絞って呪術を施した。そのせいで、明貴も半永久的に生きなければならなくなった。奴はそのことを恨んでいるのさ」

喜連と康夫が口々にする説明を、蒼人は黙って聞いている。子供の彼もすでに理解していることなのだろう。

「だけどな、もう雪華にはその力はない。ユル・ハマルの呪術は、あれからその能力を奪い去った」

魔族たちは、今緩慢な生の中にいる。細胞も生まれ変わらない。彼女がウィルスを自分の体に取り込み、変化させたり複製したりする能力は失われた。そう喜連は言った。

「今の雪華は、オルガネットを弾き、鳥を呼び寄せて会話するだけだ。平穏の中にいる。昔のように感情を荒ぶらせることも、それに従って行動することもない」

「それじゃあ、タルバガン・ウィルスは？」

「かつて『鳩呂摩』を滅ぼしたウィルスは、また鳥の体に戻っていった。ウィルスは天山の永久凍土の奥深くに閉じ込められていたんだ。それが温暖化によってまた蘇《よみがえ》った。雪華とは関係ない。明貴が言うように雪華をつかまえても、ウィルスの解明にはつながらない」

友子が今回のパンデミックに関係がないと聞いてほっとした。ガオの目算もはずれたということだ。安心すべきなのか、怯えるべきなのか、よくわからなかった。

「こういうことはこれから何度でも起こる」

喜連は厳かに言い放った。

「我々はペストやコレラや天然痘やインフルエンザが世界に蔓延し、多くの命を奪ってきたところを見てきた。わしらはずっと傍観者だった。愚かな人間は何も学ばない」

「でもそれらの病には打ち勝ってきました。治療薬やワクチンを作って」

航は弱々しい抵抗を試みた。

「そうだな」喜連はそれをすんなりと受け入れた。「だが、そうでないものもある。エボラ出血熱もラッサ熱もデング熱もSARSも、ふいに現れて人々を食い荒らし、そしてまたふいに消えていった。森林の中へ。あるいは宿主動物の体の中へ。でも消滅してしまったわけじゃない。どこかでまたこの世に現れる機会を狙っている。爪を研ぎ、歯をガチガチいわせながら。そのことを忘れてはいけない」

友子が演奏するオルガネットの曲はまだ続いている。

座敷の四人は、しばらく口をつぐんで耳を傾けた。あの楽器の持ち主だった人物も、スペイン風邪という名のインフルエンザで命を落としたのだ。

「航と再会したのは、何かの兆しかもしれん」

喜連が口を開いた。蒼人がはっとしたように老人を見やった。

「千七百年も動かなかったものが、動こうとしているのかもな」

航も蒼人と同じように喜連を見返した。

「わしを明貴のところへ連れていってくれ。奴と話をしてみよう」

「それは危険だ」すぐさま康夫が言った。「あいつは姉だけを憎んでいるわけじゃない。『鳩呂摩』を見捨てて逃げた俺たちも憎んでいる。キレン、殺されるぞ」

「まあ、いいさ」のんびりとした口調で老人は答えた。「それもよかろう。あいつがそうしたいと言うのなら」

「ばかな」康夫は吐き捨てた。「そんなことを許すなら、我ら魔族はとっくに滅んでいる。我々は運命を受け入れたんだ。どこまでも生きると」

そうだろ？　と喜連に畳みかける康夫を、蒼人はすがるような面持ちで見ている。

「航の導きに従おう。このまま年月を重ねるのは無駄だ」

「なら、俺も行く」

康夫の申し出に、喜連はゆるりと首を振った。

「心配するな。何も死にに行くわけじゃない。お前まで来れば向こうも構える。老いぼれが話をつけに行ってこよう」

「僕が一緒に行く」蒼人が初めて口を開いた。

康夫はぎょっとしたように小さな子を見下ろした。喜連はほほう、と笑った。

「いいだろう。年寄りと子供とで行ってこよう。いざとなったら蒼人に逃がしてもらおう」

航を何度も助けた蒼人の魔術で。

「雪華には内緒で行く。お前はあれと一緒にいろ」

そう言われて康夫は黙った。が、まだ納得できないように唇を曲げて腕組みをした。

「すまんな、航」喜連が航に向き直った。「お前に——」

ふっと悲しい影が老人の顔に落ちてきた。八王子のバス停で会った時も、彼はこんな表情を浮かべた。航を見るのが辛いというような顔だった。もう今は立派な大人だというのに。迷い、弱々しかった子供ではないのに。

「お前に会えてよかったよ」

本当はもっと別のことを言いたかったのではないか。そんな気がした。

「僕もです」

だが、航もそう返したきりだった。航を見る蒼人の青い目にも、悲しみがたたえられているようで、航は落ち着かない気分になった。しかしそれ以上、誰も何も言わなかった。

まだ友子の演奏は続いている。スペイン風邪で命を落とした演奏家のものだった楽器が奏でる『目覚めよと呼ぶ声が聞こえ』という曲——。

喜連の杖《つえ》の音が、廊下に響いた。

喜連の隣を行く蒼人。一歩下がって航がついていった。

「立派なホテルだな」喜連がぼそりと呟く。「あいつがどれだけ不幸なのかがわかる」

ノックの音には、ガオは応《こた》えなかった。ドアには隙間が開いている。見ると、ドアストッパーが挟まっていた。勝手に入れということだろう。三人で訪ねていくということは伝えてあった。

港区虎ノ門《みなととらのもん》にあるホテルのスイートルーム。航が先に入った。

一面ガラス張りの前に大きなソファが置いてある。そこにガオが座っていた。目の前には東京タワーがきれいに見える。

「ガオ」

声をかけると、ゆっくりと振り返った。航の後ろから来る喜連と蒼人を認めたはずだが、特に表情を変えるということはない。喜連が杖を突きながら、前に出た。

「明貴」

「懐かしいね。その名で呼ばれると涙が出るよ」

手振りでソファに座るよう示す。三人はガオの向かいに腰を下ろした。蒼人は近くに迫る東京タワーが気になるのか、座ってからも振り返って見ている。

「何でも好きにやってくれ」

テーブルの横のワゴンには、ワインクーラーやコーヒーか紅茶の入ったポット、ジュースの入った冷水ポットもある。チーズを盛り合わせた皿、上品な焼き菓子のカゴも置いてあった。誰も手を出さなかった。ガオ自身も何も飲んでいなかった。

喜連はソファの脇に杖を立てかけた。高級な本革張りのソファは、彼の重みで座面がぐぐっと下がった。

「こうしてお前と正面きって話すのは初めてだな」

「そうだな。何度かすれ違ったことはあったがね」

ガオは脚を組み替えた。

「上海《シャンハイ》の租界《そかい》で、モロッコ、マラケシュのスークで、フィンランドの漁村で、あるいはローマのコロッセウムの近くで。ああ、そうだ。百年戦争の時、ロワール川のほとりの街がイングランド軍に包囲されたろ？　あの時あそこにいたじゃないか。何ていう街だったか——」

「オルレアン」

喜連は、不機嫌な一言でガオを黙らせた。

「明貴、もういい加減、この虚《むな》しい追いかけっこに終止符を打とうじゃないか」

「追いかけっこ！」ガオはさもおかしそうに笑った。「千七百年だ。長いな。あまりに長い。追いかけっこにしては」

ガオの引き攣《つ》れた笑いが治まるのを、喜連は辛抱強く待った。どう見てもガオの方が浮足立って見えた。

「わしが航に頼んでここへ連れて来てもらったのはな——」

「あんたと話すことは何もない」

すっと笑いを畳み込んだガオは、体を折るようにして喜連を睨みつけた。

「雪華は、わしらがここに来たことは知らん」

「そうか。残念だな。一緒に連れて来てくれたらよかったのに」

「お前は姉をまだ恨んでいるんだな」

「そうさ！　千七百年も！」自分の言葉に、ガオはぷっと噴き出した。「雪華を殺すまでは、いつまでも追いかけっこは続く」

「魔族が魔族を殺したら――」

低い声を出す喜連を、航は蒼人の頭越しに眺めた。重い瞼《まぶた》が覆いかぶさった喜連の目を、横からは窺《うかが》うことができない。

「そいつも死ぬんだ」

「知ってるさ」ガオは即座に答えた。

「それがユル・ハマルの狙いだった。そうやって魔族どうしで殺し合い、やがて死に絶えてしまうことがな。あの時呪術で殺してしまうこともできたのに、そうしなかったのは、わしらにそんなおぞましい死に方をさせたかったからだ」

「そんなことは俺にはどうでもいいんだ。ただ雪華を殺せたら」

「ジュースを飲んでいい!?」

突然、蒼人が大きな声を出した。ガオは面食らったように小さな子を見た。初めてそこに蒼人がいるのに気づいたみたいに。

「ああ」

白けた顔でガオが言い、蒼人がグラスを取った。航は冷水ポットからジュースを注いでやった。ポットの中の氷がカラカラと音を立てた。たぶん蒼人は、子供なりにガオに一撃を与えたかったのだろう。友子を殺したいという男が許せなかったのだ。友子は長い間、蒼人の母親代わりだったから。

「だからだよ。だから雪華がお前から逃げ回ったのは」オレンジジュースを飲む蒼人を見やりながら、喜連が言った。「お前を死なせたくなかったんだな」

蒼人がグラスをテーブルの上にタンッと置いた。

「そんな雪華の気持ちをわしらは尊重してきたつもりだった。だが、本当はもっと早くにお前に話すべきだった」

ガオは特に感じ入ったようには見えなかった。航が見慣れた、人を小ばかにしたような表情を浮かべた。この男には心がない。冷酷無比で頑《かたく》なで、非情。そうやって自分を守ってきたのだ。

「お前にも昔話をせねばならん」

孤高の中国系アメリカ人と称する男は、背中を丸めた老人を見返した。ガオの瞳《ひとみ》は、航からはよく見えた。少し揺らいでいるようだった。怖いのだ。この男は真実を知るのが。もし姉を恨めなくなったら、生きる標《しるべ》がなくなるから。

「『鳩呂摩』の王宮で飼われている時、お前は王妃と通じた。美しい王妃だった。名前は確か紫薇《ズーウェイ》といったな」

　ガオの目尻がぴくりと動いた。

「そうだ」喉の奥からひねり出したような声はかすれていた。

「紫薇は別のオアシス国から嫁いできた。ラクダ百頭を連ねての御輿入《おこしい》れだったと聞いた」

「雪華はその後、女市から王に囲われた。愛妾《あいしょう》としてな」

　航はちらりと蒼人を見た。千七百年も生きてきた子供を。彼はまたグラスを持ち上げて、ジュースを飲んでいる。

「王への当てつけか？　姉を奪われた仕返し？」

「そんなんじゃない」低い声で唸る。「俺は紫薇を愛していたんだ。芯《しん》から」

　航は、ガオをまじまじと見詰めた。この男の口から愛という言葉が出てくるとは思わなかった。

「お前が紫薇の閨房《けいぼう》に出入りしていたことに、王が気づかなかったとでも？」

　ガオは一度天井を見上げ、小さく唸った。突き上げてくる感情を抑えようとしているのだ。そんなガオを見るのは初めてだった。

　喜連は丸めた体を前に押し出した。そして、ガオに指を突きつけた。

「お前は何もわかっとらん」

　航は、老人の人差し指を眺めた。節くれて曲がり、爪は黄ばんでいる。だが、堂々とした指だ。それに指されたガオが慄いているのもはっきりとわかった。蒼人もグラスに口をつけたまま、動きを止めて見詰めている。

「お前は、あのまま『鳩呂摩』にいられると思ったか」

「いや……」

ガオはひどく青ざめて、喜連がゆっくりと指を下ろすのを見ていた。

「知ってたさ」乾いた声がガオの口から漏れた。「俺が王を怒らせた。だから鳩呂摩王は、俺たちを殺そうとしたんだろ？　自分の愛妾としていた雪華も、俺の姉ということで一緒に殺そうとした。だから——」

喜連がうつむいて笑った。「ファッ、ファッ、ファッ」と空気が漏れるような力のない笑い方だった。

「だから、雪華が疫病を呼び込んで国もろともすべてを滅ぼした——。まあ、そこは合っておるがね。怒りのあまり、持てる力を最大限に使ってしまった。そして悲劇が起こったというわけだ。加減を学んでいなかったんじゃな。能力者はそこが肝心なんだが」

まあいい、と喜連は座り直した。ふかふかした座面がまた揺れて、蒼人の体が傾いた。手にしたグラスから少しだけ中身がこぼれた。

「お前は純粋すぎた」

ガオは目を剝《む》いた。ズバリと言われたその言葉に動揺しているのがわかった。狷介孤《けんかいこ》高《こう》を気取り、不敵に生きてきた男が、一番嫌う言葉だ。

「お前を殺すよう、命じたのは紫薇だ」

「嘘だ」

ガオは燃えるような目で老人を見返した。

「『鳩呂摩』にお前たち姉弟が流れ着き、女市に売られた雪華に王が目を留めて王宮に囲い入れた。鳥を自在にオアシス内に呼び寄せて戯れる技も、気に入られた。雪華は、お前も一緒に宮殿に取り立ててくれるよう、王に願い出た。それがなかったら、お前は奴隷として一生暮らすところだった。王はすっかり雪華に入れ込んだのさ」

反論しようとしたのか、ガオが口を開きかけたが、それを喜連は手を上げて制した。

「まあ、聞け。王の寵愛《ちょうあい》を奪われた王妃は、雪華を追い落とすことに知恵を絞った。王の愛を一心に受けた雪華が一番こたえる方法を考え抜いた。そして――」

航にも、その先はわかる気がした。

「お前を誘惑した。王の逆鱗《げきりん》に触れることを見越して。お前が犯した罪は、実の姉にも及ぶ」

「嘘だ」

さっきより弱々しい声でガオは言った。

「どうだ？　紫薇の方からお前に言い寄ったんじゃないかね？　あれは酷薄で心のねじけた女だった」

今度は、ガオは何も言い返さなかった。唇がかすかに震えていた。瞳が宙をさまよう。

ふっと航と目が合った。いつも自信たっぷりの男だった。なのに、今は砂漠の中で一人置き去りにされた子のように寄る辺のない目をしている。

「王にお前と情を通じたことを告白したのも、あいつの計略の一端だ。雪華に心を奪われた王に捨て置かれて、寂しい思いをしていた隙に、お前がするりと入り込んできたのだと。王に泣いて詫《わ》びた。もちろん、それも本心からじゃない。心を断ち切るために、お前たち姉弟を殺してくれと懇願した。鳩呂摩王は、まんまと王妃の罠《わな》にはまったのさ」

すべてを知った雪華は、鳥たちがもともと持っていたウィルスを変異させ、国中に蔓延させた。そこまで大きな規模で疫病を操るのは初めてだった。戦乱の国々を逃げ回るうち、自分にそんな能力が備わっていることに気づいた雪華は、病を操る力に依って、自分と弟を守ってきたのだった。

「だが、大事な弟が奸計《かんけい》によって殺されそうになり、雪華は自分を見失った。あれは生まれて初めて人を恨んだのだ。弟を弄《もてあそ》んだ紫薇を。彼女の誘導に安易に乗って、弟を殺そうとした王を。その怒りのエネルギーは、砂漠の中の一国を滅ぼしてしまった」

淡々と語る喜連の前で、ガオは青ざめていった。平静を装おうとするが、うまくいかなかった。

「なんで——」とうとうガオは体を折り曲げ、両手で顔を覆った。「なんで、それを俺に言わなかった？」

「お前は純粋すぎる」

もう一度、喜連は指摘した。

「疫病に冒された紫薇は、湿疹に体中を覆われていたよ。王はすでに死んでしまっていた。王妃はユル・ハマルに命じて、わしらに呪術をかけさせた。殺すことは簡単だっただろう。あいつの呪術は強力だったから。だが嫉妬《しっと》に狂った王妃は、まず雪華の秀でた能力を封じることを命じた。その上でわしらが一番苦しむ方法を与えよと言った」

「それが半永久的に生きるという罰か」

手のひらの中から、ガオがくぐもった声を出した。

「そうだ。ユル・ハマルは、生きるのが嫌なら、お互いを殺し合えと言ったよ。そして息絶えた。奴も病に冒されていた」

いつの間にか、航は息を詰めて話を聞いていた。喜連がソファの背もたれに身を預けると同時に、航も息を吐いた。蒼人は何もなかったように、ソファの上で足をぶらぶらさせている。いつまで経っても八歳のままの子は、これらの事情をすべて知っていたのだろうか。

「解き放った自分自身の力に慄いた雪華は、鳥たちにまたウィルスを運ばせた。天山の奥へ。永久凍土の中へ閉じ込めた」

千七百年後に、永久凍土が溶けて流れ出すまで。

「無理やり連れ出したお前は、わしらから離れていった。雪華を恨んでいるのはわかっていた。だが、雪華はそのままにしておいてくれと言った。お前に真実を知らせたくないと言った。紫薇の正体を。愛する女に殺されそうになったことを」

「それで？　それでこんなに長い間、俺から逃げ回っていたのか？」

「それだけじゃない」喜連はいくぶん柔らかな声を出した。「雪華は、お前に殺されてもいいと半ば思ってたんではないかな。『鳩呂摩』には、あの時立ち寄っていたキャラバン隊も含めると一万人以上の人がいた。その人々すべての命を奪ってしまったんだ。疫病とは恐ろしいものだ。あんな力を発揮できるとは、雪華も思ってなかったんだろう。罪の意識は大きかった。いつか肉親であるお前に殺されたいと願っていたと思うね。本人の口から聞いたわけじゃないが」

両手から顔を上げたガオは、悲痛な表情だ。こんな辛そうなガオを見たことがなかった。

「ばかな……」

それだけを言うのがやっとだった。

「今までは、雪華の言う通りにしてやろうと思っていたんだ。だがもういいじゃろう。お前は航まで巻き込んで、わしらをあぶり出したいようだったがな」

ガオは航にちらっと視線を送ったが、何も言わなかった。

「お前もそうだろうが、わしらは心を殺して生きてきた。そうしないと、とてもやっていけん。雪華は特にそうだった。大きな罪を犯してしまったという負い目が、あいつを虚《うつ》ろな人間にしてしまった。だが、航と満里奈に出会った時、何かが動いたと思う。お前も航に関わった。どうしてだろうな？　航には——」

　喜連は太い首をぐるりと回して航を見た。航が見返すと、喜連は目を伏せてしまった。

航は老人の言葉を待ったが、後は続かなかった。

　喜連はソファに立てかけてあった杖を取った。杖に体重をかけて立ち上がろうとした。

重量のある体が持ち上がるのには、時間がかかった。見かねて航が手を貸した。

「話はそれだけだ」

　立ち上がった喜連は、ガオを見下ろした。

「じゃあな、明貴。もう会うことはなかろうな」

「たぶんな」ガオは前を向いたまま、ぽつりと言った。「もうあんたらを捜すことはないだろうな。つまらん家族ごっこをする魔族なんかをな」

　それが精いっぱいの虚勢だったのだろう。喜連と蒼人と航は、喜連の歩調に合わせてドアに向かって歩いた。スイートルームは広く、毛足の長い絨毯に、喜連は足を取られそうだった。蒼人は一度立ち止まって、ガラス張りの向こうの東京タワーに見入った。

　ドアノブに手をかけた航は、走ってくる蒼人を待った。飛び跳ねるようにやって来た蒼人は、振り返った航を見て、足を止めた。ゆっくりと腕が持ち上がる。

「航、それ——」

　蒼人の指先は、航の胸元を指していた。真正面に立った喜連の垂れた瞼が持ち上がり、驚愕《きょうがく》の色が浮かぶのを、航は見た。

「ああ――」

喜連の目に現れた驚愕は、嘆きに変わり、悲傷に変わる。

ドアの脇の壁に、大きな鏡が貼り付けてあった。その鏡に、航の姿が映っている。もっとよく見ようと近づいた。首のところに何か影がある。鏡の前で、シャツの襟を開いてみた。彼の首から胸にかけて、枝葉の模様が浮かんでいた。オリーブの枝が、黒い影になって貼りついているのだった。

「これ……」

部屋の奥からガオが歩いて来る足音がした。

途端に蒼人が駆け寄ってきて、航と喜連の腕をぐいとつかんだ。そのまま周囲の景色が見えなくなった。


そろりと目を開いた。植え込みの木には見覚えがあった。ホテルの前にシンボルツリーとして植えられているビャクシンの下に立っているのだった。

背後には、ガオが部屋を取っているホテルがそびえている。蒼人の術で、部屋の中からここまで空間移動してきたのだ。三人でビャクシンの陰から歩み出ると、樹木を見上げていた中年女性二人がぎょっとしたように、一歩下がった。さっきまで誰もいないと思っていたのに、突然人が現れたので驚いたのだろう。

喜連は杖をついてもまともに歩けず、ホテル前のアプローチの段差でよろけた。航が体を支えてやる。よぼよぼの老人とそれに付き添う二人が通るのに合わせ、中年の女性たちはアプローチから下りて道を譲ってくれた。具合の悪くなった老人を労《いた》わる息子と孫に見えたかもしれない。

人とすれ違う時、航はシャツの襟の部分を片手で押さえた。この徴《しるし》が何を示しているのか、彼にはよくわかっていた。わからないのは、なぜ自分の体にこれが現れるかだった。可能性は一つだ。鼓動が激しくなり、目の前の光景がしだいに色を失っていく。喜連を支える腕にも力が入らない。

何か言って欲しかったが、喜連も蒼人も黙ったままだ。老人は呼吸が荒くなり、何度もよろけた。蒼人は唇を真一文字に結んだまま、一点を見詰めて歩を進める。三人ともが黙したまま、それでも急いでその場を離れようとしていた。ガオのいるホテルから遠ざかりたかった。

ホテルの敷地を出てしばらく行ったところにちっぽけな公園があった。申し訳程度の植栽と、擬木《ぎぼく》のベンチが据えてある。日比谷《ひびや》公園が近いので、誰も見向きもしない場所だった。遊具を設置するほどの空間もない。都市計画で余った用途のない三角地をとりあえず公園にしたというふうだった。

そこまで来て、とうとう喜連は歩けなくなった。仕方なくベンチに腰掛けさせた。喜連はポケットからハンカチを取り出して額に浮かんだ汗を拭《ふ》いた。航と蒼人は、老人を挟んで座った。航はシャツをはだけ、もう一度胸を見た。やはり黒ずんだ葉の模様はそこにあった。指でこすっても消えない。そんな航の仕草を、蒼人がじっと見ていた。

「すまない、航」

口を開いたのは、喜連だった。航の方を見ずに足下に生えた雑草に視線を落としている。代わりに蒼人の澄んだ湖のような瞳が、ずっと航に向けられていた。航はぐっとシャツの襟を開いた。

「これは何だろう。満里奈に聞いたんだ。これは——、でも——」

老人はうつむいたまま息を吸い込んだ。丸まった背中が小刻みに震えている。

「すまない、航」その言葉を繰り返す。

「僕が頼んだんだ！」突然蒼人が声を上げた。

蒼人の目から、涙が溢《あふ》れ出してきた。湖の水が流れ出すように。航は茫然《ぼうぜん》とそれを眺めた。

「航を生き返らせてって！　航は僕の友だちだから、だから——」

蒼人の喉がひゅるっと鳴った。それから「うわーん」と大声で泣いた。子供なんだ、こいつは。真っ白な頭で考えた。

北千住で蒼人と共にいた時は、同じ子供だった。でももう僕は彼の年を追い越して大人になってしまった。航は泣きじゃくる蒼人を眺めながら、そんなことを考えていた。それはとても寂しく、せつないことだ。あれほど親密にしていた二人の子供が、空間だけではなく、時間も超えて離れ離れになってしまうことは。

「お前は死んでいた」

喜連の低い声で我に返り、目の前の老人に視線を移す。

「お前は荒川の河川敷で年長の子らに乱暴されて死んだ」

あの時――生まれたばかりの満里奈を見に、蒼人が『至恩の光教』の部屋まで来た日、荒川の河原で菊池兄弟に絡まれた。満里奈のことでからかわれた航は、いつになくいきり立って狂暴な兄弟に突っかかっていった。

思わぬ反撃に猛《たけ》り立った菊池に叩《たた》きのめされた。

「航！」

堤防の上で押さえつけられた蒼人の叫び声が耳の奥に蘇ってきた。あの後、航は気を失ってしまったのだった。目を覚ましたら、蒼人の家に連れていかれていた。あの時、僕は死んでいたんだな。ぼんやりと航はそんなことを思った。あれはまだ蒼人と知り合って間もない頃だ。あんなに早くに、航は蒼人の前で命を落とし、喜連の術で生き返らされていたのか。いや、死んだ体に束の間の生を吹き込まれていたのだ。

死んだヘルトに魔術が施されるより、満里奈が川に流されるよりもずっと前だ。

喜連は、泣き続ける蒼人の頭に手をやった。無骨な手に乱暴に撫ぜられて、蒼人の頭はぐらぐらと揺れた。そのまま、喜連は蒼人の頭を自分の体に引き寄せた。

「お前につまらんわしの術をかけた。満里奈ではなく、お前にだ。死んだのは、お前なんだ。死んだのに――」くっと喜連は言葉に詰まった。「死んだのに、生きているように見せかける幻術をな」

「僕が無理やり頼んだ」蒼人は洟《はな》を啜《すす》り上げた。「キレンはだめだと言ったのに」

喜連の突き出た腹に顔を埋《うず》めるようにしているせいで、蒼人の声はくぐもって聞こえた。

「こいつには、誰とも親しくするなと言い聞かせてきた。こんな小さな子供なのに、どの国でも、どの時代でも、独りぼっちでいることを強いてきた」

「だけど、僕とは友だちになってくれた……」

「そうだ。航には、どうしてだか心を開いた。鳩呂摩を出て世界中をさまよい、初めてできた親しい友人だった。それが失われようとしていた時、わしはそれを黙って見ていることができなかった」

あの日、菊池たちが去った河川敷で、蒼人は航に駆け寄った。もう死んでいるのは明らかだった。さんざん暴力を振るわれたせいで、肋骨《ろっこつ》は折れ、内臓もひどく損傷していた。蒼人がどんなに呼びかけても答えはなかった。蒼人は康夫を呼んできて、彼らの家に航を運んだ。そして、喜連は懇願する蒼人の願いを聞いてやった。

「まだあの時は、こいつのことしか考えていなかった。ずっと孤独だった蒼人のことしか。友人が目の前で惨い殺され方をして嘆いている蒼人が、かわいそうでならなかった」

喜連は蒼人を優しく見下ろした。

「それがどんな結末になるか、バカなわしは思い至らなかった。子供というものは無垢《むく》なものだ。無垢で一途だ」

その後、蒼人はヘルトまで生き返らせてくれるように頼んできた。あの時戸惑い、逡《しゅん》巡《じゅん》する喜連のことは、何となく記憶にあった。だが結局、喜連はまた蒼人の願いを聞いた。すると航は、川で溺れて仮死状態の妹を連れてきた。それでようやく喜連は、自分がどれほど愚かなことをしたかを思い知った。

幸いにも満里奈は心肺蘇生措置で息を吹き返した。康夫と話し合い、すぐにあの地を離れることにした。満里奈は友子が育てることになった。あのまま、航のそばに置くことはよくないと判断したのだ。

「蒼人のためにもな。お前は死んでしまったのだ。いずれ本来の姿に戻っていく。わしはあんなことをすべきではなかった。蒼人には言い聞かせたよ」

喜連の口から出てくる一つ一つの言葉は、航の耳に流れ込んではきたが、まったく現実味がなかった。

死んでいた？　自分が？

――生き返った子とそうでない子は、いずれ別れなければいけない。お前と妹もな。

別れていく時、喜連が呟いた言葉の意味がようやく理解できた。

生きていたのは満里奈の方で、死んだ子は、航を指していたのだ。

「お前はいつまでも生きている姿のままでいた。もしかしたら、このまま年を重ねていくんじゃないかと、わしは甘い考えを持った」

でもそうじゃなかった。運命は、一度つかまえたものを決して逃してくれない。

「じゃあ、僕は近いうちに死んでしまうんですね？　いや、死の姿に戻るのか」

江里子の家で見た夢——大きな収納ケースを開けると、その中には自分自身の死体が入っていたのだった。

衝撃を受けているはずなのに、他人ごとのような受け答えしかできなかった。実感が伴わない。それと同時に、あの苛酷《かこく》な環境で命を落としてしまうことは、ごく自然なことのようにも思えた。『至恩の光教』などといういかがわしい宗教施設に連れていかれ、母は子供にかまわず、宗教に入れあげた。学校では悲惨な虐《いじ》めに遭っていた。教師も味方にはなってくれなかった。似たような環境に身を置いていて、不幸にも死んでしまった子はいくらもいるだろう。

また蒼人が洟を啜り上げた。

蒼人と出会えてよかった。死ぬ前に、心の通う友だちができてよかった。懐かしかった彼らにも再会できた。満里奈にも会えた。もういいか。もう死んでしまっても。

——死んでもいいかって思ったんだよ。

——もう思い残すことはないよ。

江里子も同じことを言っていた。

家族——ふいにその言葉が航の頭に浮かび上がった。一時は忌み嫌い、疎んできた言葉だった。そんなものに心を乱されるのはごめんだと思っていた。一人の方が気楽でいいと。

「すまんな。航」喜連は辛そうに航に向き合った。

「もっと早くに伝えるべきだったのかもしれん。それを先送りにしてきたのもわしだ。バカな死にぞこないの老いぼれだ。千七百年も無駄に齢《よわい》を重ねてきただけだ。もうお前には何もしてやれん」

「いいんです」

自分でも驚くほどきっぱりとした言葉が口を突いて出た。

「子供の頃、荒川のほとりで死んでいたら、僕の人生は惨めなものになっていたと思う。ここまで引き延ばされてよかった。満里奈にも会えたし、母にも会えた」

素直にそんな言葉が出た。

「あの時、死んだままでいるより、ずっとよかった」

満里奈の気持ちがわかった。

「そうか」

「航」蒼人が小さな声で呼びかけた。

「蒼人」

お互い、初めてできたかけがえのない友だちだった。北千住で、蒼人とその家族と過ごした数か月は、航にとっても大事なものだった。もう一回胸元に現れた徴を見る。死に向かう者に刻印されたオリーブの徴。

これからの短い間、自分には家族と過ごすことが許されている。そのことに感謝した。

喜連は杖に体重をかけて立ち上がった。

「それじゃあ、もう行くよ」

蒼人が青い目で航を見上げた。

「さよなら、航」

「さよなら、蒼人」

気持ちが昂《たかぶ》って、声が震えた。もう二度と彼に会うことはないだろう。一つのクルミの実を分け合って食べた友人。航の憎しみがこもったクルミの実を、蒼人は噛み砕き、呑み込んでくれたのだった。

大柄な老人に寄り添って歩いていく蒼人の後ろ姿を眺めた。喜連は孫のような子の肩に腕を回し、片方の手で杖をついて行く。

蒼人は遠い西の国で生まれ、キャラバンに拾われて砂漠の中のオアシス国へやって来た。彼にとっては、喜連が、友子が、康夫が家族だった。異能の集団というつながり以上に、彼らは家族だった。歩き去る二人の姿は、道端の看板の陰に隠れた。いつまで経っても、看板の反対側から現れることはなかった。

「さよなら、カエルラ」

もう一回航は呟いた。

江里子は眠り続けている。

手術室から出てきたのは、四十分前だ。まだ一時間は目が覚めないだろうと言われていた。数日はこの個室で過ごすことになっている。

「お母さん、いい寝顔してる」

満里奈が小さな声で囁《ささや》いた。

さっき航と満里奈は、執刀医に呼ばれて説明を受けた。右の腎臓は、癌細胞に覆いつくされていたので全摘したということだった。その周辺の臓器には、転移は見られなかったと医者は言った。左の腎臓も病変は見られなかったが、念のため一部を切除して生検に回したとのことだった。

航の隣で満里奈が安堵《あんど》の息を吐き、肩が上下した。

「しかし、心臓も弱っているし、貧血も改善していません。もう無理はできませんね」

腎臓も一つになってしまったし、と担当医は続けた。今まで病院にかかるということをしていなかったことを指摘され、充分注意するようにと釘《くぎ》を刺された。

「これからはよく気をつけないと。また先生に怒られちゃう」

「うん」

航は、ハイネックのTシャツの首の部分に手をやった。ここに浮かび上がった徴のことは、まだ満里奈には告げていない。母のことにかかり切りだった妹に、切り出せなかった。きっと航の身の上に起こったこと、もうすぐ彼がいなくなることを聞かされたら、動転するに違いない。江里子の手術がうまくいった幸せに浸っている満里奈に、今はまだそんな思いをさせたくなかった。

「手術をしてもらえてよかった。どうなるかと思ったの。タルバガン・ウィルスの感染者があれ以上増えたら」

猛威を振るったタルバガン・ウィルスは、じわじわと下火になってきた。有効な治療薬の開発も追いつかず、対症療法でしのいできた医療現場は、呆気《あっけ》にとられながらもほっと胸を撫で下ろした。院内感染を恐れて滞っていた通常の手術も、順次行われるようになっていった。江里子の癌の手術も、少しだけ遅れて施術に至ったのだった。

強毒性の新型インフルエンザであったスペイン風邪では、世界で約四千万人、日本でも三十八万人もの命が失われた。スペイン風邪は、鳥インフルエンザが人間社会に入り込んだことが初めて確認された新顔のウィルスによるものだった。そんな分析をニュースが流した。

タルバガン・ウィルスの感染がピークを迎えた夏の終わり、夥《おびただ》しい数の渡り鳥が北へ向かうのが観察された。通常は寒くなる時期には、北から暖かい地方へ渡りをするものなのに、まったく逆の行動だった。そうした渡り鳥の行動は、鳥類学者のみならず、渡りの群れを見た人々を驚かせた。世界中で撮影された動画がネット上で拡散された。カモ類、ガン類、シギ類、ハクチョウ類など、タルバガン・ウィルスの運び屋ではないかと指摘されていた鳥類が、何かに急かされるように一つの方向を目指して飛んでいった。

観察を続けた鳥類学者が、鳥の群れは中国西域の天山を目指していると推測した。だが、タルバガン・ウィルスが最初にこの世に出現した新疆ウイグル自治区の方角だった。だが、その無数の鳥たちは、忽然《こつぜん》と姿を消した。天山で何があったのか、ウィルスと何か関係があるのか、不可思議な現象を誰も解明できなかった。

航以外は——。

おそらく鳥たちをあの場所に導いたのは、友子だろう。タルバガン・ウィルスを元の氷の中に閉じ込めるために。ウィルスはもはや彼女には、操作できない存在になってしまった。だけど鳥の体を借りて、それを何とか封じ込めようと試みたのではないか。そして、もしかしたら彼ら魔族も、砂漠の国に戻っていったのではないか。千七百年前に共に暮らしていたオアシス国があった場所へ。そんなことを思った。

最後に見た喜連と、支えて歩く蒼人の後ろ姿を思い出した。労わり合う二人は、紛れもない家族だった。

児童養護施設にいた時、学校の図工の時間に、「家族の絵」を描くという課題が出た。養護施設から通ってくる子がいる学校としては、配慮に欠ける課題だったと言わざるを得ない。だがとにかく、航のクラスにはそれが出された。

航は、江里子や満里奈の絵を描くことはできなかった。それで蒼人の一家の絵を描いた。青い目をした子供を中心に、寄り添う両親と祖父の絵を。彼に家族をイメージさせるのは、あの一家しかなかった。その絵を見た施設の子供に、嘘つき呼ばわりされて虐められた。どうってことはなかった。航は蒼人たちと離れて以降、また学校でも施設でも孤立していた。たぶんあの一家の存在が、航の心を支えていたのだ。

今も同じだ。この世のどこかに血のつながらない魔族の一家がひっそりと生きて暮らしているという事実が、航に力を与えている。八歳の時に死んでいた子供を、本当の家族に会えるまで生かしてくれていたことにも素直に感謝した。だから、もうわずかしかない命を、大切にしようと思った。江里子と満里奈のそばで。

「ねえ、兄さん」

窓際に立って外の景色を眺める航に、満里奈が話しかけた。

「お母さんと暮らしている間、いろんなことを話したの」

「うん」

「お父さんのこととか」

航は、ベッドのそばの椅子に座った妹を見下ろした。満里奈が父のことまで気にかけているとは思わなかった。航の中ではとうに葬り去った父だった。

「お父さんはね、船に乗っていたことがあったんだって。若い時」

そんな話を聞いたことがあるような気がした。漁船だったか、定期航路だったかの乗組員をしていたらしいと。怪我をして船を下りることになったという事情も耳にした記憶がある。

「船が好きだったのよ、お父さん。だから、兄さんに『航』っていう名前を付けたんだって」

「そうか」

「だからね、私の名前は『満里奈』にしたんだって、お母さん」満里奈はさもおかしそうにフフフと笑った。「航海の『航』に合うように、停泊地を意味するマリーナにね」

「え？」

「知らなかったでしょ？」

満里奈はおかしそうに言い、それからすっと笑いを畳み込んだ。

「お母さん、お父さんと別れたのが辛かったんだと思う。好きだったんだよ、お父さんのこと」

航の記憶にある両親は、父の借金や女関係のことで罵《ののし》り合う姿だった。耳を塞《ふさ》ぎたくなるような光景だった。もうあの頃から自分の家庭は崩壊していたのだと思っていた。家族そのものにも失望していた。幼少期にああいう光景を見てしまったことで、自分が家庭を持つということも想像できなくなっていた。子供にあんな姿を見せる愚かな親を憎んだ。

でも違っていたのだろうか？

母は父の心変わりを苦にしていたのか。どうにかして戻ってきてもらいたかったのか。

母は、父を憎むのではなく、愛していたのだろうか。

もし自分が母の許《もと》を離れず、一緒に暮らす道を選んでいたら、いつかはそんな話を聞かされていただろうか。愚かで頑なだったのは、江里子ではなく、自分だったのではないか。

「お母さんが離婚してから私に満里奈っていう名前を付けたのには、意味があるのよ。お父さんはもう戻って来ないけど、兄さんをつなぎ留める停泊地に、私がなるようにって」

ぎゅっと唇を嚙み締めて、迸《ほとばし》る感情を抑え込んだ。

停泊地——まさに家庭そのものだ。そんな思いが自分と妹の名前に込められていたとは。そっと振り返ってみる。江里子はまだ眠り続けている。安らかな寝息と上下する胸。夫にも子供にも去られた後の母の気持ちなど、慮《おもんぱか》ることがなかった。平沼精肉店へ航を訪ねて来た時「寂しかったんだよ」と心中を吐露した江里子の思いも、航は無下にした。

「お母さんが退院したら、三人で暮らそうよ。ね？」

しかしそう言う満里奈の言葉には、素直に頷けなかった。

航にはもう時間がない。胸に手を当てた。停泊地には戻れない。

航はあの悲惨な子供時代に、すでに死んでいたのだ。その事実は変えられない。父に去られて絶望し、子供を連れてあてどもなく街中をさまよっていたとしても、もっと他に取るべき方法はあったはずだ。新興宗教の施設にふらりと足を向ける以外に。

江里子さえ、下高井戸の駅前で小山が差し出したチラシを受け取らなかったら、自分は北千住に行くこともなく、まだ生きていただろう。満里奈を悲しませることもなかったのだ。母が犯した間違いを、やはり航は許せなかった。

　また窓に向き合い、空を見た。秋の気配の濃い空は高く、澄んでいた。蒼人の瞳のようだった。また秋が巡ってくるのだ。


　タルバガン・ウィルスの流行は、すっかり下火になった。結局、世界中で十五万人の感染者を出し、死者は六万人を超えた。ひと時の勢いを考えると、それだけの犠牲で済んだことは奇跡のようだった。日本社会も平穏を取り戻しつつあった。

　ガオはあっさりと『クロマ』を畳んだ。まだ小池はパソコンにしがみついて、『パナケイア』を続けるつもりでいる。ガオの下での航の最後の仕事は、『クロマ』を始末することだった。手続きは心得ていた。『クロマ』を起《た》ち上げてまだ日が経っていない。あの時の要領は憶えている。その逆をやればいいのだ。

　いつ自分の身に変化が訪れるかびくびくしながらも、航は仕事に没頭した。普段通りにしていたかった。

「『フォーバレー企画』も畳むつもりだ」

　事務用家具や機器を業者に引き取ってもらい、がらんとした『クロマ』のオフィスで、ガオは言った。

「そうか」

「またどこかで暇つぶしを考えるよ」

これから延々と続くはずのガオの人生を思った。生まれて八年で、つまらない暴力沙《ざ》汰《た》で命を落としてしまった自分と、どちらが不幸なのだろう。考えたがよくわからなかった。地球上で三十億年も生き抜いてきたウィルスと比べれば、ガオも自分も、一瞬の命なのかもしれない。

ガオは蒼人と喜連には会ったけれど、自分の姉である雪華には会っていない。彼女は自分の弟を守るために、砂漠の中の一国を滅ぼしてしまったのだ。その激しさ、猛々しさは、今の友子からは想像もつかない。しかし、航もかつては、この世のすべての人が死に絶えても、妹さえ生きていればそれでいいと思った。たった一人の肉親が、自分には大事だったのだ。その思いは理解できた。

ガオは廃棄する予定の書類の束の上に腰を下ろした。航も同じように束ねた雑誌の上に座った。

魔族のことは、あれ以来話題に出ない。ガオに問うつもりもなかった。

姉の真意を知ってどう思ったか、姉への気持ちは変わったか。そんなことを、この男が口にするはずもなかった。きっとこれからも孤独に慄くこともなく、彼らしく生きていくだろう。過去へ戻れるという能力をうまく使いながら金儲けをし、時には人を欺き、人間臭い欲望に翻弄《ほんろう》される人間たちをあざ笑いながら、飄々《ひょうひょう》と生きていくに違いない。

そう考えると、痛快な気もした。

「タルバガン・ウィルスでは儲けそこなったな」

まだそんなことを言っている中国系アメリカ人を、横目で見た。次にどこかに現れる時は、別の肩書がついていることだろう。中国のマフィアか、共産党支配を嫌ってカナダに移住した香港《ホンコン》人か、それとも日本の古刹《こさつ》に君臨する悪徳僧か。いや、新興宗教の教祖ということもあり得る。もう航には見ることはかなわないけれど。

「あれは自然に現れたウィルスだった」

そう水を向けてみた。ガオは、あれを世界にばら撒いたのは、雪華の仕業だと疑っていた。邪悪な姉が、かつて鳩呂摩を砂の底に沈めてしまったように、容赦なく人類を滅ぼすために利用したのだと。

「そうだな」

素直にそう言うガオを、つくづく眺めた。憎しみだけがこの男を支えていた。それもある意味純粋だと言えた。紫薇と言う愛《いと》しい女を長い間、思い続けていた男。愛と憎しみはごく近しい感情なのだ。それが今、航にもよくわかった。

「タルバガン・ウィルスは消えていったけど、病原体となる微生物を排除することはできない。なぜなら、彼らは地球を住処とした生物群の一員だからだ」

ガオは航の考えに沿ったことを口にした。

「バカな人間は、ああいうものを、不気味な侵入者みたいに考えるが、奴らの方が先住者だったんだからな」

ガオはちょっと首をすくめて見せた。千七百年も生き長らえてきた男の言葉は重い。

「今度はうまくいった。あのウィルスは自然消滅してくれた」

友子が鳥を操って、元の氷の中に戻したのかもしれない。その可能性は、同じ魔族であるガオも思い至っているだろう。だから航は、小さく頷いたきりだった。

「だが、次はうまくいくとは限らない。なんせSARSもMERSもエボラ出血熱も、確たる治療法は見つかっていないんだ。今度のように、自然消滅してしまっただけだ。だけど、消えてしまったわけじゃない。奴らは人類が油断するのを待っているのさ。森の中やコウモリや鳥の体の中で、次の機会を狙っている」

それと同じことを友子や喜連も言っていたよと言いたかったが、航は黙って聞いていた。

「タルバガン・ウィルスが思ったより広がらなかったのは、エボラ出血熱と同じように病変が激しかったからだ。進行も早い。感染者はすぐに悪くなって歩き回ることができなくなる。いずれもっと厄介なものが現れるだろうな」

コレラやペストが世界中で多くの人間の命を奪うところを見てきたと喜連は言った。ずっと歴史の傍観者であった魔族たちは、その恐ろしさを知っている。未知のウィルスに対してヒトは免疫を持っていない。ワクチンも存在しない。

「感染しても、症状が現れないウィルスとか。感染者は元気に歩き回って他人に感染を広げる。潜伏期間にもどんどんウィルスをばら撒くんだ。免疫力の低い者だけが重篤化して命を落とす。静かなる感染症だ。あっという間に感染症は世界に広がり、何千万人もの人間が感染し、多くの命を奪うんだ。医療機関はパニックに陥る。そういうのが現れる可能性は高いが、今の人間は安全神話にすがりついているからな」

ガオはうつむいて小さく笑った。

「そうなったら、また俺と組もう、航。絶対に近い将来、そういう感染症に人類は脅かされる」

一時はこの男の非情さと冷徹さに魅了されたのだった。だが、それだけではなかった。豪胆さやしなやかさも持ち合わせているのだ。憎しみを取り去っても、彼は軽々と生きていくだろう。

「いや――」航は首筋に手をやった。どうしてだかわからない。満里奈にさえまだ告げてない己の運命のことを、ガオには告白したくなった。

「そんなウィルスが現れた時、君がどんな活躍をするか凄《すご》く見てみたいんだけど――」

シャツの首元に巻いたスカーフをするりと取り去った。

「たぶん、それまで僕は生きていないだろうな」

案外さらりと言えた。シャツのボタンを二個ほどはずした。

ガオはこれ以上ないというほど目を見開いて、航の首から胸にかけて浮かび上がった黒ずんだ影を見た。その表情からは、彼がその徴の意味を理解しているとわかった。

『鳩呂摩』で、喜連の術を見ていたのだろう。生きているように見せかける術を施された死人がどんなふうになるか。おぞましい黴が体に現れ、やがて腐り果てて元の死体に戻るのだ。その期間はうんと短い者も、航のように何年も後に悲劇を迎える者もあっただろう。

「お前……」

「僕は八歳の時に死んでいた。それを喜連が憐《あわ》れんで、今まで生かしてくれた。ほんとは死んでいるのに」

二十三年前の世界で、君に出会ってから数か月後のことだったと続けると、ガオは信じられないというふうに首を振った。

「嘘だろ」

ガオは航のはだけたシャツの中を凝視した。

「まさかな」唇の端が震えた。「まさか航があの後死んでしまうなんて」

ガオがこんな反応を示すとは思っていなかった。航は、友子や喜連をおびき出すためのおとりとして利用されただけだと思っていた。

他人にこんな思い入れを持つ男であるはずはないのだ。彼は魔族で、仲間とも袖《そで》を分かち、孤独をものともせずに半永久を軽やかに生きる男なのだから。「どこにも属さない人間」だと自分を評した男――。

「お前も魔族の犠牲者ってわけだ」くらいのことを言い、皮肉な笑いを浮かべるのが関の山だと思っていた。そうされれば、いっそすっきりするだろうと航は考えたのだ。

ガオの予期せぬ反応に、航の方が落ち着かない気分になる。ゆっくりと息を吸い込み、気持ちを落ち着かせる。そして自分の身にどんなことが起こったのか、簡単に説明した。母親があの後、新興宗教を頼ってしまったこと。そんな訳の分からない教団施設から学校に通ってくる航は、壮絶な虐めに遭ったこと。満里奈はそこで生まれたこと。蒼人と出会い、共に行動するようになったが、上級生やその兄、仲間に食ってかかって反撃され、暴力を受けて死んだこと。

蒼人が喜連に頼んで、彼の特殊能力で生き返らされたこと。そのことを、ついこの間まで知らなかったこと。この徴が体に浮かび上がり、喜連からすべてを聞いたこと。宗教団体に誤って殺され、川に流された妹こそが、喜連の生き返りの術で生を取り戻したのだと思っていたと語った。自分が川からすくい上げ、喜連のところに抱いていって懇願したのだということも。

ガオは黙って聞いていた。

「でもいいんだ。あの後離れ離れになっていた満里奈にも会えたし。君のおかげで。自分がどうして今死んでいくかもちゃんと理解している。突然訳もわからず死体に戻ってしまったら情けないけど、でもそうじゃないし」

「喜連にはそれ以上のことはできない」絞り出すような声でガオは言った。「俺たち魔族は所詮《しょせん》、半端な術しか使えない。王の機嫌を取るのが関の山のな」

「うん、わかってるよ。喜連も後悔していた」

航はガオに、繰り返し見ていた怖い夢のことを打ち明けた。川に流されていく満里奈を追いかけるが、手が届いたと思った途端、彼女を容《い》れたケースが沈んでいってしまう夢の話。

「でも実際は、お前は妹を助けたんだろ？」

「うん」

ガオはちょっとうつむいた。唇をちろりと舐める。

この男は少しだけ変わったなと航は思った。彼の中に見えていた、ぎらついた痛々しい感情が影を潜めた。ガオは常にあれに駆り立てられていたのだ。鋭利な刃《やいば》を身の内に持っていたようなものだ。ちょっとでも鈍ると、ガオは不安になって必死に砥《と》ぎ続けていた。刃は他人に向けられているようで、実は自分を切り刻んでいたというのに。

「俺もたまに見るよ」

「怖い夢を？」

ガオは頷いた。

「赤ん坊の俺は、姉に背負われているんだ。馬に乗った兵士に追いかけられている。雪華は必死で逃げている。俺は揺すぶられてわんわん泣いている。とうとう追いつかれる。後ろから槍《やり》が伸びてきて——、俺の体の横をかすめて、姉の体を深々と突き刺すんだ」

「でも、本当は逃げのびたんだろ？」

「ああ」

のか。

「でもそれを見るたび、俺は心底震え上がるんだ」

ガオに初めて出会った晩、彼は航の部屋でうなされていた。あれはその夢を見ていたのか。

「夢は夢だ」

「お前が死んだら、また夢見が悪くなる。喜連のやったことは、その場限りの取り繕いだ。罪なことをしたもんだ」

「でもこれでよかったんだ。僕は満足している。たった八歳で死んだ子が、余りの人生をちょっとだけ味わえた」

それから少しだけ考えて付け加えた。

「未来を知った」

「未来」ガオは小さな声で呟いた。「未来なんて――」

先の言葉は出てこなかった。ガオにとって未来とは何なのだろう。過去に行っては戻るささやかな力の持ち主にとって。これから延々と続く苦痛の連続か。避けられない罰なのか。

ガオはさっと立ち上がった。彼が腰を下ろしていた紙の束が崩れた。

「お前はバカだ」

くるりと背を向ける。そのまま大股《おおまた》に部屋を横切った。

「ガオ」その背中に声をかける。男は立ち止まって振り返った。

「自転車で走り回るといい。怖い夢のことを忘れられる」

ガオは何かをいいたげに唇を動かしたが、結局何も言わなかった。むすっとしたまま、部屋を出ていった。別れに、もっと気の利いたことを言いたかったが、そんなことしか思いつかなかった。

航は立って窓に寄っていった。ビルから出ていくガオが見えた。どんどん遠ざかる魔族の男を見送った。

この不思議な人たちに巡り合ったのはなぜなんだろう。そんなことをふと思った。街路樹として植えられている柳の木の下を、怒りにまかせたような歩調でガオは通っていく。もう二度と会うことはないだろう。魔族たちは、別の土地で別の名前で現れては、束の間の生活を営み、また消えていく。

彼らと会えてよかった。そう航は思った。

ゆっくりとスカーフを首に巻いて、シャツのボタンをとめた。一度部屋の中を見回してから、ドアを抜けた。

帰る場所は、はっきりしている。満里奈と江里子が待つ場所だ。自分の停泊地があることが、死に場所がはっきりしていることが有難かった。下高井戸の駅前で、江里子があのチラシを受け取った時に、もう自分の運命は決まっていた。それを恨む気持ちはまだあったが、それにいつまでも固執するのはつまらない。憎しみがあるということは、愛情もあったということだ。明貴と雪華のように。家族とはそういうものだろう。

ビルから出ると、柳の枝先が風に吹かれて巻き上がるように揺れているのが見えた。舞い上がった砂を含んだ風が吹きつけてくる。つばの広い帽子を被《かぶ》った人が、帽子を押さえて前かがみになって歩いていった。秋に発達する低気圧が暴風を起こしているのだ。

何もかもが秋に始まった。そして秋に終わる。

航は風の中に一歩を踏み出した。

※

航は、母の手をしっかりと握っていた。行き来する人たちは、自分たちの方を見むきもしない。誰もが足早に通り過ぎていく。航はちらりと母の横顔を見上げた。真一文字に結んだ唇と、青白い顔色に、不安が掻《か》き立てられた。

さっき立ち寄った喫茶店の女経営者は、母にいくらかお金を貸してくれたようだった。それでどれくらい暮らしていけるだろうか。背中にランドセルの肩紐《ひも》が食い込む。教科書全部を入れたから、かなりの重量だ。

数時間前に降り立った下高井戸の駅前まで戻ってきた。

母は立ち止まって、一つため息をついた。また電車に乗るのだろうか。それでどこに行くのだろう。航はぼんやりと母の大きなお腹を見た。もうすぐ赤ん坊が生まれるというのに、どこにも行くところがないなんて。

母は航の手を握り直して歩きだした。駅前で、数人が紙を配っている。たいていの人は受け取らずに通り過ぎる。誰かが落としたらしい紙が風に飛ばされている。それは秋めいた風に舞い上がり、ふらふらと飛んでいった。

母が駅の入り口に向かう。航も一緒に歩いていく。チラシのようなものを配っていた男の人が寄ってきた。母の前にそれが差し出された。母は提げていたボストンバッグを道路に置き、それに手を出した。男の人が、にっこり笑った。母が受け取ろうとした瞬間、誰かが横からチラシをひったくった。母も航も驚いて、そばに来た人を見た。

「あ」

航は小さく声を上げた。さっき喫茶店にいたバーテンダーだった。女経営者に言われて、航にクリームソーダを作ってくれた人。確か「コウちゃん」と呼ばれていた。背の高い彼は、奪い取ったチラシをびりびりと破った。

「こんなものはまやかしだ」

チラシを配っていた男の人は、口をへの字に曲げると、離れていった。航は、足下に散乱したチラシの破片を見下ろした。「神」という漢字が読み取れた。

母は呆気にとられてバーテンダーの男を見返した。コウちゃんは、尻ポケットから財布を抜き出した。膨らんだ財布から、無造作に札束を抜いて、母の手に押し付けた。しがないバーテンダーが、どうしてこんな大金を持っているのだろう。

「あの――」

母は、何が起こっているのか理解できないでいるようだった。

「これだけあったら当座はどうにかなるだろ?」

コウちゃんは怒ったように言った。

「でも——」

訳のわからないふうな母は、お金を彼に返そうとした。それを男は拒んだ。

「つまらん宗教団体なんかに頼るな」

チラシを配っていた別の女の人が、コウちゃんを睨みつけた。

「どっかあんたを助けてくれるとこがあるだろ? 区役所とか、福祉団体とか。そういうところを頼って行け」

そして男は航を見下ろした。

「いいか、航」

自分の名前を、この男に言っただろうか? クリームソーダを飲んでいる時に、話しかけてきたから、その時に教えたのかもしれない。

「これはズルだ。俺はこんなことしかできない。こうやって少しだけ過去を変えてズルをする」

何を言っているのかわからなかった。

「お前の未来は、これで変わるんだ」

「うん」

なぜだか返事をしてしまった。自分の未来って何だろう。でも明るいものが見えた気がした。そうだ。そうに違いない。もうすぐ赤ちゃんも生まれるし。僕の弟か妹が。

「何でこんなことをしてくれるんです？」

母がおずおずと男に尋ねた。

「こいつが——」男は、航を顎で指した。「こいつが怖い夢を見ないで済むようにな」コウちゃんはそれだけ言うと、もと来た方へさっさと歩いていってしまった。航と母は、黙ってその後ろ姿を見送った。男は、すぐに人混みに紛れて見えなくなった。母は彼から渡されたお金をしまった。

「よかったね、お母さん」航は母にそう言った。「あの人はいい人だね」

「ええ」

母は、まだぼんやりしたまま答えた。だけど、少しは元気が出たようだった。さっきまでの途方に暮れたような面持ちはもう消えていた。

「行こう、航」

また航の手を握って歩きだした。

強い風が歩道を吹き渡ってきた。ビルの前に植えられたムクゲのピンク色の花が、しきりに揺れていた。

秋だ。何かが始まる気がした。

参考文献

『シルクロード　絲綢之路　第四巻　流砂の道　西域南道を行く』井上靖　長澤和俊　NHK取材班　日本放送出版協会
『シルクロード　絲綢之路　第六巻　民族の十字路　イリ・カシュガル』司馬遼太郎　NHK取材班　日本放送出版協会
『図説シルクロード文化史』ヴァレリー・ハンセン　田口未和：訳　原書房
『世界史リブレット62　オアシス国家とキャラヴァン交易』荒川正晴　山川出版社
『地球村で共存するウイルスと人類（NHKライブラリー210）』山内一也　日本放送出版協会
『人類vs感染症』岡田晴恵　岩波書店
『感染症と文明——共生への道』山本太郎　岩波書店
『感染症の世界史』石弘之　KADOKAWA
『ビジュアル　パンデミック・マップ　伝染病の起源・拡大・根絶の歴史』サンドラ・ヘンペル　関谷冬華：訳　竹田誠　竹田美文：日本語版監修　日経ナショナルジオグラフィック社

本書は、二〇二一年九月に小社より刊行された
単行本を加筆修正のうえ、文庫化したものです。

子供《こども》は怖《こわ》い夢《ゆめ》を見《み》る

宇佐美《うさみ》まこと

角川ホラー文庫　24355

令和6年9月25日　初版発行

発行者——山下直久
発　行——株式会社KADOKAWA
〒102-8177　東京都千代田区富士見2-13-3
電話 0570-002-301（ナビダイヤル）
印刷所——株式会社暁印刷
製本所——本間製本株式会社
装幀者——田島照久

●お問い合わせ
https://www.kadokawa.co.jp/ （「お問い合わせ」へお進みください）
※内容によっては、お答えできない場合があります。
※サポートは日本国内のみとさせていただきます。
※Japanese text only

ISBN978-4-04-115458-8　C0193

角川文庫発刊に際して

角川源義

第二次世界大戦の敗北は、軍事力の敗北であった以上に、私たちの若い文化力の敗退であった。私たちの文化が戦争に対して如何に無力であり、単なるあだ花に過ぎなかったかを、私たちは身を以て体験し痛感した。西洋近代文化の摂取にとって、明治以後八十年の歳月は決して短かすぎたとは言えない。にもかかわらず、近代文化の伝統を確立し、自由な批判と柔軟な良識に富む文化層として自らを形成することに私たちは失敗して来た。そしてこれは、各層への文化の普及滲透を任務とする出版人の責任でもあった。

一九四五年以来、私たちは再び振出しに戻り、第一歩から踏み出すことを余儀なくされた。これは大きな不幸ではあるが、反面、これまでの混沌・未熟・歪曲の中にあった我が国の文化に秩序と確たる基礎を齎らすためには絶好の機会でもある。角川書店は、このような祖国の文化的危機にあたり、微力をも顧みず再建の礎石たるべき抱負と決意とをもって出発したが、ここに創立以来の念願を果すべく角川文庫を発刊する。これまで刊行されたあらゆる全集叢書文庫類の長所と短所とを検討し、古今東西の不朽の典籍を、良心的編集のもとに、廉価に、そして書架にふさわしい美本として、多くのひとびとに提供しようとする。しかし私たちは徒らに百科全書的な知識のジレッタントを作ることを目的とせず、あくまで祖国の文化に秩序と再建への道を示し、この文庫を角川書店の栄ある事業として、今後永久に継続発展せしめ、学芸と教養との殿堂として大成せんことを期したい。多くの読書子の愛情ある忠言と支持とによって、この希望と抱負とを完遂せしめられんことを願う。

一九四九年五月三日